Baron Trumps wundervolle Reise in die Hohle Erde

Donald J. Trump Prophezeiung von vor 130 Jahren
Barron Trump Reihe 2

Ingersoll Lockwood

Übersetzt von Andreas M. B. Groß

© 2025 Andreas M.B. Groß   https://www.andreasmbgross.ch

Verlag: College for Knowledge

Verlagslabel: college4knowledge.ch, www.college4knowledge.ch

Verlagswebsite: https://www.AndreasMbGross.ch

Druck und Distribution im Auftrag des Verlags:

tredition GmbH, Heinz-Beusen-Stieg 5, 22926 Ahrensburg, Deutschland

Andreas Gross, Althusweg 12, 6315 Morgarten, Switzerland.

Kontakt nach EU-Produktsicherheits-VO: vorstand@college4knowledge.ch

Falls in diesem Buch angegebene Links nicht mehr funktionieren sollten: bitte mich darüber informieren, damit ich sie reparieren kann.

Fotos und Bilder aus Wikipedia mit Creative Commons

Viele Fußnoten geben Texte aus der englischen oder deutschen Wikipedia wieder, die teilweise gekürzt wurden.

1. Auflage April 2021, Version 1.06, Nachdruck 2025

ISBN: 978-3-947982-15-8, Auch als eBook erhältlich.

Im Katalog der Deutschen Nationalbibliothek Frankfurt und Leipzig und der Schweizerischen Nationalbibliothek in Bern.

Weitere Titel aus der Barron Trump Reihe:

1. Reisen und Abenteuer des kleinen Baron Trump und seines wunderbaren Hundes Bulger, Baron Trump Reihe 1, ISBN 978-3-947982-24-0

3. Der Letzte Präsident: Mehr als ein spannender Roman, Baron Trump Reihe 3, ISBN 978-1717910219

Inhaltsübersicht

Bulger ist von der Anhänglichkeit der Dorfhunde und der Anmaßung der Hauskatzen sehr genervt, seine Gesundheit leidet darunter, und er fleht mich an, wieder auf Reisen zu gehen. Ich willige bereitwillig ein, denn ich hatte über die Welt innerhalb einer Welt in einem muffigen alten Schriftstück gelesen. Geschrieben von dem gelehrten Don Fum. Abschließende Gespräche mit dem älteren Baron und der gnädigen Baronin, meiner Mutter.

Don Fums geheimnisvolle Wegbeschreibung. – Bulger und ich brechen nach Petersburg auf, um von dort aus nach Archangelsk weiterzureisen. – Die Geschichte unserer Reise bis nach Ilitsch auf dem Ilitsch. – Ivan, der Fuhrmann. – Wie wir uns auf der Suche nach den Portalen zur Welt innerhalb einer Welt nach Norden durchschlugen. – Ivans Drohung. – Bulgers Misstrauen gegenüber dem Mann und andere Dinge.

Iwan wird immer lästiger.- Bulger beobachtet ihn genau.- Sein feiger Angriff auf mich.- Mein treuer Bulger als Retter.- Ein Kutscher, der sich auszahlt.- Wie ich an einen sicheren Ort gebracht wurde.- In den Händen der alten Yuliana.- Der Brunnen der Riesen.

Meine Wunde heilt.- Yuliana spricht über den Brunnen der Riesen.- Ich beschließe, ihn zu besuchen.- Vorbereitungen für den Aufstieg ins Gebirge.- Was Yuliana und mir passierte.- Reflexion und dann Aktion. Wie ich es schaffte, den Aufstieg ohne Yuliana als Führer fortzusetzen.

Hinauf und immer noch hinauf, und durch die Steinbrüche der Dämonen. – Wie das Vieh die Spur hielt, und wie wir endlich am Rande des Brunnens der Riesen ankamen. – Die Terrassen sind sicher passiert. Abstieg in den Brunnen selbst. Alle Schwierigkeiten überwunden. – Wir erreichen den Rand des Trichters von Polyphemus.

Meine Verzweiflung, als ich das Rohr des Trichters zu klein für meinen Körper fand. – Ein Strahl der Hoffnung bricht über mich herein.- Vollständiger Bericht darüber, wie es mir gelang, in das

Rohr des Trichters einzudringen. – Meine Passage hindurch. – Bulgers rechtzeitige Hilfe. – Der Marmorweg und einige merkwürdige Dinge in Bezug auf den Eingang zu der Welt innerhalb einer Welt.

Entdeckung des natürlichen Gases, das ihnen Licht und Wärme spendet, und des prächtigen Schatzhauses der Natur. – Wie sie ihre zerfledderten Kleider ersetzten und begannen, die Stadt aus Silber zu errichten. – Die seltsamen Unglücke, die ihnen widerfuhren, und wie sie ihnen gewachsen waren, so schrecklich sie auch waren.

Beginnt mit etwas über die kleinen Soodopsies, verzweigt sich aber zu einem anderen Thema, nämlich dem stillen Lied der singenden Finger, dem schönen Mädchen aus der Stadt des Silbers, und Fassbraue ist so freundlich, mich in einem bestimmten Punkt aufzuklären, und er nimmt die Gelegenheit wahr, Bulger ein sehr großes Kompliment zu machen, das er natürlich verdient hat.

Dies ist ein langes und trauriges Kapitel. – Es erzählt, wie der liebe, sanfte Schmollmund verloren ging und wie die Soodopsies um ihn trauerten und wen sie verdächtigten. – Die wahre Geschichte seines schrecklichen Schicksals. – Was auf meine Entdeckung folgt. – Wie ein wunderschönes Boot für mich von den dankbaren Soodopsies gebaut wird, und wie Bulger und ich dem Land der Scheinaugen Adieu sagen.

Wie wir auf unserem Weg den dunklen und stillen Fluss hinunter beleuchtet wurden – Plötzlicher und heftiger Angriff auf unser schönes Muschelboot – Ein Kampf um das Leben gegen schreckliche Widrigkeiten, und wie Bulger mir dabei beistand – Kalte Luft und Eisbrocken – Unser Eintritt in die Höhle, aus der sie kamen – Das Muschelboot kommt zum Ende seiner Reise – Sonnenlicht in der Welt innerhalb der Welt und alles über das wunderbare Fenster, durch das es sich ergoss, und das geheimnisvolle Land, das es beleuchtete.

Der Eispalast im goldenen Sonnenlicht, und was ich mir darin vorstellte. – Wie wir von ein paar seltsam gekleideten Wächtern aufgehalten wurden. – Die Koltykwerps. – Seine frigide Majestät König Gelidus. – Weiteres über den Eispalast, zusammen mit einer Beschreibung des Thronsaals. – Unser Empfang durch den König und seine Tochter Schneeblume. – Kurze Erwähnung von Bullibrain, oder Lord Heißkopf.

Lord Hitzkopf wieder, und diesmal eine ausführlichere Schilderung von ihm. – Seine wundersamen Erzählungen über die Koltykwerps: Woher sie kamen, wer sie waren und wie sie es schafften, in dieser

ger sie löste - unser Abschied von den kaltblütigen Koltykwerps - Schneeblumes Kummer über unseren Weggang.

Alles über den schrecklichsten, aber großartigsten Ritt, den ich je in meinem Leben unternommen habe – neunzig Meilen auf dem Rücken einer fliegenden Eismasse, und wie Bulger und ich endlich an den Ufern eines wunderbaren Flusses gelandet sind – wie der Tag in dieser Unterwelt anbrach.

Darin lesen Sie von den herrlichen Höhlen aus weißem Marmor, die an den wunderschönen Fluss grenzen – die Tropen der Unterwelt – wie wir am Ufer des Flusses auf einen einsamen Wanderer stießen – mein Gespräch mit ihm und meine Freude darüber, dass ich mich im Land der Rasselhirne oder glücklichen Vergesser befand – eine kurze Beschreibung von ihnen.

Wie wir in das Land der Glücklichen Vergesser gelangten. - Etwas mehr über diese seltsamen Leute. - Ihre Furcht vor Bulger und mir. - Ein Aufenthalt von nur einem Tag war uns vergönnt. - Beschreibung der angenehmen Häuser der Glücklichen Vergesser. - Die Drehtür, durch die Bulger und ich kurzerhand aus der Domäne der Rasselhirne entlassen werden. - Alles über die außergewöhnlichen Dinge, die Bulger und mir danach widerfahren sind. - Einmal mehr in der freien Luft der Oberwelt, und dann auf dem Heimweg.

Der Letzte Präsident: Mehr als ein spannender Roman

Eine Donald J. Trump Prophezeiung von vor 120 Jahren - (Baron Trump Reihe 3)

Reisen und Abenteuer des kleinen Baron Trump und seines wunderbaren Hundes Bulger

7+7 Secrets, die heute jeder wissen sollte

Trump hilft Scientology - Scientology den Krallen des Deep States entrissen: Nr. 2

Dianetik: Die moderne Wissenschaft der geistigen Gesundheit

Abbildungsverzeichnis

x

Lockwood ein Zeitreisender?

Kommentar von Andreas M. B. Groß

Im Juli 2017 wurden die Bücher Lockwoods von Usern eines Internetforums und dann von den Medien wiederentdeckt, die auf Ähnlichkeiten zwischen dem Protagonisten und dem US-Präsidenten Donald Trump – dessen Sohn Barron Trump heißt – hinwiesen. Baron Trump sei „frühreif, unruhig und anfällig für Probleme", er erwähnt oft sein gewaltiges Gehirn. Baron Trump erlebt die Abenteuer dieses Buchs in Russland.

Erwähnenswert auch ein anderes Buch von Ingersoll, „1900 oder der letzte Präsident", in dem New York City nach dem schockierenden Sieg eines populistischen Kandidaten bei den Präsidentschaftswahlen von 1896 von Protesten zerrissen wird, angeheizt von den Lügenmedien. Dem Präsidenten ging es darum, die Macht der Zentralbanken zu brechen und dem Volk neuen Wohlstand zu ermöglichen, indem er das Edelmetall Silber zur nationalen Währung erheben wollte. Das Buch dokumentierte die Schläge des Establishments, um ihre Macht zu erhalten, auch wenn daran die Gesellschaft zerbrechen sollte.

Wir hoffen, dass der laufende Angriff auf die globalen Machtstrukturen heute gelingen wird und die herrschende kriminelle Vereinigung der Globalisten ihrer gerechten Strafe zugeführt wird.

P.S.

In der eBook-epub-Ausgabe sind die Fussnoten in [eckigen Klammern] und finden sich nicht linkbar am Ende des Buches. In der pdf-Version sind die Fotos auch farbig und auch die Fussnoten anklickbar und unten auf der Seite.

Biografische Anmerkungen zu Wilhelm Heinrich Sebastian von Troomp, gemeinhin Kleiner Baron Trump genannt

Da die zweifelnden Thomase bei allen Gelegenheiten mit besonderem Vergnügen in der Art von Springteufel auftauchen, ist es vielleicht gut, ihnen in diesem speziellen Fall den Wind aus den Segeln zu nehmen, indem man beweist, dass Baron Trump ein echter Baron war und nicht nur ein gedanklicher Baron. Die Familie war ursprünglich eine französische Hugenottenfamilie - De la Trompe -, die nach der Aufhebung des Edikts von Nantes im Jahre 1685 nach Holland flüchtete, wo ihr Oberhaupt den Namen Van der Troomp annahm, so wie viele andere französische Protestanten ihre Namen ins Niederländische übertrugen. Einige Jahre später wurde Niklas Van der Troomp auf Einladung des Kurfürsten von Brandenburg dessen Untertan und erwarb ein großes Gut in der Provinz Pommern, wobei er erneut seinen Namen änderte, diesmal in Von Troomp.

Der „Kleine Baron", so genannt wegen seiner zierlichen Statur, wurde irgendwann in der zweiten Hälfte des siebzehnten Jahrhunderts geboren. Er war der letzte seiner Rasse in direkter Linie, obwohl Cousins von ihm heute bekannte pommersche Adlige sind.

Er begann seine Reisen in einem unglaublich frühen Alter und füllte sein Schloss mit solch merkwürdigen Gegenständen, die er hier und da in den weit entfernten Ecken der Welt aufhob, dass die einfältige Bauernschaft ihn halb als Wichtigtuer und halb als Zauberer ansah - daher das Wachstum der vielen Mythen und phantasievollen Geschichten über diesen unermüdlichen Weltenbummler.

ONLY AUTHENTIC PORTRAIT OF
WILHELM HEINRICH SEBASTIAN VON TROOMP
(FROM THE OIL PAINTING).

Figure 1: Einzig authentisches Porträt von Wilhelm Heinrich Sebastian von Trump (aus dem Ölgemälde)

Das Datum seines Todes kann nicht mit Sicherheit bestimmt werden, aber so viel kann man sagen: Unter den Porträts pommerscher Persönlichkeiten, die im Stettiner Rathaus hängen, befindet sich eines, das einen Mann von niedriger Statur und mit einem viel zu großen Kopf für seinen Körper zeigt. Er ist in ein ausgefallenes Kostüm gekleidet und hält in der linken Hand ein groteskes Bildnis aus Elfenbein, das kunstvoll geschnitzt ist. Das breite Gesicht ist voller Intelligenz, und die großen grauen Augen leuchten mit einem gutmütigen, aber neugierigen Blick, der immer die Aufmerksamkeit auf sich zieht. Die rechte Hand des Mannes ruht auf dem Rücken eines Hundes, der auf einem Tisch sitzt und mit einer Würde herausschaut, die zeigt, dass er wusste, dass er für ein Porträt sitzt.

Wenn ein Besucher den Führer fragt, wer dieser Mann ist, bekommt er immer zur Antwort

„Ach, das ist der kleine Baron!"

Aber welcher kleine Baron, das ist die Frage?

Warum kann es nicht der berühmte Wilhelm Heinrich Sebastian von Troomp sein, im Volksmund „Kleiner Baron Trump" genannt, und sein wunderbarer Hund Bulger?

Kapitel I

Bulger ist von der Anhänglichkeit der Dorfhunde und der Anmaßung der Hauskatzen sehr genervt, seine Gesundheit leidet darunter, und er fleht mich an, wieder auf Reisen zu gehen. Ich willige bereitwillig ein, denn ich hatte über die Welt innerhalb einer Welt in einem muffigen alten Schriftstück gelesen. Geschrieben von dem gelehrten Don Fum. Abschließende Gespräche mit dem älteren Baron und der gnädigen Baronin, meiner Mutter.

Bulger war ganz und gar nicht er selbst, liebe Freunde. Da war ein lustloser Blick in seinen Augen, und sein Schwanz reagierte nur mit einem halbherzigen Wedeln, wenn ich mit ihm sprach. Ich sage halbherzig, denn ich hatte immer die Vorstellung, dass das andere Ende von Bulgers Schwanz an seinem Herzen befestigt war. Auch sein Appetit war mit seinen Launen geschwunden, und er tat selten mehr, als an dem leckeren Essen zu schnuppern, das ich ihm vorsetzte, obwohl ich versuchte, ihn mit gebratener Hühnerleber und gerösteten Hahnenkämmen - zwei seiner Lieblingsspeisen - zu verführen.

Offensichtlich ging ihm etwas durch den Kopf, und doch kam es mir nie in den Sinn, was dieses Etwas war; denn um ehrlich zu sein, war es etwas, das ich ausgerechnet dort nie zu finden geglaubt hätte.

Möglicherweise hätte ich an einem früheren Tag herausgefunden, worum es sich handelte, wenn ich nicht gerade zu dieser Zeit sehr beschäftigt gewesen wäre, zu beschäftigt sogar, um irgendjemandem viel Aufmerksamkeit zu schenken, selbst meinem lieben vierfüßigen Ziehbruder. Wie Sie sich vielleicht erinnern, liebe Freunde, ist mein Gehirn ein sehr aktives; und wenn ich mich einmal für ein Thema interessiere, kann Schloss Trump selbst Feuer fangen und brennen, bis die Beine meines Stuhls verkohlt sind, bevor ich den Lärm und die Verwirrung höre oder sogar den Rauch rieche.

Zur Zeit von Bulgers Niedergeschlagenheit war der ältere Baron durch die Freundlichkeit eines alten Schulfreundes in den Besitz eines Manuskripts aus dem fünfzehnten Jahrhundert gekommen, das aus der Feder eines nicht weniger berühmten Denkers und Philosophen stammte als des gelehrten Spaniers Don Constantino Bartolomeo Strepholofidgeguaneriusfum, unter Gelehrten allgemein als Don Fum bekannt, mit dem Titel „Eine Welt innerhalb einer Welt". In diesem Werk stellte Don Fum die wunderbare Theorie auf, dass es allen Grund zu der Annahme gibt, dass das Innere unserer Welt bewohnt ist; dass, wie bekannt, dieser riesige Erdball nicht fest ist, im Gegenteil, er ist an vielen Stellen ganz hohl; dass vor ewigen Zeiten schreckliche Unruhen auf seiner Oberfläche stattgefunden haben und die Bewohner dazu getrieben haben, Zuflucht in diesen riesigen unterirdischen Kammern zu suchen, die in der Tat so riesig sind, dass sie den Namen „Eine Welt innerhalb einer Welt" verdienen.

Dieses Buch mit seinen zerknitterten, zerrissenen und von der Zeit befleckten Blättern, die den Geruch von Gewölben und wurmzerfressenen Truhen verströmten, übte eine eigentümliche Faszination auf mich aus. Den ganzen Tag lang und oft bis tief in die Nacht saß ich über den muffigen

und schimmligen Seiten und vergaß die Welt an der Oberfläche, während ich mit dem Senkblei der Gedanken diese
unterirdischen Tiefen erkundete und mit dem Auge und
Ohr der Phantasie die Bewohner darin betrachtete und ihnen zuhörte.

Während ich so beschäftigt war, saß Bulger am liebsten auf
einem malerisch bestickten Lederkissen, das ich auf einer
meiner Reisen aus dem Orient mitgebracht hatte und das
nun am Ende meines Arbeitstisches in der Nähe des Fens-
ters lag. Von diesem Aussichtspunkt aus hatte Bulger einen
umfassenden Blick auf den Park und die Terrasse sowie auf
die Auffahrt zur Einfahrt. Nichts entging seinem wachsamen Auge. Hier saß er Stunde um Stunde und vergnügte
sich, indem er das Kommen und Gehen aller möglichen
Leute beobachtete, von den Händlern mit Krimskrams bis
zu den vornehmsten Leuten der Grafschaft. Eines Tages
wurde meine Aufmerksamkeit dadurch erregt, dass er
plötzlich von seinem Kissen heruntersprang und ein leises
missmutiges Knurren von sich gab. Ich schenkte dem wenig Beachtung, aber zu meiner Überraschung geschah es
am nächsten Tag um dieselbe Stunde wieder.

Meine Neugierde war nun gründlich geweckt; und indem
ich Don Fums muffiges Manuskript weglegte, eilte ich zum
Fenster, um die Ursache von Bulgers Verärgerung zu erfahren.

Und siehe da, das Geheimnis war gelüftet! Da stand ein
halbes Dutzend Straßenköter, die den Pächtern der fürstlichen Ländereien gehörten, schauten zum Fenster hinauf
und versuchten durch ihr Bellen und ihre Eskapaden, Bulger zum ausgelassenen Herumtollen zu verführen. Liebe
Freunde, muss ich Euch versichern, dass diese Vertraulich-
keit dem Bulger äußerst widerwärtig war? Ihre Unverschämtheit war ein wenig mehr, als er ertragen konnte. Ich
läutete meine Glocke und wies meinen Diener an, sie zu
verjagen. Woraufhin Bulger einwilligte, seinen Platz am
Fenster wieder einzunehmen.

Am nächsten Morgen, als ich mich gerade zu einer ausgiebigen Lektüre niedergelassen hatte, wurde ich beinahe von Bulger aufgeschreckt, der mit feurig blitzenden Augen und vor Wut gefletschten Zähnen ins Zimmer sprang. Er griff nach dem Rock meines Morgenmantels und zerrte wie wild daran, was bedeutete: „Leg dein Buch beiseite, kleiner Meister, und folge mir."

Ich tat es. Er führte mich die Treppe hinunter, über den Flur und in das Esszimmer, und da wurde mir dieser neue Grund für seine Unzufriedenheit sehr deutlich. Um seinen silbernen Frühstücksteller gruppiert saßen eine uralte gescheckte Katze und vier Kätzchen, die alle seelenruhig an seinem Frühstück naschten oder schleckten. Als er zu mir aufsah, stieß er ein scharfes, klagendes Heulen aus, so als wollte er sagen: „Da, kleiner Meister, sieh dir das an. Ist das nicht genug, um die Geduld eines Heiligen zu erschüttern? Kannst du dich wundern, dass ich nicht glücklich bin mit all diesen unangenehmen Dingen, die mir widerfahren? Ich sage dir, kleiner Meister, es ist zu viel für Fleisch und Blut, um es zu ertragen."

Das dachte ich auch und tat alles in meiner Macht Stehende, um meinen unglücklichen kleinen Freund zu trösten; aber stellen Sie sich vor, wie überrascht ich war, als ich in mein Zimmer kam und ihm befahl, sich auf sein Kissen zu setzen, und er sich weigerte, zu gehorchen.

Es war etwas Außergewöhnliches und brachte mich zum Nachdenken. Er bemerkte dies und gab ein freudiges Bellen von sich, dann stürzte er in mein Schlafgemach. Er war einige Augenblicke weg und kam dann mit einem Paar orientalischer Schuhe im Maul zurück, die er mir zu Füßen legte. Wieder und wieder verschwand er und kam jedes Mal mit einem Kleidungsstück im Maul zurück. In wenigen Augenblicken hatte er ein komplettes orientalisches Kostüm vor meinen Augen auf den Boden gelegt; und glaubt mir, liebe Freunde, es war der gleiche Anzug, den ich auf meinen letzten Reisen in fernen Ländern getragen hatte, als er und ich auf der Insel Gogulah, dem Land der runden Körper, Schiffbruch erlitten hatten. Was hatte das alles zu bedeuten? Nun, dies, um sicher zu sein: –

„Kleiner Meister, kannst du deinen lieben Bulger nicht verstehen? Er ist dieses langweiligen und geistlosen Daseins überdrüssig. Er ist müde von der zunehmenden Anhänglichkeit dieser Mischlingsflöhe der Nachbarschaft und von der Dreistigkeit dieser Küchentiger und ihrer Familien. Er fleht dich an, aus diesem Leben der Trägheit und Untätigkeit auszubrechen und für die Ehre der Trumps wieder auf und davon zu sein." Ich beugte mich hinunter, schlang meine Arme um meinen lieben Bulger und rief aus.

„Ja, ich verstehe dich jetzt, treuer Gefährte, und ich verspreche dir, dass wir, bevor dieser Mond sich gefüllt hat, Schloss Trump noch einmal den Rücken kehren werden, auf und davon, auf der Suche nach den Portalen zu Don Fums " Welt innerhalb einer Welt." Als Bulger diese Worte hörte, brach er in das wildeste, aberwitzigste Bellen aus und hüpfte hin und her, als ob sich plötzlich der Geist des Schabernacks in seinem Herzen eingenistet hätte. Inmitten dieses verrückten Treibens klopfte es leise an meine Zimmertür, was mich veranlasste, zu rufen...

„Ruhe, Ruhe, guter Bulger, es klopft jemand. Ruhe, sage ich."

Es war der alte Baron. Mit düsterer Miene und stattlichem Schritt trat er vor und nahm neben mir auf dem Baldachin Platz. „Willkommen, verehrter Vater!" rief ich aus, als ich seine Hand nahm und sie an meine Lippen führte. „Ich war gerade im Begriff, Euch aufzusuchen."

Er lächelte und sagte dann. „Nun, kleiner Baron, was hältst du von Don Fums Welt innerhalb einer Welt?"

„Ich denke, mein Herr", antwortete ich, „daß Don Fum recht hat: daß es eine solche Welt geben muß; und mit Eurer Einwilligung habe ich die Absicht, mich in aller gebotenen Eile auf die Suche nach ihrer Pforte zu machen, sobald meine liebe Mutter, die gnädige Baronin, ihr Herz dazu bringen kann, sich von mir zu trennen."

Der ältere Baron schwieg einen Augenblick und fügte dann hinzu: „Kleiner Baron, so sehr es deiner Mutter und mir auch graut, wenn wir daran denken, dass du wieder einmal nicht unter dem sicheren Schutz dieses ehrwürdigen Daches sein wirst, dessen moosbewachsene Ziegel so viele Generationen der Trumps beherbergt haben, so dürfen wir in dieser Sache doch nicht egoistisch sein. Der Himmel bewahre uns davor, dass ein solcher Gedanke unsere Seelen bewegt, dich aufzuhalten! Die Ehre unserer Familie, dein Ruhm als Entdecker fremder Länder in fernen Winkeln der Erde rufen uns auf, stark zu sein. Deshalb, mein lieber Junge, mach dich bereit und zieh noch einmal los auf der Suche nach neuen Wundern. Die Karte des gelehrten Don Fum wird dir wie ein sicherer und treuer Ratgeber zur Seite stehen. Erinnere dich, kleiner Baron, an das Motto der Trumps: Per Ardua ad Astra – d.h. der Weg zum Ruhm ist mit Fallstricken und Gefahren gepflastert - aber der tröstliche Gedanke wird mir immer bleiben, dass, wenn deine scharfe Intelligenz versagt, Bulgers untrüglicher Instinkt da sein wird, um dich zu führen."

Als ich mich bückte, um dem älteren Baron die Hand zu küssen, betrat die gnädige Baronin den Raum.

Bulger beeilte sich, sich auf seine Hinterbeine zu erheben und ihr zum Zeichen des respektvollen Grußes die Hand zu lecken. Die Tränen drückten hart gegen ihre Augenlider, aber sie hielt sie zurück und umschlang meinen Hals mit ihren liebevollen Armen und drückte mir so manchen Kuss auf Wangen und Stirn.

„Ich weiß, was das alles bedeutet, mein lieber Sohn", murmelte sie mit dem traurigsten Lächeln; „aber es soll nie gesagt werden, dass Gertrude Baronin von Trump ihrem Sohn im Wege stand, dem Familienwappen neuen Ruhm hinzuzufügen. Geh, geh, kleiner Baron, und der Himmel wird dich zu gegebener Zeit sicher in unsere Arme und in

DEPARTURE FROM CASTLE TRUMP.

Figure 2: Abreise vom Schloss Trump

unsere Herzen zurückbringen."

Bei diesen Worten stieß Bulger, der dem Gespräch mit ge-
spitzten Ohren und funkelnden Augen zugehört hatte, einen langen Freudentaumel aus, sprang dann auf meinen
Schoß und bedeckte mein Gesicht mit Küssen. Danach ließ
er seinem Glück in einer Reihe von ohrenbetäubendem Bellen und einer Reihe der verrücktesten Sprünge freien Lauf.
Es war einer der glücklichsten und prächtigsten Tage seines Lebens, denn er fühlte, dass er einen beträchtlichen
Einfluss darauf ausgeübt hatte, meinen Entschluss, noch
einmal auf Reisen zu gehen, auf den Punkt zu bringen.

Und nun schallte das Getrappel eiliger Füße und das laute
Gemurmel besorgter Stimmen durch die Gänge des Schlosses, während ich drinnen und draußen immer wieder den
Ruf hörte, der mal geflüstert und mal laut ausgesprochen
wurde

„Der kleine Baron macht sich bereit, das Haus wieder zu
verlassen."

Bulger rannte hin und her, um alles zu begutachten und alle Vorbereitungen zu notieren, und ich konnte sein freudiges Bellen hören, wenn irgendein vertrauter Gegenstand,
den ich auf meinen früheren Reisen benutzt hatte, aus seinem Versteck gezogen wurde.

Zwanzigmal am Tag kam meine liebe Mutter in mein Zimmer, um mir einen guten Rat zu geben oder eine wertvolle
Warnung zu wiederholen. Es schien mir, dass ich sie noch
nie so ruhig, so stattlich, so liebenswert gesehen hatte.

Sie war sehr stolz auf meinen großen Namen, und das waren in der Tat alle Männer, Frauen und Kinder im Schloss.
Wäre ich nicht so davongekommen, wie ich es tat, hätte
man mich buchstäblich mit Freundlichkeit umgebracht und
Bulger mit Süßigkeiten erschlagen.

Kapitel II

Don Fums geheimnisvolle
Wegbeschreibung. -
Bulger und ich brechen nach
Petersburg auf, um von dort aus nach
Archangelsk weiterzureisen. -
Die Geschichte unserer Reise bis nach
Ilitsch auf dem Ilitsch. -
Ivan, der Fuhrmann. -
Wie wir uns auf der Suche nach den
Portalen zur Welt innerhalb einer Welt
nach Norden durchschlugen. -
Ivans Drohung. -
Bulgers Misstrauen gegenüber dem
Mann und andere Dinge.

Nach dem Manuskript des gelehrten Don Fum befanden
sich die Portale zur Welt in der Welt irgendwo in Nordrussland, möglicherweise, so dachte er, nach allen Anhalts-
punkten, irgendwo am Westhang des oberen Urals. Aber
der große Denker konnte sie nicht mit Genauigkeit lokali-
sieren. „Das Volk wird es dir sagen", war der geheimnisvolle Satz, der immer wieder auf den verschimmelten Seiten
dieser wunderbaren Schrift auftauchte. „Das Volk wird es
dir sagen." Ah, aber welches Volk wird gelehrt genug sein,
mir das zu sagen? war die hirnzermürbende Frage, die ich

mir stellte, schlafend und wach, bei Sonnenaufgang, bei Mittag und bei Sonnenuntergang; beim Krähen des Hahns und in den stillen Stunden der Nacht.

„Die Leute werden es dir sagen", sagte der gelehrte Don Fum.

„Ah, aber welches Volk wird mir sagen, wo ich die Tore zur Welt in der Welt finde?"

Bisher hatte ich auf meinen Reisen ein halborientalisches Gewand gewählt, sowohl wegen seiner Pittoreske als auch wegen seiner Leichtigkeit und Wärme, aber nun, da ich im Begriff war, für einige Monate ganz Russland zu durchqueren, beschloss ich, die russische Nationaltracht anzuziehen; Denn da ich Russisch fließend sprach, wie eine ganze Reihe von lebenden und toten Sprachen, würde ich dadurch in die Lage versetzt werden, zu kommen und zu gehen, ohne ständig meinen Pass vorzuzeigen oder meine Gedankengänge ständig durch neugierige Reisegefährten stören zu lassen - eine sehr wichtige Sache für mich, denn mein Verstand besaß die außerordentliche Fähigkeit, jede Aufgabe, die ihm von mir gestellt wurde, automatisch auszuarbeiten, vorausgesetzt, er wurde nicht plötzlich durch irgendeine lächerliche Unterbrechung aus der Bahn geworfen. So war ich zum Beispiel eines Tages kurz davor, das Perpetuum mobile zu entdecken, als die gnädige Baronin plötzlich die Tür öffnete und mich fragte, ob ich in letzter Zeit die Nägel meiner großen Zehen geschnitten hätte, da sie beobachtet hatte, dass ich in mehreren Paaren meiner besten Strümpfe Löcher aufwies.

Es war etwa Mitte Februar, als ich von Schloss Trump aufbrach, und ich reiste Tag und Nacht, um Petersburg bis zum ersten März zu erreichen, denn ich wusste, dass die Staatsbahnen diese Stadt in der ersten Woche des Monats in Richtung Weißes Meer verlassen würden. Bulger und ich waren beide bei bester Gesundheit und guter Laune, und die Müdigkeit der Reise machte sich nicht im Geringsten bemerkbar. In dem Moment, in dem ich in der russischen Hauptstadt ankam, bat ich den Kaiser um die Erlaubnis, in einen der Staatsbahnen einsteigen zu dürfen, was auch gnädigerweise gewährt wurde. Unsere Route verlief mehrere Tage lang fast direkt nach Norden, bis wir am Ende unserer Reise die Ufer des Ladogasees[1] erreichten.

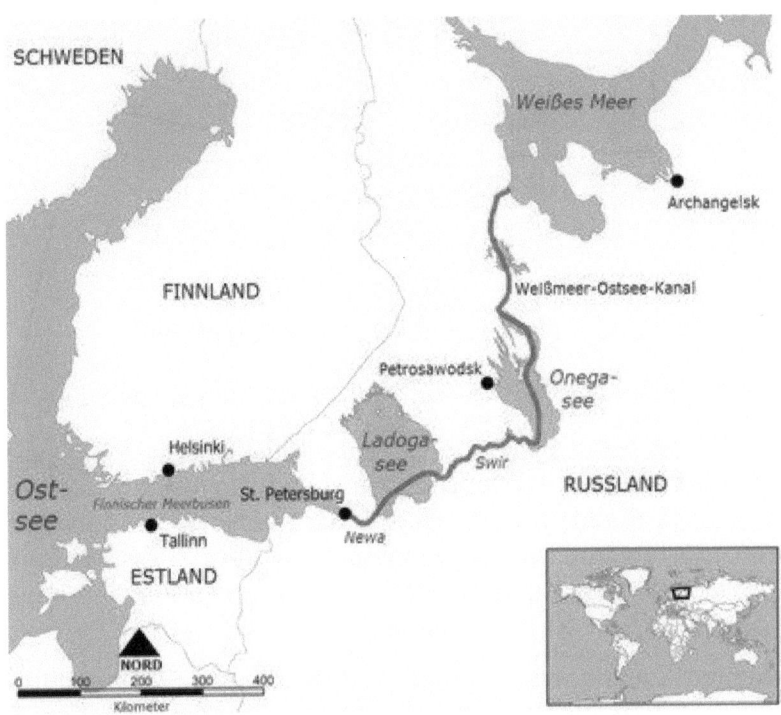

Figure 3: St. Petersburg, Ladoga-See, Onega-See bis Weisses Meer Foto Herkunft: Von NormanEinstein, j.budissin (Julian Nitzsche) - Erstellt von NormanEinstein am 6.12.2005 (als Image:White_Sea_Canal_map.png), übersetzt von j.budissin, CC BY-SA 3.0, https://commons.wikimedia.org/w/index.php?curid=2080430

---

1   Der Ladogasee (russisch Ладожское Озеро/ Ladoschskoje Osero, finnisch Laatokka, früher Nevajärvi, karelisch Luadogu, wepsisch Ladoganjärv) ist mit rund 18.000 km² der größte See Europas. Er liegt in Nordwestrussland zwischen der Oblast Leningrad und dem Süden der Republik Karelien, nahe der Grenze zu Finnland.

16

Diesen überquerten wir auf dem Eis mit unseren Schlitten, ebenso wie einige Tage später den Onega-See.

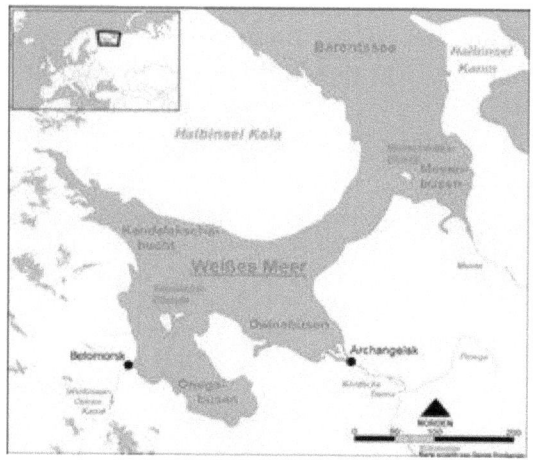

Figure 4: Weisses Meer

Von dort ging es wieder auf dem Landweg weiter, bis wir die Onega-Bucht[2] erreichten, die wir ebenfalls auf dem Eis überquerten und so die gleichnamige Station erreichten, wo wir einen Tag lang anhielten, um unseren Pferden eine wohlverdiente Pause zu gönnen.

Von hier aus ging es in gerader Linie über die Schneefelder nach Archangelsk[3], einem wichtigen Handelsposten am

---

2 Der Onegabusen (russisch Онежская губа/Oneschskaja guba oder Онежский залив/Oneschski saliw, auch Onegabucht) ist eine Meeresbucht des Weißen Meeres in Nordwestrussland.

3 Archangelsk [ɐrˈxangʲɪlʲsk] (russisch Архангельск, wörtlich „Erzengelstadt") ist eine Hafenstadt in Nordrussland. Sie befindet sich oberhalb der Mündung der Nördlichen Dwina in das Weiße Meer. Die Stadt entstand im Jahr 1584 mit der Befestigung des im 12. Jahrhundert gegründeten Erzengel-Michael-Klosters, dem die Stadt ihren Namen verdankt. Archangelsk war im 16. Jahrhundert der erste russische Seehafen,

Weißen Meer.

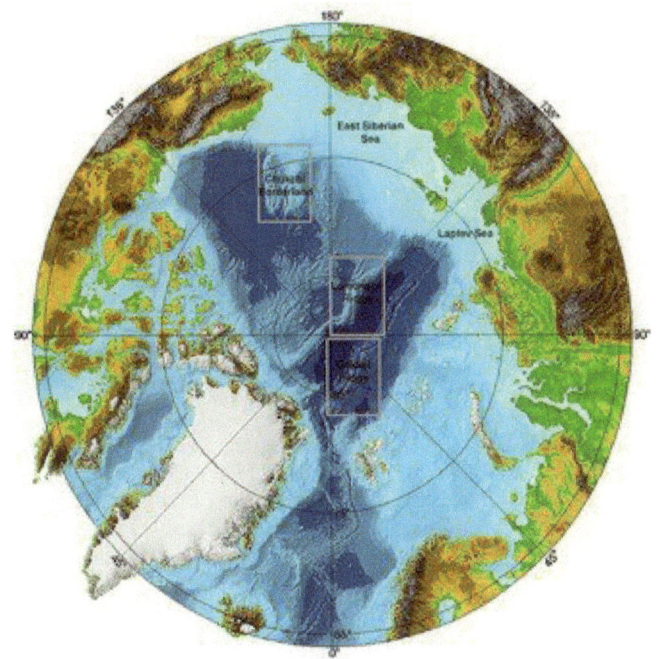

Figure 5: Der arktische Ozean, rechts unten das Weisse Meer
Urheber der Graphik: NOAA - http://www.ngdc.noaa.gov/mgg/bathyme-
try/arctic/ibcao_gebco_comp.html,
Gemeinfrei, https://commons.wikimedia.org/w/index.php?curid=3615532

Da dies das Ziel des Regierungszuges war, trennte ich mich nach ein paar Tagen angenehmen Aufenthalts im Regierungshaus von seinem Kommandanten und machte mich auf den Weg, nur begleitet von meinem treuen Bulger und zwei Dienern, die mir vom kaiserlichen Kommissar zuge-

---

über den Handel mit England und anderen westeuropäischen Staaten getrieben wurde. Heute ist Archangelsk eine der wichtigsten Industriestädte Nordrusslands.

teilt worden waren.

Figure 6: Kloster des heiligen Erzengels Michael von Archangelsk.
Das Bild wurde vom Archangelsker Fotografen J.I. Leitzinger in den frü-
hen 1900er Jahren aufgenommen. By ЕгорСельский - Own work, CC BY-
SA 4.0, https://commons.wikimedia.org/w/index.php?curid=38165612

Mein Kurs führte mich nun die Dwina[4] hinauf bis nach Solwytschegodsk[5]; von dort ging es weiter über die zugefrore-
nen Wasser der Witchegda bis zum Regierungsposten Ja-
rensk, und von hier aus ging es weiter nach Osten, bis uns
unsere tapferen Pferdchen in das malerische Dorf Ilitch am
Ilitch gezogen hatten.

---

4   Die Nördliche Dwina (russisch Северная Двина, Sewernaja
    Dwina) ist ein 744 km langer Strom im Norden des europäi-
    schen Teils von Russland. Nur wenig nordwestlich von Ar-
    changelsk und direkt östlich von Sewerodwinsk mündet die
    Nördliche Dwina in einem 900 Quadratkilometer großen Delta
    in den Dwinabusen, eine bis zu 70 km breite Bucht des Wei-
    ßen Meeres.

5   Solwytschegodsk (russisch Сольвычегóдск) ist eine Klein-
    stadt in Nordwestrussland. Sie gehört zur Oblast Archangelsk
    und hat 2460 Einwohner (Stand 14. Oktober 2010).

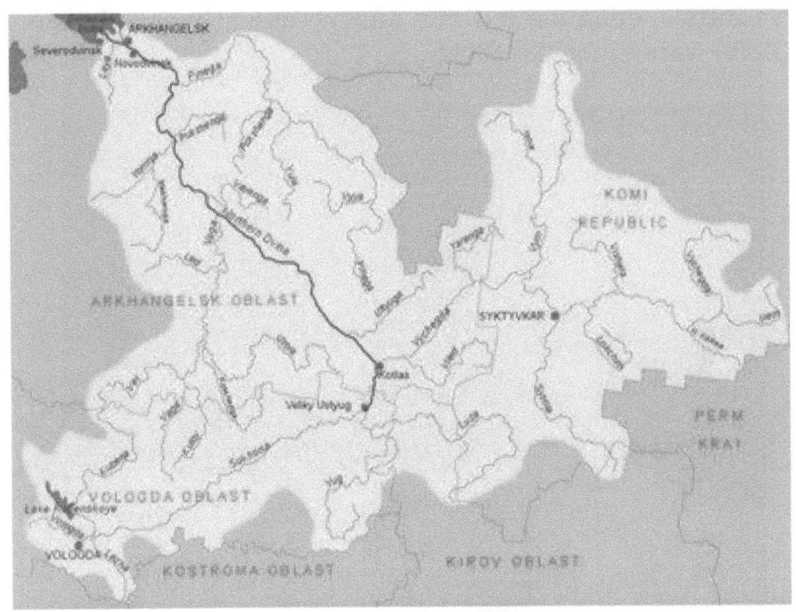

Figure 7: Der Strom Dwina

Hier mussten wir unsere Schlitten verlassen, denn der Schnee war wie von Zauberhand verschwunden und gab weite Blicke auf grüne Felder frei, die in wenigen Tagen von der Maisonne mit Blumen und süßen Sträuchern übersät wurden. In Ilitch musste ich die beiden treuen Regierungsbeamten, die mich von Archangelsk aus begleitet hatten, aus meinem Dienst entlassen, denn sie hatten nun den westlichsten Punkt erreicht, den sie zu besuchen beauftragt waren. Ich war ihnen sehr zugetan, und Bulger auch, und nach ihrer Abreise hatten wir beide das Gefühl, zum ersten Mal unter Fremden in einem fremden Land zu sein; aber es gelang mir, einen vertrauenswürdigen Fuhrmann, Iwan mit Namen, zu engagieren, der mit mir einen Vertrag für einen guten Lohn abschloss, um mich hundert Meilen weiter nach Norden zu bringen.

„Aber keinen Schritt weiter, kleiner Baron!" sagte der Bursche hartnäckig. Ich befand mich nun wirklich am Fuße des

Nordurals, denn die felsigen Kämme und schneebedeckten Gipfel waren in voller Sicht.

Figure 8: Steinberg Kosva (Uralgebirge. Nördlicher Ural)
Bildnachweis: By Наумов Андрей
https://commons.wikimedia.org/w/index.php?curid=76029996

Ich warf viele wehmütige Blicke hinauf zu den wilden Regionen, die von ihren steilen Wänden und Brüstungen eingeschlossen waren, zottelig und mit schwarzen Kiefern bewachsen, denn eine leise, geheimnisvolle Stimme flüsterte in mein inneres Ohr, dass ich irgendwo, ach, irgendwo in dieser schrecklichen Wildnis, eines Tages an die Pforte der Welt in der Welt gelangen würde! Trotz allem, was ich tun konnte, empfand Bulger eine heftige Abneigung gegen Iwan und Iwan gegen ihn; und wäre der Handel nicht zustande gekommen und das Geld nicht bezahlt worden, hätte ich mich nach einem anderen Fuhrmann umsehen müssen. Und doch wäre es töricht gewesen, denn Iwan hatte zwei ausgezeichnete Pferde, wie ich auf den ersten Blick sah, und außerdem kümmerte er sich bestens um sie, striegelte sie bei jedem Posten, bis sie ganz trocken waren, und dachte nicht an sein eigenes Abendessen, bevor sie getränkt und gefüttert waren.

Figure 9: Tarantasse (eine Art Russenkutsche) in Sibirien
Foto zwischen 1885 und 1886 von George Kennan (February 16, 1845 –
1924), gemeinfrei. https://en.wikipedia.org/wiki/File:Tarantass.jpg

Auch sein Wagen war ganz neu und solide gebaut und gut mit weichen Decken ausgestattet, alles in allem so bequem, wie man einen Wagen machen kann, der keine anderen Federn hat als die beiden langen Holzstützen, die von Achse zu Achse reichen. Sie waren zwar etwas elastisch; aber ich konnte bemerken, dass Bulger nicht allzu gern in diesem merkwürdigen Gefährt mit seinem rasselnden Gang diese Bergstraßen hinauf und hinunter fuhr und oft um Erlaubnis bat, herauszuspringen und zu Fuß zu folgen.

Endlich meldete Iwan, dass alles zum Aufbruch bereit sei; und obwohl ich meine Abreise von Ilitch auf dem Ilitch gerne so ruhig wie möglich vollzogen hätte, erschien doch das ganze Dorf, um uns zu verabschieden - Iwans Familie, Vater, Mutter, Schwestern und Brüder, Frau und Kinder, Onkel und Tanten und Cousins und Cousinen zu Dutzenden, die allein schon genug Leute für eine kleine Stadt ausmachen. Sie jubelten und schwenkten ihre Halstücher, Bulger bellte, und ich lächelte und zog meine Mütze mit der ganzen Würde eines Trump. Und so kamen wir endlich von

Ilitch auf dem Ilitch weg, Iwan auf der Droschke und Bulger und ich hinten, dicht beieinander sitzend, wie zwei Brüder, die wir waren - zwei Brüste mit einem einzigen Herzschlag und zwei Gehirne, die mit demselben Gedanken beschäftigt waren - dass wir bei Schwierigkeiten oder plötzlichen Überfällen, bei versteckten Gefahren oder kühnen und offenen Angriffen zusammenstehen und zusammen untergehen sollten! So manches Mal, wenn Iwans Pferde die lange Bergstraße hinaufkrochen und ich auf dem breit gepolsterten Sitz des Tarantasses mit einer Decke als Kopfkissen lag, ertappte ich mich dabei, dass ich unbewusst die geheimnisvollen Worte von Don Fum wiederholte

„Das Volk wird es dir sagen! Das Volk wird es dir sagen!"

Die Straßen waren so steil, dass wir an manchen Tagen nicht mehr als fünf Meilen schafften, und an anderen mussten wir mehrere Stunden anhalten, um Iwan die Möglichkeit zu geben, seinen Pferden die Hufe anzuziehen, die Achsen zu schmieren oder irgendetwas Nötiges in oder an seinem Wagen zu tun. Es war eine langsame Arbeit, ja, es war sehr langsam und mühsam, aber was macht es schon aus, wie viele oder wie große Schwierigkeiten ein Mann hat, der sich entschlossen hat, eine bestimmte Aufgabe zu erfüllen? Halten die Störche oder die Wildgänse inne, um die Tausende von Meilen zwischen ihnen und ihrer fernen Heimat zu zählen, wenn die Zeit kommt, ihren Kopf nach Süden zu wenden? Halten die braunen Ameisen inne, um die Hunderttausende von Sandkörnern zu zählen, die sie durch ihre langen Gänge und verschlungenen Passagen tragen müssen, bevor sie sich tief genug eingegraben haben, um dem Frost des Mittwinters[6] zu entkommen?

Es hatte viele Trumps gegeben, aber noch nie einen, der die Arme hochgeworfen und geschrien hatte: „Ich gebe auf!", und sollte ich der erste sein, der das tat?

---

6   Mittwinter steht für: Wintersonnenwende, den 21. Dezember; Hochwinter, das Kältemaximum des Winters.

„Niemals! Nicht einmal, wenn es bedeutete, das gute alte Schloss Trump nie wieder zu sehen!"[7]

*Figure 10: **Gib niemals auf!**: Wie ich meine größten Herausforderungen in meine größten Triumphe verwandelte. Buch von Donald J. Trump, und sein bekanntestes Motto.*

Eines Morgens, als wir im Serpentinen-Fahren ein besonders unangenehmes Stück Bergstraße hinauffuhren, drehte sich Iwan plötzlich um und rief, ohne auch nur den Hut abzunehmen, aus:

„Kleiner Baron, ich lege heute die letzte Meile der 100 zurück. Wenn du noch weiter nach Norden willst, musst du dir einen anderen Kutscher mieten, hörst du?"

---

7   Interessant, dass das DJT-Motto „Gib niemals auf!" schon in diesem 130 Jahre altem Buch über die Deutsche Trump-Familie zu finden ist. Eine alte Tradition von Kämpfern. Anmerkung des Herausgebers.

„Schweig!", sagte ich streng, denn der Bursche war in einen sehr wichtigen Gedankengang eingedrungen.

Auch Bulger ärgerte sich über die Unverschämtheit des Mannes, knurrte und zeigte seine Zähne.

„Aber, kleiner Baron, hören Sie auf die Vernunft", fuhr er in einem respektvolleren Ton fort und nahm seine Mütze ab: „Meine Leute werden mich zurückerwarten. Ich habe es meinem Vater versprochen - ich bin ein pflichtbewusster Sohn -..."

„Nein, nein, Iwan", unterbrach ich ihn scharf, „zügeln Sie Ihre Zunge, damit sie Ihrer Seele nicht schadet. So wisse denn, dass ich mit Ihren Vater gesprochen habe, und er hat mir versprochen, dass Sie mit mir ein zweites Mal hundert Meilen gehen sollen, wenn es sein muss, aber unter der Bedingung, dass ich Ihnen den doppelten Lohn gebe. Das soll geschehen, und obendrein ein schönes Geschenk für Eure Golubtchika (Geliebte)."

„Kleiner Baron, du bist ein harter Herr", wimmerte der Mann. „Wenn dich die Laune packte, würdest du mir befehlen, in den Brunnen der Riesen zu springen, nur um zu sehen, ob er einen Boden hat oder nicht. St. Nikolaus, rette mich!"

„Nein, Iwan", sagte ich freundlich, „ich kenne kein Wort der Grausamkeit, obwohl ich zugebe, dass das Recht manchmal hart erscheint, aber du bist zum Dienen geboren und ich zum Befehlen. Die Vorsehung hat dich arm und mich reich gemacht. Wir brauchen uns gegenseitig. Tu deine Pflicht, und du wirst mich gerecht und rücksichtsvoll finden. Sei ungehorsam, und du wirst feststellen, dass dieser kurze Arm von Ilitsch bis Petersburg ausgestreckt werden kann."

Iwan wurde bei dieser versteckten Drohung blass; aber ich hielt es für notwendig, sie auszusprechen, denn ich und auch Bulger witterten Verrat und Rebellion bei diesem ungehobelten Kerl, dessen gute Eigenschaft seine Liebe zu den Pferden war, und es war immer meine Lebensregel, meine Augen weit für das Gute in einem Menschen zu öffnen und sie vor seinen Fehlern zu verschließen. Aber trotz der freundlichen Worte und der freundlichen Behandlung wurde Iwan immer mürrischer und launischer, sobald wir den hundertsten Meilenstein passiert hatten.

Bulger beobachtete ihn mit einem Blick, der so fest und nachdenklich war, dass der Mann vor ihm fast zitterte. Von Stunde zu Stunde wurde er unruhiger, und als wir eine Schenke am Straßenrand verließen, bemerkte ich zum ersten Mal, seit wir Ilitch auf dem Ilitch verlassen hatten, dass der Kerl zu viel Fusel getrunken hatte. Er ließ seine Zunge los und hob die Hand gegen seine Pferde, die er bis zu diesem Augenblick mit Liebkosungen und Kosenamen zu beladen pflegte.

„Nehmen Sie sich vor Ihrem Kutscher in Acht, kleiner Baron", flüsterte der Schankwirt. „Er ist in einer rücksichtslosen Stimmung. Er würde nicht anhalten, wenn der Brunnen der Riesen vor ihm klaffen würde. Der heilige Nikolaus möge Euch beschützen!"

Kapitel III

Iwan wird immer lästiger.-
Bulger beobachtet ihn genau.-
Sein feiger Angriff auf mich.-
Mein treuer Bulger als Retter.-
Ein Kutscher, der sich auszahlt.-
Wie ich an einen sicheren Ort gebracht
wurde.- In den Händen der alten
Yuliana.-
Der Brunnen der Riesen.

Als wir für die Nacht anhielten, konnte ich den Mann nur durch die Androhung strenger Strafen bei meiner Rückkehr nach Ilitch dazu bringen, seine Pferde trocken zu reiben und sie ordentlich zu füttern und zu tränken; aber ich stand über ihm, bis er seine Arbeit gründlich erledigt hatte, denn ich wusste, dass solche Pferde in diesem Land weder für Geld noch für Liebe zu haben waren, und wenn sie mit nassem Fell in der kalten Nachtluft lahmten, konnte das eine Woche Verzögerung bedeuten.

Kaum hatte ich mich auf die harte Matratze geworfen, die der Wirt als das beste Bett im Haus bezeichnete, wurde ich durch lautes und ungestümes Gerede im Nebenzimmer geweckt. Iwan trank und stritt sich mit den Dorfbewohnern. Mit Pfeilen der Empörung in den Augen und dem treuen Bulger auf den Fersen stürmte ich ins Zimmer.

In dem Moment, als Iwan uns erblickte, wich er halb im Ernst, halb im Scherz zurück und rief

„He, seht euch das Mazuntchick an! Der kleine Bengel!

Wie schlau er aussieht! Er erschreckt mich! Seht seine Augen, wie sie im Dunkeln funkeln! Seht euch den kleinen Dämon auf vier Beinen neben ihm an! Rettet mich, Brüder! Rettet mich, er wird mich in den Brunnen der Riesen stürzen! Marianka wird mich nie mehr sehen! Nie mehr! Rettet mich, Brüder!"

„Schweig, Bursche", rief ich streng. „Wie kannst du es wagen, deinen dumpfen Verstand auf deinen Herrn zu hetzen? Geh sofort ins Bett, sonst lasse ich dich wegen deiner Trunkenheit vom Dorfpolizisten auspeitschen."

Iwan kletterte auf das Dach des Backofens und streckte sich auf einem Schafsfell aus; dann wandte ich mich an den Schankwirt und verbot ihm, meinem Diener unter irgendeinem Vorwand noch etwas zu trinken zu geben. „Ach, Washa, Exzellenz!", rief der Wirt mit einer Geste des Ekels, „die Narren wissen nie, wann sie genug haben. Es ist nicht wichtig, was der Wirt zu ihnen sagen mag. Man sagt uns, wir sollen unseren eigenen Handel nicht verderben. Ah! Sie wissen nicht, wann sie aufhören sollen. Ihre Kehlen sind so tief wie der Brunnen der Riesen!"

„Der Brunnen der Giganten! Der Brunnen der Riesen!" murmelte ich vor mich hin, während ich mich wieder auf den Heusack warf, der denjenigen als Matratze diente, die es sich leisten konnten, dafür zu bezahlen. Es ist seltsam, wie diese Worte in jedem Bauernmund vorkommen, aber ich dachte zu diesem Zeitpunkt nicht weiter darüber nach. Der Schlaf übermannte mich, und mit meinem üblichen Gutenachtgruß an den älteren Baron und die gnädige Baronin, meine Mutter, fiel ich in ein süßes Vergessen.

Es ist eine gute Sache, dass ich die Macht hatte, fast nach Belieben einzuschlafen, denn mit meinem unruhigen Gehirn, das immer pochte und pulsierte mit seiner eigenen Überfülle an Kraft, das immer an die dünnen Schädelplatten klopfte, die es bedeckten, wie ein gefangener Erfinder, der an seine Zellentür hämmerte und darum bat, mit seinen Plänen und Entwürfen ans Tageslicht gelassen zu werden, wäre ich einfach ein Wahnsinniger geworden.

So aber befahl ich mit bloßer Gedankenkraft dem süßen Schlummer, mir zu Hilfe zu kommen, und dieser gute Engel war so gehorsam, dass ich nur die Zeit zu bestimmen brauchte, zu der ich erwachen wollte, und die Sache wurde auf die Minute genau erledigt.

Was Bulger betraf, so tat ich nie so, als würde ich ihm irgendwelche Regeln auferlegen. Er machte es sich zur Gewohnheit, vierzig Nickerchen zu machen, wenn er überzeugt war, dass mir keine Gefahr drohte, und selbst dann bin ich halb geneigt zu glauben, dass er, wie eine ängstliche Mutter über ihr Kind, nie ganz beide Augen auf einmal schloss.

Obwohl er bei Tagesanbruch völlig ausgenüchtert war, ging Iwan das Anschirren mit einer so schlechten Anmut an, dass ich ihn mehrmals zurechtweisen musste, bevor wir den Hof der Schenke verlassen hatten. Er war wie ein bösartiges, aber feiges Tier, das vor einem starken und festen Auge zurückschreckt, aber seine Gelegenheit abwartet, um sich auf dich zu stürzen, wenn du ihm den Rücken zukehrst.

Ich machte Bulger nicht nur auf das Verhalten des Kerls aufmerksam und warnte ihn, sehr wachsam zu sein, sondern überprüfte auch vorsichtshalber die Zündladung der spanischen Pistolen, die ich in meinem Gürtel steckte.

Kaum waren wir auf den Landweg hinausgefahren, weckte mich ein leises Knurren von Bulger aus einem Anfall von Nachdenklichkeit; und diesem Knurren folgte ein so ängstliches Winseln meines vierfüßigen Bruders, als er seine sprechenden Augen zu mir erhob, dass ich hastig von einer Seite der Straße zur anderen blickte.

Und siehe da, der verräterische Iwan unternahm absichtlich den Versuch, den Tarantass umzuwerfen und sich seiner erzwungenen Aufgabe, uns weiter zu transportieren, zu entledigen.

„Schuft!" rief ich, sprang auf und legte ihm die Hand auf die Schulter. „Ich erkenne sehr deutlich, was du vorhast, aber ich warne dich eindringlich, wenn du noch einen Versuch unternimmst, deinen Wagen umzuwerfen, werde ich dich auf dem Platze, wo du sitzt, erschlagen."

Als einzige Antwort und mit blitzartiger Schnelligkeit versetzte er mir mit dem belasteten Ende seines Peitschenstocks einen Schlag mit der Hinterhand.

Er traf mich voll an der rechten Schläfe und schickte mich wie ein Stück Blei auf den Boden des Tarantasses.

Einen Augenblick lang raubte mir der furchtbare Schlag die Sinne, aber dann sah ich, dass der feige Schurke sich in seinem Sitz umgedreht hatte und die schwere Peitsche in der Absicht hochgeschwungen hatte, mich mit einem zweiten und kräftigeren Schlag zu beseitigen.

Armer Narr! er hatte die Rechnung ohne seinen Wirt gemacht; denn mit einem Wutschrei stürzte sich Bulger auf seine Kehle wie ein Stein von einem Katapult und schlug seine Zähne tief in das Fleisch des Burschen.

Er brüllte vor Schmerz und versuchte, diesen unerwarteten Feind abzuschütteln, aber vergeblich.

Inzwischen war mir die schreckliche Gefahr, in der Bulger und ich schwebten, voll bewusst geworden, denn Iwan hatte seine Peitsche fallen lassen und griff nach seinem Scheidenmesser.

Aber er ergriff es nicht, denn ein gut gezielter Schuss aus einer meiner Pistolen traf ihn in den Unterarm, denn ich wollte dem Mann nicht das Leben nehmen und ihn zerschmettern.

Der Schock und der Schmerz lähmten ihn so sehr, dass er halb ohnmächtig gegen das Armaturenbrett fiel und dann ganz aus dem Wagen rollte, wobei er Bulger mit sich riss. Die Pferde fingen nun an zu bocken und zu stürzen. Ich sah nichts mehr. In meinen Ohren war ein Geräusch wie das Tosen von wütenden Wassern, und dann erlosch das Lebenslicht ganz aus meinen Augen. Ich war ohnmächtig geworden.

Es kam mir wie Stunden vor, dass ich dort auf dem Rücken auf dem Boden des Tarantasses lag, mit dem Kopf über die Seite hängend, aber natürlich waren es nur Minuten. Ich wurde durch ein Stechen in der linken Wange geweckt, und als ich langsam wieder zu mir kam, entdeckte ich, dass es von dem Kies kam, den eines der Vorderräder des Tarantasses aufgewirbelt hatte, denn die Pferde galoppierten mit Höchstgeschwindigkeit dahin, und auf dem Fahrersitz saß mein treuer Bulger, die Zügel zwischen den Zähnen, und stützte sich ab, um sie über den Rücken der Pferde zu spannen; und als ich mich aufsetzte und meine Hand gegen meinen armen, verletzten Kopf drückte, brach die ganze Wahrheit über mich herein:-

In dem Moment, in dem Iwan zu Boden gegangen war, hatte Bulger seinen Griff um die Kehle des Burschen gelöst, und bevor er die Chance hatte, wieder aufzustehen, war er auf den Kutschersitz gesprungen, hatte die Zügel mit den Zähnen ergriffen, sie straff gezogen und so dem Aufbäumen und Stürzen der verängstigten Tiere ein Ende gesetzt und sie auf den Weg gebracht, wobei der wütende Iwan sein Messer schwang und Verwünschungen über meinen und Bulgers Köpfe ausstieß, als er seine Pferde und den Wagen in der Ferne verschwinden sah. Jetzt drang ein wahnsinniges Geschrei an meine Ohren, und ich erhaschte einen Blick auf ein halbes Dutzend Bauern, die, als sie diesen, wie sie meinten, leeren Tarantass mit seinen galoppierenden Pferden näher und näher kommen sahen, ihre Arbeit aufgegeben hatten und hinausstürmten, um ihn aufzuhalten.

Beurteilen Sie ihr Erstaunen, liebe Freunde, als ihre Augen auf den ruhigen und geschickten Kutscher fielen, der sich auf dem Vordersitz abstützte und mit oft wiederholten Rückwärtsbewegungen seines Kopfes die Pferde anspornte, seinen geliebten Herrn immer weiter von dem Scheidenmesser des verräterischen Iwan wegzutragen.

Als die Bauern die Tiere an den Köpfen packten und zum Stillstand brachten, taumelte ich auf die Füße und warf meine Arme um meinen lieben Bulger. Er war mehr als zufrieden mit dem, was er getan hatte, und leckte mir mit manch kläglichem Stöhnen die zerschrammte Stirn.

„St. Nikolaus, rette uns!" rief einer der Bauern und machte andächtig das Kreuzzeichen; „aber wenn ich lange genug leben sollte, um den Brunnen der Riesen mit Kieseln zu füllen, würde ich nie mehr erwarten, so etwas zu sehen."

„Der Brunnen der Giganten, der Brunnen der Riesen!" murmelte ich vor mich hin, als ich einem der Bauern zu seiner Pritsche folgte, die etwas abseits der Straße stand, denn ich brauchte dringend Ruhe nach dem schrecklichen Erlebnis, das ich gerade gehabt hatte. Der Schlag von Iwans Peitschenstiel hatte mein Gehirn erschüttert, und ich war erfahren genug in der Chirurgie, um zu wissen, dass die Verletzung sofortige Behandlung erforderte. Wie es der Zufall wollte, fand ich unter dem Dach des Bauern eine jener alten Frauen, vielleicht halbe Hexen, die für alles Rezepte haben und für jedes Leiden ein Kraut kennen. Nachdem sie den Schnitt, den der geladene Peitschenstiel gemacht hatte, untersucht hatte, murmelte sie

„Es ist nicht so breit wie der Berg und nicht so tief wie der Brunnen der Giganten, aber es ist schlimm genug, kleiner Meister."

„Schon wieder der Brunnen der Giganten", dachte ich, als ich mich auf das beste Bett legte, das sie für mich machen konnten. „Ich frage mich, wo er wohl ist, der Brunnen der Riesen, und wie tief er ist, und wer das Wasser trinkt, das daraus geschöpft wird?"

Kapitel IV

Meine Wunde heilt.- Yuliana spricht
über den Brunnen der Riesen.-
Ich beschließe, ihn zu besuchen.-
Vorbereitungen für den Aufstieg ins
Gebirge.- Was Yuliana und mir
passierte.-
Reflexion und dann Aktion.
Wie ich es schaffte, den Aufstieg ohne
Yuliana als Führer fortzusetzen.

Es dauerte etwa einen Tag, bis ich wieder richtig gehen
konnte, und in der Zwischenzeit unternahm ich ungewöhnliche Anstrengungen, um mein Gehirn ruhig zu halten, aber
trotz allem, was ich tun konnte, durchfuhr mich bei jeder
Erwähnung des Riesenbrunnens durch einen der Bauern
ein seltsamer Schauer, und ich ertappte mich plötzlich dabei, wie ich auf dem Gang auf und ab lief und immer wieder die Worte wiederholte: „Riesenbrunnen! Giganten-
Brunnen!"

Bulger war sehr beunruhigt und beobachtete mich mit einem höchst verwirrten Blick in seinen liebevollen Augen.
Ich glaube, er ahnte, dass der grausame Schlag von Iwans
Peitschenstiel mein Denkvermögen verletzt hatte, denn
manchmal stieß er ein leises, klagendes Wimmern aus. In
dem Augenblick aber, in dem ich ihn beachtete und mich
mehr wie ich selbst verhielt, tänzelte er in der wildesten
Freude um mich herum. Da ich die Bauern angewiesen hatte, Iwans Pferde zurück nach Ilitsch auf den Ilitsch zu trei-

ben, bis sie diesem Schurken begegnen und sie ihm ausliefern sollten, war ich nun ohne jedes Mittel, meine Reise nach Norden fortzusetzen, es sei denn, ich machte mich, wie viele meiner berühmten Vorgänger, zu Fuß auf den Weg. Sie hatten jedoch längere Beine als ich und waren im Verhältnis zu ihrer Größe nicht mit einem so schweren Gehirn beladen, das zudem kaum jemals schlief, zumindest nicht richtig. Ich war zu ungeduldig, die Pforten zur Welt innerhalb einer Welt zu erreichen, um über eine staubige Landstraße zu stapfen. Ich brauchte Pferde und einen anderen Tarantass oder wenigstens einen Bauernkarren. Ich muss weiterkommen. Mein Kopf war jetzt ganz geheilt, und mein Fieber war weg.

„Höre, kleiner Herr", flüsterte Yuliana; so hieß die alte Frau, die sich um mich gekümmert hatte, „du bist nicht, was du zu sein scheinst. Ich habe so etwas wie dich noch nie gesehen. Wenn du wolltest, glaubte ich, du könntest mir sagen, wie hoch der Himmel ist, wie dick die Berge sind und wie tief der Brunnen der Riesen ist."

Ich lächelte, und dann sagte ich

„Hast du jemals aus dem Brunnen der Riesen getrunken, Yuliana?"

Darauf wackelte sie mit dem Kopf und stieß ein leises Glucksen aus.

„Höre, kleiner Meister", flüsterte sie dann, trat dicht an mich heran und hielt einen ihrer langen, knochigen Finger hoch, „du kannst mich nicht überlisten - du weißt, dass der Brunnen der Riesen keinen Boden hat."

„Keinen Boden?" wiederholte ich atemlos, während mir Don Fums geheimnisvolle Worte „Das Volk wird es dir sagen" durch den Kopf schossen. „Keinen Grund, Yuliana?"

„Nur wenn deine Augen besser sind als meine, kleiner Herr", murmelte sie und nickte langsam mit dem Kopf.

„Hör zu, Yuliana", platzte ich ungestüm heraus, „wo ist dieser bodenlose Brunnen? Du sollst mich zu ihm führen; ich muß ihn sehen. Komm, lass uns sofort aufbrechen. Du sollst für deine Mühen gut belohnt werden."

„Nein, nein, kleiner Gebieter, nicht so schnell", antwortete sie. „Es ist weit oben in den Bergen. Der Weg ist steil und zerklüftet, die Pfade sind schmal und gewunden, ein falscher Schritt könnte den sofortigen Tod bedeuten, wäre da nicht eine starke Hand, die dich rettet. Gib den verrückten Gedanken auf, jemals dorthin zu gelangen, es sei denn auf den kräftigen Schultern eines Bergsteigers."

„Ach, gute Frau", erwiderte ich, „du hast gerade gesagt, dass ich nicht bin, was ich zu sein scheine, und du hast es treffend gesagt. So wisse denn, du siehst vor dir den weltberühmten Reisenden Wilhelm Heinrich Sebastian von Troomp, der gemeinhin 'Kleiner Baron Trump' genannt wird, dass, obwohl ich von kleiner Statur und zerbrechlichen Gliedern bin, doch alles, was von mir ist, aus Eisen ist. Da, Yuliana, da ist Gold für dich; nun führe mich zum Brunnen der Giganten."

„Sachte, sachte, kleiner Baron", flüsterte fast die alte Bäuerin, als sich ihre verschrumpelte Hand um das Goldstück schloss. „Ich habe dir nicht alles gesagt. Denn weit und breit weiß kein Lebewesen außer mir, wo der Brunnen der Riesen ist. Frag sie und sie werden sagen: "Er ist dort oben in den Bergen, weit oben unter dem Dachvorsprung." Das ist alles. Das ist alles, was sie dir sagen können. Aber, kleiner Meister, ich weiß, wo es ist, und das Kraut, das deinen verletzten Kopf geheilt und dich durch die Kühlung deines Blutes vor dem sicheren Tod bewahrt hat, wurde von mir am Rande des Brunnens gepflückt!" Diese Worte versetzten mir einen Schauer der Freude, denn nun fühlte ich, dass ich auf dem richtigen Weg war, dass sich die Worte des großen Meisters aller Meister, Don Fum, erfüllt hatten.

„Das Volk wird es dir sagen!"

Ja, die Menschen hatten es mir gesagt, denn nun gab es nicht mehr den leisesten Schatten eines Zweifels in meinem Kopf, dass ich das Portal zur Welt in der Welt gefunden hatte! Yuliana sollte mein Führer sein. Sie wusste, wie sie sich den engen Pass hinaufwinden konnte, wie sie überhängenden Felsen auswich, die bei einer bloßen Berührung herunterstürzen könnten, wie sie die Stufen fand, die die Natur in die Seiten der felsigen Brüstungen gehauen hatte, und wie sie ihren Weg sicher durch Klüfte und Schluchten fortsetzen konnte, deren Eingänge selbst für gewöhnliche Augen unsichtbar sein konnten. Um die abergläubischen Bauern freundlich zu stimmen, gab ich bekannt, dass ich mich in die Berge begeben würde, um Kuriositäten für mein Kabinett zu suchen, und bat sie, mir Seile und Geräte zu besorgen und zwei gute, kräftige Burschen, die sie für mich tragen sollten, mit dem Versprechen einer großzügigen Bezahlung für diese Dienste.

Sie beeilten sich, mich mit allem zu versorgen, was ich verlangte, und wir brachen bei Tagesanbruch zum Bergpfad auf. Yuliana war, um nicht als Teil der Gruppe zu erscheinen, im Mondlicht vorausgegangen und hatte ihren Leuten erzählt, dass sie bestimmte Kräuter sammeln wollte, bevor die Sonnenstrahlen sie trafen und den heilenden Tau trockneten, der ihre Blätter benetzte.

Alles verlief gut, bis die Sonne weit über unseren Köpfen stand, als ich plötzlich einen durchdringenden Schrei einer Frau hörte, die sich als Yuliana herausstellte. In einem Augenblick oder so war das Rätsel gelöst. Die alte Schreckschraube kam den Berg hinuntergestürzt, ihr dünnes, graues Haar flatterte im Wind. Ihre Hände waren hinter ihr gefesselt, und zwei junge Bauern mit Birkenruten schlugen sie bei jeder Gelegenheit.

„Kehrt um, kehrt um, Brüder", riefen sie meinen beiden Männern zu. „Der kleine Zauberer dort hat sich mit dieser alten Hexe zusammengetan. Sie sind auf dem Weg zum Brunnen der Giganten. Sie werden uns ein Heer von dunklen Mächten auf den Hals hetzen. Wir werden alle verhext sein. Schnell! Schnell, schnell! Legt die Lasten ab, die ihr tragt, und folgt uns."

Die beiden Männer warteten nicht auf ein zweites Gebot, und indem sie das Gepäck auf den Boden warfen, verschwanden sie alle blitzschnell, aber noch einige Augenblicke lang konnte ich die Schreie der armen Yuliana hören, als diese jungen Unglücklichen die alte Frau mit ihren Birkenruten schlugen.

Nun, liebe Leser, was sagt ihr dazu? War ich nicht wahrlich in einer angenehmen Lage? Allein mit Bulger in dieser wilden und düsteren Berggegend, die schwarzen Felsen wie stirnrunzelnde Riesen und Unholde über unseren Köpfen hängend, mit den Zwergkiefern als Haare, den weißen Moosbüscheln als Augen, den riesigen, klaffenden Rissen als Münder und den knorrigen und verdrehten Wurzeln als schreckliche Finger, bereit, nach meinem armen, kleinen, schwachen Körper zu greifen.

Fiel ich zitternd um? Habe ich mich beeilt, diesen feigen Seelen den Berghang hinunter zu folgen? Habe ich den Zapfen meines Mutes ein einziges Loch tiefer geschoben?

Ich nicht. Sonst wäre ich meines Namens nicht würdig gewesen. Ich warf mich in voller Länge auf ein Moosbett, rief Bulger an meine Seite und schloss die Augen vor der Außenwelt.

Ich hatte von großen Männern gehört, die sich um die Mittagszeit ins Bett legten, um sich den Gedanken hinzugeben, und ich hatte es selbst oft getan, bevor ich davon gehört hatte, dass sie es taten.

In fünfzehn Minuten, nach der Uhr der Natur - die Sonne schien auf das Gesicht des Berges - hatte ich das Problem gelöst. Jetzt gab es zwei Schwierigkeiten, die mir ins Angesicht starrten, nämlich jemanden zu finden, der mir den Weg auf den Berg zeigte, und wenn dieser Körper meine Ausrüstung nicht tragen konnte, dann jemanden zu finden, der es konnte.

Plötzlich fiel mir ein, dass ich am Fuße des Berges ein paar

Rinder grasen sah, und dass diese Rinder ganz besondere Jochs trugen.

„Wozu sind diese Joche da?" fragte ich mich, denn sie waren von einer ganz anderen Machart als alle, die ich je gesehen zu haben glaubte, und bestanden aus einem dicken hölzernen Kragen, von dessen Unterseite zwischen den Vorderbeinen des Tieres ein gerades Stück Holz nach hinten ragte, das mit einem eisernen Dorn versehen war, der auf den Boden zeigte. Oben war das Joch mit einem Lederriemen an die Hörner des Tieres gebunden. Solange also das Tier seinen Kopf in natürlicher Haltung hielt oder ihn sogar zum Grasen senkte, wurde das Joch nach vorne gezogen und der Haken vom Boden ferngehalten, aber in dem Moment, in dem das Tier seinen Kopf in die Luft hob, wurde der Haken sofort in den Boden geworfen und es wurde daran gehindert, einen weiteren Schritt vorwärts zu machen. Nun, liebe Leserinnen und Leser, Sie wissen vielleicht oder auch nicht, dass ein Tier mit gespaltenen Hufen, wenn es eine steile Böschung hinaufsteigt, im Gegensatz zu einem Tier mit festen Hufen den Kopf in die Luft wirft, anstatt ihn zu senken, und deshalb wurde mir sofort klar, dass der Zweck dieses Jochs darin bestand, die Rinder daran zu hindern, die Seiten des Berges hinaufzuklettern und sich zu verlaufen.

Aber warum sollten sie die Berghänge hinaufklettern wollen? Ganz einfach, weil dort oben eine Art Gras oder Kraut wuchs, das für sie eine Delikatesse war, und da ich wusste, welche Risiken die Tiere eingehen und welche Strapazen sie auf sich nehmen, um einen bevorzugten Weideplatz zu erreichen, kam mir sofort der Gedanke, dass sie mich gerne mitnehmen würden, wenn ich es ihnen ermöglichen würde, ihre Lieblingsspeise zu erreichen.

Gesagt, getan. Es dauerte nicht lange, bis ich ihre Joche von den Hörnern löste und die Haken unter ihren Körpern festband, so dass ihr Weg den Berg hinauf nicht behindert wurde.

ALONG A HIGHWAY OF THE UNDER WORLD.

Figure 11: Entlang eines Verkehrsweges der Unterwelt

Sie waren hocherfreut, so unerwartet von dem hässlichen Hindernis befreit zu sein, das ihnen nur erlaubte, die begehrten Weideplätze aus der Ferne zu betrachten, und nachdem ich mir einen passenden Zügel zurechtgeschnitten hatte, begann ich wieder den Berg hinaufzusteigen und trieb meine neuen Freunde gemächlich vor mir her.

Als ich die Stelle erreichte, an der die abergläubischen Bauern das Geschirr zu Boden geworfen hatten, lud ich es auf den Rücken des sanftmütigsten Tieres der Gruppe und war bald wieder auf dem Weg.

Kapitel V

Hinauf und immer noch hinauf, und durch die Steinbrüche der Dämonen. – Wie das Vieh die Spur hielt, und wie wir endlich am Rande des Brunnens der Riesen ankamen. – Die Terrassen sind sicher passiert. Abstieg in den Brunnen selbst. Alle Schwierigkeiten überwunden. – Wir erreichen den Rand des Trichters von Polyphemus.

Im Allgemeinen sind Menschen mit sehr großen Köpfen von Natur aus mit einem Paar ziemlich staksigen Beinen ausgestattet, aber das war bei mir nicht der Fall. Ich war mit kräftigen Beinen gesegnet und hatte keine Schwierigkeiten, mit meinen neuen vierfüßigen Freunden Schritt zu halten, die zu meiner Freude nicht lange brauchten, um mich davon zu überzeugen, dass sie schon einmal da gewesen waren. Nicht einen Augenblick lang hielten sie an irgendeiner Weggabelung an, sondern blieben ständig in Bewegung, überquerten oft Abschnitte, in denen keine Fährte zu sehen war, kamen aber mit unfehlbarer Genauigkeit wieder auf sie zurück. Nur einmal hielten sie an, um ihren Durst an einem Bergbach zu stillen, und Bulger und ich folgten ihrem Beispiel.

Es war für mich nur zu offensichtlich, dass sie einen bestimmten Weideplatz im Sinn hatten und entschlossen waren, sich mit keinem anderen zufrieden zu geben; also ließ ich sie ihren eigenen Weg gehen, denn da es immer noch bergauf, bergauf, bergauf ging, fühlte ich, dass es vollkommen sicher war, ihrer Führung zu folgen.

Endlich begann der Berghang einen ganz anderen Charakter anzunehmen. Die Schluchten wurden enger, und an manchen Stellen schlossen überhängende Felsen das Sonnenlicht fast vollständig aus. Wir betraten ein Gebiet von eigentümlicher Wildheit, von phantastischer Erhabenheit.

Ich hatte oft von dem gelesen, was Reisende als „Steinbrüche der Dämonen" im nördlichen Ural bezeichneten, aber bis jetzt hatte ich nie die leiseste Ahnung, was dieser Ausdruck bedeutete.

Stellen Sie sich den üblichen Anblick von Ruinen und Verwüstung um einen von Menschenhand bearbeiteten Steinbruch herum vor, dann stellen Sie sich in Gedanken vor, dass jeder Splitter ein Block ist und jeder Block ein Felsen; füge jeder Platte und jedem Pfosten und jedem Giebel die vierfache Größe hinzu, und dann lasse einen mächtigen Strom durch den Ort fließen und wälze und verdrehe und hebe sie in wildem Durcheinander hoch, übereinander gestapelt, bis diese wilden Wasser fantastische Portale zu noch fantastischeren Tempeln gebaut haben, und wilde Schluchten mit Dächern aus Felsen gewölbt haben, die so leicht zu hängen scheinen, dass ein Atemzug oder ein Fußtritt sie mit furchtbarem Krachen zum Einsturz bringen könnte, und dann, liebe Freunde, mag es Ihnen gelingen, eine schwache Vorstellung von der wilden und furchtbaren Erhabenheit der Szene zu bekommen, die sich jetzt vor mir ausbreitete.

Würden die Rinder, die Bulger und mich jetzt so sicher den Berghang hinaufgeführt hatten, wissen, wo sie einen Eingang in diese Wildnis aus zerbrochenem Gestein finden konnten, und, was noch wichtiger war, würden sie, wenn sie einmal in seinen verschlungenen Höfen und Korridoren, seinem dunklen Labyrinth aus Mauern und Brüstungen, seinen Straßen und Plätzen, die wie von dämonischen Händen, die der Aufgabe ungeduldig waren, grob gepflastert waren, beschäftigt waren, wissen, wie sie wieder herausfinden würden?

Liebe Freunde, der Mensch war schon immer zu misstrauisch gegenüber seinen vierfüßigen Gefährten. Sie könnten uns viel erzählen, wenn sie nur die Sprache dazu hätten. Ich habe ihnen so oft vertraut, dass es Euch waghalsig erscheinen müsste, und nicht ein einziges Mal hatte ich Anlass, dies zu bereuen.

So folgten Bulger und ich diesen schweigsamen Führern mit tapferem Herzen geradewegs, obwohl ich gestehen muss, dass meine Beine die schreckliche Anstrengung, die ich ihnen zugemutet hatte, zu spüren begannen; aber ich beschloss, weiterzugehen, zumindest bis wir den Steinbruch der Dämonen hinter uns gelassen hatten, und dann meine kleine Herde zum Stillstand zu bringen und den Rest des Tages und der Nachtzeit in wohlverdienter Ruhe zu verbringen.

Im Steinbruch angekommen, verschwand jedoch jedes Gefühl der Müdigkeit, und mein dankbarer Geist, fasziniert von der tiefen Stille, der schrecklichen Größe, den geheimnisvollen Lichtern und Schatten des Ortes, verlieh mir neue Kraft. Endlich hatten wir diese Stadt des Schweigens und der Finsternis durchquert und traten wieder in die volle Pracht der Nachmittagssonne.

Plötzlich brach meine kleine Rinderherde mit spielerischem Kopfschütteln in einen Lauf aus, Bulger und ich jedoch an ihren Fersen. Es war ein wahnsinniges Rennen; aber, liebe Freunde, als es zu Ende war, nahm ich meine Pelzmütze ab und warf sie mit einem wilden Freudenschrei hoch in die Luft, und Bulger brach in eine Reihe von Kläffen und Bellen aus, denn, seht ihr, die Rinder grasten dort vor mir um ihr Leben, und als ihr Atem mich erreichte, erkannten meine scharfen Nasenlöcher den Geruch von Yulianas Kräutern, die sie auf meinen verletzten Kopf gebunden hatte.

Ja, wir standen fast am Rande des Riesenbrunnens, aber ich war zu müde, um noch einen Schritt weiter zu gehen, zu müde, um etwas zu essen, obwohl ich einen Vorrat an getrockneten Früchten in meinen Taschen hatte, und bemerkte, dass die Nester der Wildvögel gut mit Eiern versorgt waren. Nachdem ich das Gepäck vom Rücken des guten Tieres gelöst hatte, das es für mich den Berg hinaufgetragen hatte, warf ich mich auf den Boden und schlief bald ein, mit meinem treuen Bulger dicht an meiner Brust zusammengerollt.

Am Morgen war das Vieh nirgends zu sehen, aber ich kümmerte mich nicht darum, denn ich wusste, dass die alte Yuliana sofort hinter ihnen hergeschickt werden würde, sobald sie vermisst würden. Nach einem herzhaften Frühstück aus einem halben Dutzend gebratenen Eiern des wilden Geflügels, mit einigen getrockneten Früchten und wintergrünen Beeren, stiegen Bulger und ich zum Rande des Riesenbrunnens vor, oder besser gesagt, zum Rande der ausgedehnten Terrassen aus Felsen, die zu ihm hinunterführen, von denen jede zwischen dreißig und fünfzig Fuß hoch ist.

Bevor ich weiter gehe, liebe Freunde, muss ich Sie bitten, sich daran zu erinnern, dass ich ein Experte im Gebrauch von Tauwerk bin, es gibt keinen Knoten, keine Schlinge oder Spleiß, den ein Seemann kennt, den ich nicht in den Fingern hatte, eine Tatsache, die nicht verwunderlich ist, wenn man die Tausende von Meilen bedenkt, die ich auf dem Wasser zurückgelegt habe.

Ich möchte auch nicht, dass Sie den Kopf schütteln und nur halb überzeugt aussehen, wenn ich unseren Abstieg in den Brunnen der Giganten beschreibe, denn natürlich werden Sie sich fragen, wie ich es geschafft habe, das Tauwerk herunterzuholen, wenn am anderen Ende niemand mehr war, der es losbinden konnte!

Ihr müsst wissen, dass das die kleinste meiner Schwierigkeiten war; denn wie jeder Seemann euch sagen wird, braucht man nur seine Leine mit einem sogenannten „Narrenknoten" zu binden, an dessen einem Ende man eine einfache Schnur befestigt. In dem Moment, in dem man den Grund erreicht hat, löst ein kräftiger Ruck an der Schnur den Knoten, und das Tauwerk fällt hinterher. Meine Methode war, zuerst Bulger hinunterzulassen und dann mich selbst nach ihm. Auf diese Weise gelangten wir von Plattform zu Plattform, bis wir schließlich am Rande des riesigen Brunnens standen, dessen Existenz in Don Fums Manuskript so geheimnisvoll angedeutet worden war. Seine Mündung war wahrscheinlich fünfzig Fuß breit, und indem ich meine Augen anstrengte, überzeugte ich mich von der Existenz eines Felsbalkens auf einer Seite, der, soweit ich es beurteilen konnte, etwa fünfundsiebzig Fuß tief war. Das war eine beachtliche Strecke, die jeden Meter meines Seils erfordern würde. Sie werden sicher nicht lächeln, wenn ich Ihnen erzähle, dass ich Bulger an meine Brust drückte und ihn zärtlich küsste, bevor ich mich abseilte. Er erwiderte meine Liebkosungen und gab mir durch sein freudiges Aufjaulen zu verstehen, dass er vollkommenes Vertrauen in seinen kleinen Herrn hatte.

In wenigen Augenblicken hatte ich mich ihm auf diesem schmalen Felsvorsprung angeschlossen. Unter uns herrschte nun Dunkelheit, aber glauben Sie, dass ich zögerte? Ich wusste, dass sich meine Augen bald an die Dunkelheit gewöhnen würden, und ich wusste auch, dass, wenn meine Augen versagten, Bulgers schärfere Augen da waren, um mir zu helfen.

Ich rüstete meine Takelage jetzt mit besonderer Sorgfalt aus, denn ich ließ meinen kleinen Bruder wirklich auf eine Art Entdeckungsreise hinab.

Bald war er außer Sichtweite, und dann holte ich trotz meiner Gelassenheit schnell Luft, und mein Herz schlug etwa ein Ton höher. Aber horch! sein schnelles, scharfes Bellen kommt deutlich zu mir herauf. Es bedeutet, dass er auf einem sicheren Felsvorsprung gelandet ist, und im nächsten

Moment umschlangen meine Beine das Seil, und ich begann, geräuschlos in die stille Tiefe hinabzugleiten, während seine frohen Töne in meinen Ohren erklangen.

Immer wieder schickte ich meinen klugen und wachsamen kleinen Bruder vor mir her, bis ich endlich dort stand und nach oben blickte, und von der mächtigen Außenwelt nichts übrig blieb als ein heller silberner Fleck, wie ein winziger Lichtstrahl, der durch ein Einstichloch im Vorhang deines Zimmers fällt.

Aber halt, haben wir den Grund des Riesenbrunnens erreicht? denn mit einem Testwurf stelle ich fest, dass die Wände nicht mehr steil sind; sie neigen sich nach innen, und zwar so sanft, dass ich kaum ein Seil brauche, um meinen Abstieg fortzusetzen. Ich zünde eine meiner kleinen Kerzen an und bahne mir vorsichtig einen Weg um die Kante herum. Nach einer halben Stunde bin ich wieder am Startpunkt angelangt. Die Kurve zum Weg war immer die gleiche, und mein Probelot zeigte immer das gleiche Gefälle zum Felsbecken an. Und dann standen zum ersten Mal zwei bestimmte Worte, die der gelehrte Meister der Meister, Don Fum, benutzt hatte und die mir bis dahin ein Rätsel waren, vor meinen Augen, als wären sie mit einer Feder aus Feuer auf jene schwarzen Wände geschrieben, die Tausende von Metern unter der großen Welt des Lichts lagen, die ich ein paar Stunden zuvor verlassen hatte.

Diese Worte waren Polyphemus' Trichter! Ja, daran konnte es keinen Zweifel geben: Ich hatte den Grund des Brunnens der Giganten erreicht. Ich stand am Rande des Trichters von Polyphemus[8]!

---

8   Polyphem (altgriechisch Πολύφημος Polýphēmos, „der Vielgerühmte") ist in der griechischen Mythologie ein Zyklop, ein einäugiger Riese.

Figure 12: Odysseus und seine Gefährten blenden Polyphem
Grotte des Tiberius, Sperlonga. Bildrechte: Carole Raddato, Frankfurt,
CC BY-SA 2.0, https://commons.wikimedia.org/w/index.php?
curid=37879505

Kapitel VI

Meine Verzweiflung, als ich das Rohr
des Trichters zu klein für meinen
Körper fand. – Ein Strahl der Hoffnung
bricht über mich herein.–
Vollständiger Bericht darüber, wie es
mir gelang, in das Rohr des Trichters
einzudringen. –
Meine Passage hindurch. –
Bulgers rechtzeitige Hilfe. – Der
Marmorweg und einige merkwürdige
Dinge in Bezug auf den Eingang zu der
Welt innerhalb einer Welt.

Die felsigen Seiten des Polyphemus-Trichters waren anscheinend so gut poliert wie die eines jeden Zinntrichters,
den ich jemals in der Küche von Schloss Trump hatte hängen sehen, also befestigte ich mein Takelwerk und nahm
Bulger in die Arme, um die Seite hinunterzugleiten, wobei
ich die Leine sicherheitshalber unter den Arm nahm.

Es waren fast hundert Fuß bis zum Grund, denn ich hatte
die volle Länge meiner Leine abgemessen, bevor ich die
Spitze dieses gigantischen Kegels erreicht hatte, und da
ich keine Lust hatte, kopfüber in sein Rohr zu stürzen, zündete ich mir eine Kerze an und sah mich um.

Ah, liebe Freunde, ich kann das Schaudern jetzt noch fühlen, so schrecklich war es, und welches Wunder auch, denn
ein Blick auf das Rohr des Trichters sagte mir, dass es zu

klein war, um meinen Körper hindurchzulassen. Der quälende Gedanke schoss mir durch den Kopf, dass ich einen schrecklichen Irrtum begangen hatte - dass ich irgendeine riesige Grube mit dem Brunnen der Riesen verwechselt hatte, dass ich Bulgers und mein eigenes Leben in wahnsinniger und unvernünftiger Eile weggeworfen hatte, dass ich niemals die wunderbare Welt innerhalb einer Welt erreichen würde, dass wir dort in dieser dichten Finsternis unsere Körper und Knochen ablegen müssten.

Oder, dachte ich, ob nicht der gelehrte Meister der Meister, Don Fum, selbst einen Irrtum beging, als er behauptete, das Rohr des Polyphem-Trichters sei groß genug, um den Durchgang eines Menschenkörpers zu ermöglichen?

In meinem fast rasenden Wahn schritt ich bis zur Mündung des Rohres vor, ließ mich hinein und ließ meinen Körper so weit wie möglich sinken.

Er blieb an den Schultern hängen, und nach einer sorgfältigen Untersuchung war ich gezwungen, die haarsträubende Schlussfolgerung zu ziehen, dass mein treuer Bulger und ich unsere letzte gemeinsame Meile zurückgelegt hatten.

Es blieb uns nichts anderes übrig, als uns hinzulegen und zu sterben.

Hinlegen und sterben? Niemals! Beim Abstieg in den Riesenbrunnen war mir aufgefallen, dass seine Seite wie von Steinblöcken ummauert aussah. Mit Bulger auf dem Rücken kletterte ich langsam von einer Ebene zur anderen, bis mich meine Kräfte verließen, und dann wartete ich, bis ich meinte, die alte Yuliana sei zurückgekommen, um Kräuter zu sammeln, und vielleicht würde sie mich hören.

In meiner Verzweiflung seufzte ich und umklammerte meine eigenen Arme, und als ich das tat, kam eine meiner Hände in Kontakt mit etwas Kaltem und Glitschigem, das sich wie Talg anfühlte. Ich nahm eine Prise der Substanz zwischen Daumen und Finger und rieb sie einen Moment lang nachdenklich, und dann brach ein Hoffnungsschimmer

durch die schreckliche Düsternis, die mich so erbarmungs-
los umhüllte. Es war schwarzes Blei - daran konnte kein
Zweifel bestehen. Es hatte sich seinen Weg durch einen
Riss oder eine Spalte im Trichter des Polyphemus gebahnt,
und ich hatte es abgerieben, als ich an der Seite herunter-
rutschte. Wenn ich dieses fettige Material an der Innenseite des Rohrs zum Trichter reiben und mich damit ein-
schmieren könnte, könnte ich vielleicht noch in die Welt innerhalb einer Welt schlüpfen!

Jedenfalls war ich entschlossen, den Versuch zu machen,
auch wenn ich etwas von meiner Haut auf dem Felsen zurückließ.

Um meine Gedanken gründlich zu sammeln und um Schritt
für Schritt mit jener systematischen Ordnung vorzugehen,
die für alle meine wunderbaren Heldentaten so charakte-
ristisch ist, setzte ich mich hin, legte meinen Arm um den
Hals des lieben Bulger und zog ihn an mich heran, um eine
gute halbe Stunde lang mit mir selbst zu konferieren.

Dann war alles zum Handeln bereit; und um Ihnen, liebe
Freunde, zu beweisen, wie vorsichtig Bulger war, meinen
Gedankengang nicht zu unterbrechen, muss ich Ihnen be-
richten, dass, obwohl ein kleines Tier aus der Familie der
Ratten aus einer Felsspalte hervorkam, während ich dort
saß und nachdachte, wie ich im Licht meiner winzigen
Wachskerze sehen konnte, und die Kühnheit besaß, erst an
Bulgers Schwanz zu schnuppern und ihn dann spielerisch
zu beißen, sich das kluge Tier nicht eine Haaresbreite rühr-
te.

„Der Verstand hat befohlen, jetzt sollen die Hände gehorchen!" rief ich, als ich aufsprang und begann, meine Ober-
bekleidung abzulegen. Nachdem dies geschehen war, kletterte ich auf die Seite des Trichters und begann, einen Vorrat an schwarzem Blei zu sammeln, den ich in der Nähe der
Öffnung des Rohres deponierte. Als nächstes musste ich
Bulger vor mir durch das Rohr bringen. Zu diesem Zweck
fesselte ich ihn in meiner Kleidung, wie in einem Sack, und

begann, ihn abzusenken.

Nachdem ich die Leine fünfundsechzig oder siebzig Fuß weit ausgezogen hatte, stieß er auf den Grund und gab mir durch sein lautes Bellen zu verstehen, dass es in Ordnung sei und ich den Abstieg selbst machen könne. Als ich seine Stimme hörte, gab ich der Leine ein paar kräftige Züge. Es dauerte nicht lange, bis er verstand, was ich meinte, und in einem Augenblick oder so war er nicht nur selbst aus dem Sack geklettert, sondern hatte auch meine Kleidung losgezogen, so dass ich die Leine wieder hochziehen konnte.

Mein nächster Schritt bestand darin, eine Möglichkeit zu finden, mich zu beschweren, wenn der Moment gekommen war, den Abstieg zu beginnen, denn ich war mir sicher, dass ich niemals in der Lage sein würde, es so einzurichten, dass ich durch das Rohr schlüpfen konnte, wenn nicht etwas an meinen Fersen zog.

Ich schnitt etwa zehn Fuß des Seils ab und befestigte das eine Ende des Stücks an einem langen, etwa hundert Pfund schweren Felsbrocken. Diesen legte ich in der Nähe der Rohrmündung bereit zum Gebrauch. Aber nun kam das Schwierigste von allem - ich musste meine Schultern auf die Brust ziehen und sie in dieser Position festzurren, wodurch ich erwartete, meine Breite um mindestens fünf Zentimeter zu verringern.

Diese so gewonnenen oder vielmehr verlorenen fünf Zentimeter könnten das Element sein, mit dem ich in der Lage sein würde, durch das Rohr des Polyphem-Trichters zu schlüpfen und den riesigen unterirdischen Gang zu erreichen, der in die Welt innerhalb einer Welt führt. Ich legte mir eine Schlinge um die Brust, direkt unterhalb des Schlüsselbeins, zog meine Schultern so fest an, wie ich es ertragen konnte, und verwandelte den Schlupfknoten in einen festen; dann befestigte ich das andere Ende der Leine an der Seite des Trichters und wickelte mich auf, wie Hausfrauen oft eine große Wurst aufwickeln, damit sie nicht platzt. Damit fertig, machte ich mich daran, das schwarze

Blei einzuarbeiten, bis ich gründlich mit ihm beschmiert war.

Jetzt gab es nur noch eine Sache zu tun, bevor ich mich in das Rohr fallen ließ, und das war, das Gewicht schnell an meinen Füßen zu befestigen. Es war keine leichte Aufgabe, da ich mit den Armen am Körper festgezurrt war, aber mit Hilfe von Schlupfknoten schaffte ich es schließlich, setzte mich hin, steckte meine Beine in das Rohr und holte tief Luft, denn ich fühlte mich wie in einer Zwangsjacke aufgespießt.

Ich bückte mich und rief nach Bulger. Er antwortete mit einem Freudenschrei, der mein Herz neu belebte. Jetzt kam der entscheidende Moment, der über Erfolg oder Misserfolg entscheiden sollte. Scheitern! Oh, was für ein schreckliches Wort ist das! und doch, wie oft müssen menschliche Lippen es aussprechen und dabei den Seufzer aushauchen, in dem es endet! Schnell ließ ich das Gewicht sinken, schlängelte mich vom Rand der Öffnung herunter und richtete mich auf, während ich in das Rohr glitt.

Hatte ich es wie einen Korken gestoppt, oder bewegte ich mich? Ja, hinunter, hinunter, sanft, langsam, geräuschlos glitt ich durch das Rohr zum Trichter des Polyphem. Was kümmerte es mich, dass das Gewicht die Leine in meine Knöchel schneiden ließ? Ich bewegte mich, ich kam Bulger, dessen freudiges Bellen ich ab und zu hören konnte, immer näher, näher an die inneren Tore der Welt innerhalb einer Welt!

Aber wehe mir! Plötzlich blieb ich stehen, und trotz all meiner Bemühungen, durch Drehen, Wenden und Schütteln meines Körpers wieder loszukommen, weigerte er sich, noch einen Zentimeter tiefer zu sinken, und so blieb ich stecken.

„Oh, Bulger, Bulger", stöhne ich, „treuer Freund, wenn du mich nur erreichen könntest, ein Ruck von dir könnte deinen kleinen Herrn retten!"

In einer Art wilder und verzweifelter Weise begann ich nun um mich herum zu tasten, so gut ich konnte, da meine Hände so dicht an meinen Seiten eingeklemmt waren, aber in einem Augenblick oder so hatte ich die Ursache meines plötzlichen Stillstandes entdeckt.

Ich hatte einen Teil des Rohres getroffen, der ein Gewinde hatte, wie das, das einen Eisenbolzen umgibt und eine Schraube daraus macht, und mir kam der Gedanke, dass, wenn es mir nur gelänge, meinen Körper in eine Drehbewegung zu versetzen, ich mich mit jeder Umdrehung weiter zum Ende des Rohres hinunterdrehen würde.

Ich spürte, dass meine Knöchel und Fingerspitzen durch diese mühsame Arbeit gequetscht und zerfetzt wurden, aber was kümmerte mich der scharfe Schmerz, der von den Händen zu den Handgelenken und von den Handgelenken zu den Ellbogen drang! Es war, als würde man eine Schraube langsam durch eine lange Mutter drehen, nur dass das Gewinde in diesem Fall auf der Mutter und die Rillen in der Schraube waren, und diese Schraube war mein armer geprellter kleiner Körper!

Plötzlich konnte ich am Schwingen des Gewichts erkennen, dass es am unteren Ende des Rohres ausgelaufen war. Es zog grausam stark an meinen zarten Knöcheln, aber ich konnte mich nicht mehr verrenken; meine Kraft war weg. Ich war kurz davor, in Ohnmacht zu fallen, als ich Bulger einen lauten Schrei ausstoßen hörte, und im nächsten Augenblick wurde so stark an meinen Knöcheln gezerrt, dass ich aufstöhnte, aber dieser Ruck rettete mich! Es war Bulger, der in die Luft gesprungen war und das Seil mit den Zähnen gepackt und seinen kleinen Herrn aus dem Rohr des Polyphemtrichters gezogen hatte!

Wir fielen alle auf denselben Haufen, Bulger, ich und das Gewicht, volle drei Meter, und sehr ernst wären die Folgen für mich gewesen, wenn mein Sturz nicht dadurch gebremst worden wäre, dass ich auf den Stapel meiner Kleidung aufschlug, der direkt unter der Öffnung lag; und, liebe Freunde, wenn ihr bis zum Untergang redet, könntet ihr mir nicht weismachen, dass mein vierfüßiger Bruder diese Kleidung nicht dort hingelegt hatte, um mich aufzufangen.

Sie waren auch nicht durcheinander auf einen Haufen geworfen worden, sondern lagen übereinander, die schwersten unten.

Nachdem ich mich ausgewickelt und eine meiner Wachskerzen angezündet hatte, warf ich in aller Eile das Unterkleid mit der schwarzen Bleischicht weg und nahm meine Kleidung wieder auf; dann bückte ich mich und untersuchte den Boden. Er bestand aus riesigen, verschiedenfarbigen Marmorblöcken, die fast so glatt poliert waren, als ob Menschenhand sie bearbeitet hätte; und da wusste ich, dass ich mich auf der Marmorstraße der Natur befand, die zu den Städten der Unterwelt führte, die Don Fum in seinem Buch erwähnt hatte, und ich erinnerte mich auch daran, dass er von den mächtigen Mosaiken der Natur gesprochen hatte, riesigen fantastischen Figuren an den Wänden dieser hohen Korridore, die aus verschiedenfarbigen Blöcken und Fragmenten bestanden, die wie nach einem Plan übereinander gelegt waren, und nicht durch die wilden, stürmischen Launen aufbrausender Kräfte vor Tausenden von Jahren, als die Erde in ihrer verrückten und eigensinnigen Jugend war. Nach einer mehrstündigen Pause, in der ich meine zerrissenen Hände und geprellten Finger pflegte, waren Bulger und ich wieder auf den Beinen und machten uns auf den Weg über diesen breiten und herrlichen Mamor-Weg. Seltsamerweise war es nicht die düstere Dunkelheit einer gewöhnlichen Höhle, die diese herrlichen Kammern erfüllte, durch die sich der Mamor-Weg in stattlicher und massiver Pracht schlängelte; weit gefehlt. Die Düsternis wurde durch einen schwachen Schein gemildert, der uns auf dem Weg hin und wieder begegnete, wie ein verirrter Strahl der Dämmerung. Jedenfalls konnte Bulger, wie ich bemerkte, sehr gut sehen; also band ich ihm ein Stück Schnur an den Kragen und schickte ihn voraus, überzeugt, dass ich keinen sichereren Führer haben konnte.

Von Zeit zu Zeit wurde unser Weg für einen Augenblick durch das Auflodern einer kleinen Flammenzunge erhellt, die entweder an den Seiten oder vom Dach der Galerie ausging. Ich war eine ganze Weile verwirrt, um zu sagen, woher sie kam; aber schließlich erblickte ich die Quelle oder vielmehr den Urheber dieser willkommenen Erleuchtung. Es ging von einem echsenartigen Tier aus, das durch plötzliches Abrollen seines Schwanzes die Kraft hatte, diesen extrem hellen Blitz phosphoreszierenden Lichts auszustrahlen, und dabei machte es einen scharfen Knall, der für alle Welt wie das Geräusch eines elektrischen Funkens aussah. Bulger war von dieser Vorstellung begeistert; und einmal, als er seine Gefühle nicht unter Kontrolle halten konnte, stieß er ein scharfes Bellen aus, woraufhin scheinbar zehntausend dieser kleinen Fackelträger im gleichen Augenblick mit ihren Schwänzen nach mir schnappten und den riesigen Platz mit einem Lichtblitz von fast blitzartiger Intensität erfüllten.

Bulger war so erschrocken über das Ergebnis seines Beifalls, dass er sich danach sehr bemühte, ruhig zu bleiben.

Kapitel VII

Unsere erste Nacht in der Unterwelt
und wie ihr der erste Tagesanbruch
folgte. – Bulgers Warnung und was sie
bedeutete. – Wir treffen auf einen
Bewohner der Welt innerhalb der Welt.
– Sein Name und seine Berufung. –
Rätselhafte Rückkehr der Nacht. –
Das Land der Betten und wie unser
neuer Freund eines für uns
bereitstellte.

Endlich wurden meine Augenlider so schwer vom Schlaf, daß ich wußte, daß es in der Außenwelt Nacht sein mußte, und so hielten wir an, und ich streckte mich in voller Länge auf dem Marmorboden aus, der übrigens angenehm warm unter uns war; und auch die Luft war seltsam wohltuend für die Lungen, da der Geruch von Erde und Feuchtigkeit, der in weiten unterirdischen Kammern so üblich ist, völlig fehlte.

Mein Schlaf war lang anhaltend und höchst erfrischend; Bulger war jedoch schon wach, als ich mich aufsetzte und versuchte, mich umzusehen.

Er begann an der Schnur zu zerren, die ich an seinem Halsband befestigt hatte, als ob er mich irgendwohin führen wollte, also gab ich ihm nach und folgte ihm. Zu meiner Freude führte er mich direkt zu einem Teich mit köstlich süßem und kaltem Wasser. Hier tranken wir uns satt und machten uns nach einem sehr spärlichen Frühstück aus getrockneten Feigen wieder auf den Weg entlang des Marmorwegs. Plötzlich, zu meiner mehr als großen Freude, begann das schwache und undefinierbare Licht des Ortes stärker zu werden. Es schien fast so, als ob der Tag der oberen Welt anbrechen würde, so zart waren die verschiedenen Schattierungen, in die sich das immer stärker werdende Licht kleidete: dann, als ob es über seine eigene zunehmende Herrlichkeit erschrocken wäre, verblasste es wieder und wurde fast düster. Doch schon nach wenigen Augenblicken kehrte dieses schwache und geheimnisvolle Leuchten wieder zurück, begann mit dem zartesten Gelb, wechselte dann durch ein Dutzend verschiedener Farbtöne und legte, wie ein unbeständiges Mädchen, das nicht weiß, was es anziehen soll, alles beiseite und zog das Liliengewand an. Bulger und ich wanderten den Marmorweg entlang, fast besorgt, die Stille zu durchbrechen, die so tief war, dass es mir schien, als könnte ich diese munteren Lichtstrahlen in ihrem Spiel gegen die vielfarbigen Felsen hören, die diesen mächtigen Korridor wölben.

Jetzt, als der Marmorweg eine elegante Kurve machte, brach eine gleißende Lichtflut über uns herein.

Es war der Sonnenaufgang in der Welt innerhalb einer Welt.

Woher kam diese Flut von blendendem Licht, die nun die Seiten und das gewölbte Dach zum Glühen und Funkeln brachte, als hätten wir plötzlich eines der riesigen Lagerhäuser der Natur mit geschliffenen Edelsteinen betreten? Ich beschattete meine Augen mit der Hand und sah mich um, um das Geheimnis zu lüften.

Es dauerte nicht lange, bis ich alles verstand. Wisst also, liebe Freunde, dass die Decken, Kuppeln und gewölbten Dächer dieser unterirdischen Welt mit einem Metall von größerer Härte als alles, was wir Kinder der Sonne kennen, ausgekleidet waren. Seine Nähte lief hierhin und dorthin wie die Adern von riesigen Blättern; und zu bestimmten Stunden strömten elektrische Ströme aus einigen riesigen internen Reservoirs, der Natur eigenen Gebäude, durch diese metallischen Leitbahnen, bis sie mit einer Hitze so weiß glühte, wie die Flut von blendendem Licht, von dem ich bereits gesprochen habe.

Der Strom kam nie mit einem plötzlichen Ansturm oder Ausbruch, sondern begann sanft und zaghaft, sozusagen, als ob er seinen Weg entlang ertastete. Daher die schönen Farbtöne, die dem Sonnenaufgang in dieser unteren Welt immer vorausgingen und ihn dem Kommen und Gehen unseres herrlichen Sonnenscheins so ähnlich machten.

Der Marmorweg teilte sich nun, und die beiden Hälften der Weggabelung, die sich nach rechts und links wegbewegten, umschlossen einen kleinen, aber exquisit ausgestatteten Park, oder Lustgarten, wie ich ihn nennen würde, der mit Sitzen aus dunklem, schön poliertem und geschnitztem Holz ausgestattet war. Dieser Park war mit vier Springbrunnen geschmückt, von denen jeder einem kristallenen Becken entsprang und sich in einer federartigen Gischt ausbreitete, die in dem blendend weißen Licht wie wirbelnder Schnee glitzerte. Als Bulger und ich unsere Schritte auf eine der Bänke lenkten, in der Absicht, uns auszuruhen, mahnte mich ein leises Knurren von ihm, auf der Hut zu sein. Ich warf einen zweiten Blick darauf. Ein menschliches Wesen saß auf der Bank. Da ich neugierig war, diesem Bewohner der Unterwelt, dem ersten, dem wir begegneten, von Angesicht zu Angesicht zu begegnen, blieb ich stehen, entschlossen, mich, wenn möglich, zu vergewissern, ob er ganz harmlos war, bevor ich ihn ansprach.

Er war von kleiner Statur und ganz in Schwarz gekleidet, in eine Art lockeres, fließendes Gewand, das einer römischen Toga ähnelte. Sein Kopf war kahl, und das, was ich davon sehen konnte, war rund, glatt und rosig, mit etwa so viel Haar, oder besser gesagt Flaum, darauf wie der Kopf eines sechs Wochen alten Säuglings. Sein Gesicht wurde von einem schwarzen Fächer verdeckt, den er in der rechten Hand trug und dessen Verwendung Sie später noch erfahren werden. Seine Augen wurden durch eine farbige Glasbrille vor dem grellen Licht abgeschirmt. Als er seine Hand zwischen mich und das Licht hob, konnte ich nicht anders, als den Atem anzuhalten. Ich konnte hindurchsehen: Die Knochen waren so klar wie Bernstein. Und auch sein Kopf war nur wenig weniger undurchsichtig. Plötzlich schossen mir zwei Worte aus Don Fums Manuskript durch den Kopf, und ich rief freudig aus,-

„Bulger, wir sind im Land des durchsichtigen Volkes!"

Beim Klang meiner Stimme erhob sich der kleine Mann, machte eine tiefe Verbeugung und senkte seinen Fächer auf seine Brust, wo er ihn festhielt. Sein Kindergesicht war lächerlich traurig und feierlich.

„Ja, Herr Fremder", sagte er mit tiefer, musikalischer Stimme, „du bist in der Tat im Lande der Mikkamenkies (Glimmermenschen), im Lande des durchsichtigen Volkes, auch Gläserland genannt; Aber wenn ich dir mein Herz zeigen würde, würdest du sehen, dass es mich zutiefst schmerzt, zu glauben, dass ich dich als erster willkommen heißen sollte, denn wisse, Herr Fremder, dass du mit Meister Kalte Seele, dem Hofbedrücker, dem traurigsten Mann im ganzen Gläserland, sprichst, und, nebenbei bemerkt, Herr, erlaube mir, dir eine Brille für dich und auch eine für deinen vierfüßigen Begleiter anzubieten, denn unser intensives weißes Licht würde euch beide in ein paar Tagen blenden."
"

Ich bedankte mich bei Meister Kalte Seele sehr herzlich für die Brillen und setzte mir eine rittlings auf die Nase, die andere band ich vor Bulgers Augen. Dann teilte ich Meister Kalte Seele auf die höflichste Weise mit, wer ich sei, und bat ihn, die Ursache seiner großen Traurigkeit zu erklären.
„Nun, du musst wissen, kleiner Baron", sagte er, nachdem ich neben ihm auf der Bank Platz genommen hatte, „dass wir, die liebenden Untertanen der Königin Galaxa, deren königliches Herz fast erschöpft ist - entschuldige diese Trä-

nen -, in dieser schönen Welt leben, die so anders ist als die, die du bewohnst, von der unsere Weisen sagen, dass sie, seltsamerweise, auf der Außenseite der Erde gebaut ist, auf der Außenseite der Erdkruste, wo sie am meisten dem blendenden Schnee, dem eisigen Sturm, dem prasselnden Hagel, dem ertränkenden Regen und dem erstickenden Staub ausgesetzt ist. Wir leben in diesem riesigen Tempel, den die Natur mit ihren eigenen Händen gebaut hat, wo Krankheiten unbekannt sind und wo unsere Herzen wie Uhren, die nur eine Aufziehung haben können, herunterlaufen. Wir neigen leider dazu, zu glücklich zu sein; zu viel zu lachen; zu viel Zeit in müßiger Fröhlichkeit zu verbringen, die Zeit wegzuplappern wie gedankenlose Kinder, die sich mit Spielereien amüsieren, die sich an flitterigen Nichtigkeiten erfreuen. Wisst also, kleiner Baron, dass es meine Aufgabe ist, diese Fröhlichkeit zu zügeln, dieser kindlichen Fröhlichkeit ein Ende zu setzen, die Stimmung unseres Volkes zu dämpfen, damit sie nicht zu hoch wird. Daher mein düsteres Gewand, meine traurige Miene, mein häufiges Weinen, meine Stimme, die immer traurig klingt. Verzeiht mir, kleiner Baron, mein Fächer ist mir entglitten; habt Ihr mich durchschaut? Ich möchte nicht, daß du heute mein Herz siehst, denn auf irgendeine Weise kann ich es nicht zur Ruhe bringen; es ist furchtbar widerspenstig."

Ich versicherte ihm, dass ich ihn noch nicht durchschaut hatte.

Und nun, liebe Freunde, muss ich erklären, dass nach den Gesetzen der Mikkamenkies jeder Mann, jede Frau und jedes Kind in seinem/ihrem Gewand eine herzförmige Öffnung auf der Brust direkt über dem Herzen tragen muss, mit einer entsprechenden Öffnung auf dem Rücken, so dass unter bestimmten Bedingungen, wenn das Gesetz es erlaubt, jeder das Recht hat, einen Blick auf das Herz seines/ihres Nächsten zu werfen und genau zu sehen, wie es schlägt - ob schnell oder langsam, ob pochend oder hüpfend, oder ob ruhig und natürlich pulsierend. Aber dieses

Privileg wird, wie gesagt, nur unter bestimmten Bedingungen gewährt, und um neugierige Blicke abzuschirmen, darf jeder Mikkamenky einen schwarzen Fächer bei sich tragen, mit dem er die oben beschriebene herzförmige Öffnung abdeckt und auf diese Weise seine Gefühle bis zu einem gewissen Grad verbergen kann. Ich sage „bis zu einem gewissen Grad", denn ich kann Ihnen gleich hier sagen, dass Falschheit im Land des Gläsernen Volkes unbekannt oder, richtiger gesagt, unmöglich ist, weil ihre Augen so wundersam klar, durchsichtig und kristallklar sind, dass der geringste Versuch, etwas zu sagen, während sie etwas anderes denken, sie verwirrt und trübt, als ob ein Tropfen Milch in ein Glas reinsten Wassers gefallen wäre.

Während ich dieses seltsame kleine Wesen auf der Bank neben mir anstarrte, erinnerte ich mich an ein Gespräch, das ich mit einem gelehrten Russen in Solvitchegodsk geführt hatte. Er sagte über sein Volk: „Wir sind alle mit hellem Haar, glänzenden Augen und blassen Gesichtern geboren, denn wir sind unter dem Schnee aufgewachsen." Und ich dachte bei mir, wie entzückt, wie hingerissen er gewesen wäre, dieses merkwürdige Wesen zu betrachten, das nicht unter dem Schnee, sondern weit unter der Erdoberfläche geboren war, wo in den weiten Kammern dieser Welt innerhalb einer Welt dieses seltsame Volk wie Pflanzen, die in einem dunklen, tiefen Keller gewachsen waren, allmählich all seine Färbung abgelegt hatte, bis ihre Augen wie Kugeln aus reinem Kristall glühten, bis ihre Knochen bernsteinfarben gebleicht waren und ihr Blut farblos durch farblose Adern floss. Während sie so dasaßen und ihren Gedanken nachhingen, begann das klare weiße Licht plötzlich zu flackern und den Wänden phantastische Streiche zu spielen, indem es in Gewändern von immer wechselnden Farbtönen tanzte, mal in hellstem Gelb, mal in blassestem Grün, mal in herrlichem Purpur, mal in tiefstem Karminrot.

„Ah, kleiner Baron!" rief Meister Kalte Seele aus, „das war ein ungewöhnlich kurzer Tag. Erhebt Euch, bitte."

Ich beeilte mich zu gehorchen, woraufhin er eine Feder berührte und die Bank sich in der Mitte öffnete und zwei sehr bequeme Betten enthüllte.

„In wenigen Augenblicken wird die Nacht über uns hereinbrechen", fuhr der Mikkamenky fort, "aber du siehst, dass wir nicht überrumpelt worden sind. Ich sollte dir erklären, kleiner Baron, dass wir aufgrund der launischen Art und Weise, in der unser Fluss des Lichts sowohl zu fließen beginnt als auch aufhört zu fließen, nie in der Lage sind zu sagen, wie lang ein Tag oder eine Nacht sein wird. Das ist es, was wir Dämmerung nennen. In eurer Welt, nehme ich an, geht der Tag mit einem schrecklichen Knall zu Ende, denn unsere Weisen sagen uns, dass in der oberen Welt nichts getan werden kann, ohne Lärm zu machen; dass euer Volk den Lärm wirklich liebt und dass derjenige, der den größten Lärm macht, als der größte Mensch gilt.

"Da niemand im Gläsernen Land sagen kann, wie lange der Tag dauert oder wie lange man schlafen muß, erlauben unsere Gesetze niemandem, eine genaue Zeit zu bestimmen, wann eine Sache getan werden soll, oder ein Versprechen zu verlangen, dies oder jenes an einem bestimmten Tag zu tun, denn dieser Tag kann, Gott sei Dank, keine zehn Minuten lang sein. Daher sagen wir: 'Wenn der morgige Tag mehr als fünf Stunden lang ist, komm zu Beginn der sechsten Stunde zu mir;' und wir wünschen einander nie eine einfache gute Nacht, sondern sagen: 'Gute Nacht, solange es dauert.'

„Außerdem, kleiner Baron, da die Nacht uns so unversehens überfällt, gehören nach dem Gesetz alle Betten dem Staat; niemand darf sein eigenes Bett besitzen, denn wenn ihn die Nacht einholt, kann er am anderen Ende der Stadt sein, und irgendein anderer Untertan der Königin Galaxa kann vor seiner Tür sein, und ganz gleich, wo die Nacht einen Mikkamenky einholt, er wird sicher ein Bett finden. Betten gibt es überall. Wenn man eine Feder berührt, fallen sie von den Wänden, sie lassen sich wie Schubladen herauszieben, sie stehen unter den Tischen und Diwans, in den Parks, auf dem Marktplatz, am Straßenrand; Bänke, Kisten, Kästen, Karren und Fässer können durch Drücken einer Feder im Nu in Betten verwandelt werden. Es ist das Land der Betten, kleiner Baron. Aber ach! seht, die Dämmerung geht ihrem Ende zu. Gute Nacht, solange sie dauert", und damit streckte sich Meister Kalte Seele aus und begann zu schnarchen, nachdem er zuvor die beiden Löcher in der Vorder- und Rückseite seines Gewandes sorgfältig zugedeckt hatte, damit ich keine Chance haben sollte, einen Blick durch ihn hindurch zu werfen, falls ich zuerst aufwachen sollte. Bulger und ich waren richtig froh, unsere Glieder auf ein richtiges Bett zu legen, obwohl ich an der Art, wie mein vierfüßiger Bruder seinen Schwanz hin und her bewegte, sehen konnte, dass er von der Weichheit der Couch nicht besonders begeistert war.

Kapitel VIII

„Guten Morgen, so lange es dauert" –
Erklärungen von Meister Kalte Seele –
Die Wunder des Gläsernen Landes –
Wir betreten die Stadt der
Mikkamenkies – Kurze Beschreibung –
Unsere Annäherung an den
Königspalast –
Königin Galaxa und ihr Kristallthron –
Die Tränen von Meister Kalte Seele.

Ich glaube nicht, dass die Dunkelheit mehr als drei Stunden dauerte, vielleicht war sie länger; aber Meister Kalte Seele war gezwungen, mich sanft zu schütteln, bevor er mich aufwecken konnte.

„Nun, kleiner Baron", sagte er, nachdem er mir einen guten Morgen mit dem üblichen „so lange es dauert" gewünscht hatte, „wenn du einverstanden bist, werde ich dich an den Hof unserer gnädigen Herrin, Königin Galaxa, führen. Unsere Weisen haben ihr oft von der oberen Welt und den schrecklichen Leiden ihrer Bewohner erzählt, die erst von der erbarmungslosen Kälte erfroren und dann von den sengenden Strahlen dessen, was sie ihre Sonne nennen, verbrannt werden, und sie wird sich zweifellos über deinen Anblick freuen, obwohl ich dich warnen muss, dass du höchst unansehnlich bist, dass du mir so schwarz und hart vorkommst, als wärst du kaum ein Mensch, sondern eher ein Stück lebendiger Erde oder Fels. Ich fürchte sehr, dass du unser Volk im Vergleich äußerst eitel machen wirst. Deinen vierfüßigen Gefährten kennen wir gut vom Sehen, denn wir haben sein versteinertes Abbild oft in den Felsen der dunklen Kammern unserer Welt gesehen."

„Meister Kalte Seele", sagte ich, während wir weitergingen, „wenn du mich besser kennenlernst, wirst du mich noch ansehnlicher finden, und obwohl ich dir mein Herz nicht zeigen kann, hoffe ich, dir und den Deinen beweisen zu können, dass ich ein solches habe."

„Kein Zweifel, kein Zweifel, kleiner Baron", rief Meister Kalte Seele, „aber sei nicht beleidigt. Es ist für mich nicht angenehmer, dir diese unangenehmen Dinge zu sagen, als für dich, sie zu hören, aber ich werde dafür bezahlt, und ich muss meinen Lohn verdienen. Die Eitelkeit wächst rasant in unserer Welt, und ich steche ihre Blasen auf, wann immer ich sie sehe."

Zu meiner großen Verwunderung entdeckte ich nun, dass die Welt der Mikkamenkies ihre Seen und Flüsse wie die unsrige hatte, nur waren sie natürlich kleiner und spiegelverkehrt und wurden nie vom leisesten Zephir (Windhauch) heimgesucht. Auf meine Frage, ob sie mit Lebewesen bevölkert seien, teilte mir Meister Kalte Seele mit, dass es dort buchstäblich von den köstlichsten Fischen wimmle, sowohl in Schuppen als auch in Muscheln.

„Aber denken Sie nicht, kleiner Baron", fügte er hinzu, „dass wir vom Gläsernen Land keine andere Nahrung haben als die, die wir aus dem Wasser schöpfen; denn in unseren Gärten wachsen viele Arten von zartem Gemüse, das in einer einzigen Nacht fast so leicht wie Schaum und genauso weiß sprießt. Aber wir sind eher bescheidene Esser, kleiner Baron, und finden es selten nötig, ein großes Krustentier zu vertilgen. Wir halten nur seine große Kralle fest, die er uns freundlicherweise in die Hand fallen lässt, und machen uns sofort daran, eine neue zu züchten."

„Aber sag mir doch, Meister Kalte Seele", sagte ich, „woher nimmst du die Seide, um so einen weichen und schönen Stoff zu weben, aus dem dein Gewand gemacht ist?"

„In dieser unserer Unterwelt, kleiner Baron", antwortete Meister Kalte Seele, „gibt es viele weite Vertiefungen, die der Fluss des Lichts nicht erreicht, und in diesen dunklen Kammern flattern riesige Nachtmotten umher, wie rastlose Geister, die ewig unterwegs sind, aber natürlich sind sie das nicht, denn wir finden ihre Eier an den felsigen Wänden dieser Höhlen geklebt und sammeln sie sorgfältig ein. Die Raupen, die aus ihnen schlüpfen, spinnen riesige Kokons, so groß, dass einer in meiner Hand nicht versteckt werden kann, und diese abgewickelt geben unseren Webstühlen alles Garn, das sie brauchen."

„Und das schöne Holz", fuhr ich fort, „das ich um mich herum zu so vielen Gegenständen geschnitzt und geformt sehe, woher kommt es?"

„Aus den Steinbrüchen", antwortete Meister Kalte Seele.

„Steinbrüche?" wiederholte ich verwundert.

„Nun, ja, kleiner Baron", sagte er, „denn wir haben Steinbrüche aus Holz, wie du zweifellos Steinbrüche aus Stein hast. Unsere Weisen sagen uns, dass vor Tausenden und Abertausenden von Jahren riesige Wälder, die in eurer Welt gewachsen sind, bei den Erhebungen und Einstürzen der Erdkruste in die unsere hinabgestoßen wurden, wobei die riesigen Stämme eng aneinander geklemmt wurden und kerzengerade standen, so wie sie gewachsen sind. Zumindest finden wir sie so, wenn wir den verhärteten Lehm weggegraben haben, der sie in diesen vielen Zeitaltern verschlossen hat. Aber sehen Sie, kleiner Baron, wir betreten jetzt die Stadt. Dort drüben ist der königliche Palast. Wollen Sie mit mir dorthin gehen?"

Ach, liebe Freunde, könnte ich euch doch diese schöne Stadt der Unterwelt so zeigen, wie sie sich mir damals zeigte, so prachtvoll ausgebreitet unter den glitzernden Kuppeln und gewölbten Gängen, von denen auf die kunstvoll geschnitzten und polierten Eingänge zu den Wohngemächern dieses glücklichen Volkes eine Flut von weißem Licht herabströmte, die blendender zu sein schien als unsere Mittagssonne!

Es war ein so seltsam schöner Anblick, dass ich oft innehielt, um ihn zu betrachten. Jung und Alt, alle in denselben anmutig fließenden Gewändern aus Seide gekleidet, mal purpurrot, mal königsblau, mal in sattem Zinnoberrot, eilten hin und her, jeder mit dem unvermeidlichen schwarzen Fächer bewaffnet, und das Kindergesicht eines jeden glühte vor Leben und süßer Zufriedenheit, während hundert Brunnen, die aus kristallenen Becken sprudelten, in dem blendend weißen Licht glitzerten, und zehnmal hundert Fahnen und Flaggen lustlos, aber reich an Pracht von unsichtbaren Drähten hingen. Seltsame Musik kam von den anmutig geformten Kähnen mit seidenen Planen, die geräuschlos über die Oberfläche des gewundenen Flusses glitten, wobei die Ruder das Wasser aufwirbelten, bis das Kielwasser ein Pfad durch geschmolzenes Silber zu sein schien.

Als Bulger und ich dem Meister der kalten Seele durch die Straßen aus poliertem Marmor folgten, dauerte es nicht lange, bis uns eine Schar von Mikkamenkies auf den Fersen war, die alle möglichen unhöflichen Dinge über uns flüsterten, vermischt mit nicht wenigen Anfällen von unterdrücktem Gelächter.

Der Hofdepressor wies sie streng zurecht.

„Hört auf mit euren unangebrachten Späßen", sagte er, „und geht euren Geschäften nach. Muß ich eine Pause machen und euch eine grausame Geschichte erzählen, um eure närrische Fröhlichkeit zu bremsen? Wißt ihr nicht, daß all diese alberne Fröhlichkeit eure Herzen beschleunigt und sie so viel schneller zur Neige gehen läßt?"

Auf diese Worte des Meisters der kalten Seele hin wichen sie zurück und beendeten ihr Kichern, aber es war nur für einen Augenblick, und als wir das Portal des königlichen

Palastes erreichten, war eine noch lautere und lärmende Menge dicht hinter uns.

Meister Kalte Seele hielt plötzlich inne, zog ein riesiges Taschentuch hervor und begann heftig zu weinen. Das blieb nicht ohne Wirkung, und von diesem Moment an konnte ich sehen, dass die Mikkamenkies dazu neigten, meine Ankunft in ihrer Stadt ernster zu nehmen, obwohl nur die Anwesenheit von Kalte Seele sie davon abhielt, in heftige Lachanfälle auszubrechen.

Über den Portalen des Palastes der Königin waren große Öffnungen in den Fels gehauen, um Licht in die königlichen Gemächer zu lassen; aber diese Fenster, wenn man sie als solche bezeichnen kann, waren mit seidenen Vorhängen in zarten Farben behängt, so dass das Licht, das in den Thronsaal eindrang, gedämpft und gemildert wurde. Der Raum selbst war ebenfalls mit seidenen Stoffen geschmückt, was ihm ein Aussehen von orientalischer Pracht verlieh; aber nie auf meinen Reisen unter fremden Völkern in fernen Ländern hatten meine Augen auf einem Kunstwerk geruht, das dem Kristallthron gleichkam, auf dem Galaxa, die Königin der Mikkamenkies, saß.

In der oberen Welt hatte die eifrigste Suche nie ein Stück Bergkristall von mehr als etwa einem Meter Durchmesser ausfindig machen können; aber hier, auf dem Thron der Königin Galaxa, schossen vier prächtige Säulen von mindestens fünf Meter Höhe und an ihrer Basis von einem Meter Durchmesser in unvergleichlicher Pracht empor. Ihre unteren Teile verschlossen sich in goldenen Pailletten, die in immer neuen Schattierungen glitzerten, je nachdem, wie das Licht auf sie fiel. Die Kreuzstücke und Teile, die den Rücken und die Arme bildeten, waren wegen der ausnehmend schönen Haare und nadelförmigen Kristalle aus anderen Metallen, die sie umschlossen, ausgewählt worden. Ein seidener Baldachin von seltener Schönheit bedeckte den Thron, und von seinen Rändern fielen schwere Kordeln und Quasten von reicher Farbe und der Vollkommenheit

68

BEFORE HER MAJESTY GALAXA, QUEEN OF THE MIKKAMENKIES.

Figure 13: Vor ihrer Majestät Galaxa, Königin der Mikkamenkies

menschlicher Handwerkskunst in Bezug auf Feinheit und Ausführung.

Am Fuße des Throns saß die junge Prinzessin Crystallina; hinter ihr stand ihre Lieblingsdienerin Damozel Glühender Stein, die damit beschäftigt war, ihre langen seidenen Locken zu kämmen, während ringsherum in Reihen und Gruppen Herren und Damen, Höflinge und Berater im Dutzend standen.

Als Meister Kalte Seele vortrat, um die Königin zu begrüßen, drängte sich eine Schar von Müßiggängern, die uns auf den Fersen gefolgt waren, unter lautem Gelächter in den Vorraum. Der Hofdepressor war sehr erzürnt, und als er sich der Menge zuwandte, begann er wieder mit wunderbarer Energie zu weinen; aber ich bemerkte, dass es nichts als ein Geräusch war: keine einzige Träne fiel, um die kristallklare Klarheit seiner Augen zu verdunkeln. Dann begann er eine Art Lied zu singen, das einen deprimierenden Einfluss auf die wilde Fröhlichkeit der Mikkamenkies haben sollte. Ich kann mich nur an eine Strophe dieses feierlichen Gesangs des Hofdepressors erinnern. Sie lautete wie folgt

"Weint, Mikkamenkies, weint, o weint,

für den augenlosen Mann in der Stadt des Lichts,

Um den Mundlosen in der Stadt der Üppigkeit,

Für den ohrenlosen Mann im Reich der Musik,

Für den nasenlosen Mann im Reich der Blumen,

Weint, Mikkamenkies, weint, o weint!"

Aber sie lachten nur umso lauter und riefen.

„Nein, Meister Kalte Seele, wir wollen nicht um sie weinen, weine selbst um sie." Endlich hob Königin Galaxa den schlanken goldenen Stab mit der Diamantspitze in der Hand, und augenblicklich wurde es still auf dem ganzen Platz, und alle Augen waren auf Bulger und mich gerichtet.

Kapitel IX

Bulger und ich werden der Königin
Galaxa, der Herrin des Kristallthrons,
vorgestellt. – Wie sie uns empfing. –
Ihre Freude über Bulger, der seine
wunderbare Intelligenz in vielerlei
Hinsicht unter Beweis stellt. –
Wie die Königin ihn als Lord Bulger
auszeichnet. – Alles über die drei
Weisen, in deren Obhut wir von Königin
Galaxa gegeben werden.

Dank der weichen Luft, der nie schwankenden Temperatur
und der Abwesenheit von jeglichem Lärm und Staub sterben die Mikkamenkies zwar am Ende wie andere Völker,
doch scheinen sie nie zu altern. Ihre Haut bleibt weich und
faltenfrei, und ihre Augen so klar und hell wie der Kristall
von Königin Galaxas Thron.

Zum Zeitpunkt unserer Ankunft im Land des Gläsernen Volkes war das Herz von Königin Galaxa schon fast am Ende.
In etwa zwei Wochen würde es leise und sanft zum Stillstand kommen; denn, wie ich Ihnen schon gesagt habe, liebe Freunde, da das Herz eines Mikkamenky vollkommen
sichtbar ist, wenn man das blendend weiße Licht in seiner
vollen Stärke durch seinen Körper leuchten lässt, war es
für einen Arzt ein Leichtes, einen Blick auf das Lebensor-
gan zu werfen und fast auf die Stunde genau zu sagen,
wann es sich erschöpfen würde - mit anderen Worten, zu
Ende geht. Galaxa sah wie eine echte Königin aus, als sie

sich halb auf ihren prächtigen Kristallthron lehnte. Sie war in ein langes, fließendes Seidengewand von recht königlichem Purpur gekleidet, und die Edelsteine, die ihren Hals und ihre Handgelenke umgaben, hätten die Kronjuwelen eines jeden Monarchen der Oberwelt in den Schatten gestellt. Ihr Gewand hatte sehr viel vom Schnitt und Stil der altgriechischen Tracht, und die goldenen Sandalen, die sie trug, trugen zur Ähnlichkeit bei; aber das eine, was meine Verwunderung mehr erregte als alles andere zusammen, war ihr Haar, so lang, so fein und seidig war es, eine solche Masse davon war da, und so blendend weiß war es - nicht das blaue oder gelbe Weiß, das in unserer Welt mit dem Alter kommt, sondern ein Milchweiß, ein Baumwollweiß. Und als wir uns näherten, begann ihr Haar zu Bulgers, aber nicht zu meinem Erstaunen, zu zittern und zu rascheln und sich zu erheben, bis es ihren ganzen Thron völlig außer Sichtweite begrub. Natürlich wusste ich, dass es, da sie auf einem gläsernen Thron saß, nur notwendig war, einen sanften Strom durch sie hindurch zu schicken, um ihren wunderbaren Haarschopf auf diese Weise aufzurichten, wie die weißen und hauchdünnen Tentakel einer gigantischen Kreatur des Meeres, halb Pflanze, halb Tier.

„Erhebe dich, kleiner Baron", sagte Königin Galaxa, als ich auf der untersten Stufe des Throns auf mein rechtes Knie fiel, „und sei willkommen in unserem Königreich. Während du hier verweilen darfst, wird mein Volk sich bemühen, dir alles zu zeigen, was dir wunderbar erscheinen mag; denn obwohl unsere Weisen uns oft von der oberen Welt erzählt haben, bist du doch ihr erster Bewohner, der uns besucht, und auch dein wunderbarer Begleiter ist herzlich willkommen. Kann er sprechen, kleiner Baron?"

„Nicht ganz, Königin Galaxa", sagte ich mit tiefer Verbeugung, „aber er kann mich verstehen und ich ihn."

„Er ist ganz harmlos, nicht wahr?", fragte die Königin.

Ihr könnt Euch vielleicht vorstellen, wie ich mich fühlte, liebe Freunde, als ich gerade sagen wollte: „Vollkommen

A DINNER EASILY PROVIDED FOR.

Figure 14: Ein leicht zubereitetes Abendessen

richtig, königliche Dame", als ich zu meinem Erstaunen sah, wie Bulger voranging und die Prinzessin Crystallina beschnupperte und dann zurückwich und seine Zähne zeigte, als sie ihre Hand ausstreckte, um ihn zu streicheln.

Ich beugte mich über ihn, tadelte ihn im Flüsterton und forderte ihn auf, vor der Königin niederzuknien. Er tat dies und grüßte sie mit drei sehr stattlichen Verbeugungen, worüber alle herzlich lachten.

„Ich möchte, dass er näher kommt", sagte die Königin, „damit ich meine Hand auf ihn legen kann."

Auf ein Zeichen von mir begann Bulger, seine Vorderpfoten sorgfältig zu lecken, und nachdem er sie auf dem Teppich abgewischt hatte, sprang er die Stufen des Throns hinauf und setzte seine Vorderpfoten auf den Schoß von Königin Galaxa.

Die schöne Herrscherin der Mikkamenkies war entzückt über diese Demonstration von Bulgers feinen Manieren, und um sie noch mehr zu amüsieren, ließ ich Bulger viele seiner seltsamen Tricks und Kunststücke vorführen, indem ich ihm befahl, „seine Gebete zu sprechen", „den Tod vorzutäuschen", „um seine Liebste zu weinen", „bis zehn zu zählen", „aufrecht zu gehen", „zu lahmen und zu weinen, um zu zeigen, wie weh es tut".

Kaum war er halb um den Kreis gegangen und hatte Lahmheit vorgetäuscht, als die Jungfer Leuchtendes Steinchen selbst zu weinen begann und sich bückte, um Bulger zu streicheln und seinen lahmen Fuß zu küssen, Liebkosungen, die Bulger zu meiner großen Überraschung nicht lange erwiderte, und auch später, als ich ihn aufforderte, sich das Mädchen auszusuchen, das er am meisten liebte, und ihr die Hand zu küssen, sprang er geradewegs auf den Leuchtenden Stein zu und verteilte nicht nur einen, sondern zwanzig Küsse auf ihre ausgestreckten Hände, während die Prinzessin Crystallina in Angst und Abscheu vor dem „hässlichen Biest", wie sie ihn nannte, zurückwich.

„Er soll mir mein Taschentuch bringen, kleiner Baron", rief Galaxa und warf es auf den Boden. Ich tat, wie die Königin befahl, aber Bulger weigerte sich, zu gehorchen.

„Ihr seht, Königin Galaxa", sagte ich mit einer tiefen Verbeugung, „er weigert sich, das Taschentuch ohne einen Befehl Eurer königlichen Hoheit zu heben", ein feines Kompliment, das die Dame mächtig erfreute.

„Wie kommt es, kleiner Baron", fragte sie, „dass du von edler Abstammung bist und dein Bruder, wie du ihn nennst, ein einfacher Bulger?"

„Es kommt, königliche Dame", sagte ich ganz bescheiden, „wie es oft kommt in der Welt, die ich bewohne, dass die Ehre denen zukommt, die sie am wenigsten verdienen."

„Nun denn, kleiner Baron", rief Galaxa fröhlich, „wenn ich auch nur ein unbedeutender Herrscher im Vergleich zu dir bin, so können doch kleine Herrscher große Taten vollbringen. Sag deinem vierfüßigen Bruder, er soll vor uns knien."

Auf ein Wort von mir hin warf sich Bulger auf den Stufen von Galaxas Kristallthron nieder und legte seinen Kopf zu ihren Füßen.

Sie beugte sich vor, berührte ihn leicht mit ihrem goldenen Stab und rief: „Erhebt Euch, Lord Bulger, erhebt Euch! Königin Galaxa, die auf ihrem Kristallthron sitzt, befiehlt Lord Bulger, sich zu erheben!"

In einem Augenblick erhob sich Bulger auf seine Hinterfüße und legte seinen Kopf in den Schoß der Königin, während der ganze Raum mit lauten Rufen erklang und jede Dame sanft mit ihren zerbrechlichen und gläsernen Händen klatschte, außer der Prinzessin Crystallina, die vorgab, zu schlafen.

Königin Galaxa löste nun eine Perlenkette von ihrem Hals und band sie mit ihren eigenen Händen um den von Lord Bulger - und so hörte mein vierfüßiger Bruder auf, einfach Bulger zu sein. Dann wandte sich Königin Galaxa an ihre Staatsräte und befahl ihnen, Lord Bulger und mir ein königliches Appartement zuzuweisen, und gab strenge Befehle, dass jeder Mikkamenky, der es wagen sollte, uns auszulachen oder respektlose Bemerkungen über unsere dunklen Augen, unsere Haut und unser wettergegerbtes Aussehen zu machen, sofort mit der härtesten Strafe belegt werden sollte. Denn, wie die königliche Dame zu ihren Leuten sagte: „Ihr könntet schlimmer aussehen als sie, wenn ihr gezwungen wäret, auf der Außenseite statt auf der Innenseite der Welt zu leben, den beißenden Stürmen, der schneidenden Kälte und den Wolken des erstickenden Staubs ausgesetzt."

Auf Befehl der Königin wurden drei der weisesten Mikkamenkies ausgewählt, um Bulger und mich zu begleiten, sich um unsere Bedürfnisse zu kümmern, uns alles zu erklären - mit einem Wort, alles in ihrer Macht Stehende zu tun, um unseren Aufenthalt im Gläsernen Land so angenehm wie möglich zu gestalten.

Ihre Namen, so gut ich sie übersetzen kann, waren Doktor Etwas-Wolkig, Sir Bernsteinklar und Lord Herz-vom-Horn. Ich sollte Euch, liebe Freunde, die Bedeutung dieser Namen erklären, denn Ihr könntet geneigt sein zu denken, dass Doktor Etwas-Wolkig, Sir Bernsteinklar und Lord Herz-vom-Horn darauf hinweisen, dass sie mehr oder weniger verwirrt in ihrem Intellekt waren. Weit gefehlt: Ich habe Ihnen bereits gesagt, dass sie drei der weisesten Männer im Land des transparenten Volkes waren, und der Mangel an Klarheit, auf den ihre Namen hinweisen, bezog sich ausschließlich auf ihre Augen.

Nun, wie Sie wissen, haben die gelehrten Männer unserer Oberwelt ein anderes Aussehen als gewöhnliche Menschen. Sie haben gebückte Schultern, zottelige Augenbrauen, lange Haare, schmale Lippen, sind kurzsichtig und haben einen schlotternden Gang. Nun, der einzige Effekt, den lange Jahre tiefen Studiums auf die Mikkamenkies hatten, war, dass sie ihre schönen kristallartigen Augen mehr oder weniger ihrer Klarheit beraubt haben.

Jetzt werden Sie wohl verstehen, warum diese drei gelehrten Mikkamenkies so genannt wurden.

Jedenfalls waren sie trotz ihrer seltsamen Namen drei höchst charmante Herren; und egal, wie oft ich dieselbe Frage noch einmal stellte, sie hatten immer eine ebenso höfliche Antwort parat wie die, die sie mir zuerst gegeben hatten. Sie taten alles, was ich eventuell mit Recht von ihnen erwarten konnte. In der Tat gab es nur eine einzige Sache, die ich gerne von ihnen gewollt hätte, und das war, mich durch sie hindurchschauen zu lassen.

Das vermieden sie sorgfältigst; und wie sehr sie sich auch in ihren Beschreibungen erwärmten und wie sehr ich auch darauf bedacht war, den begehrten Blick zu erhaschen, der unvermeidliche schwarze Fächer war immer im Weg.

Natürlich empfanden nicht nur sie, sondern das ganze Gläserne Volk einen Widerwillen, sich von einem völlig Fremden durchleuchten zu lassen, und ich konnte es ihnen auch nicht verdenken. Ich verzweifelte daran, jemals die Chance zu bekommen, ein menschliches Herz zu sehen, das um sein Leben schlägt, um alles in der Welt wie das Schwingen eines Pendels oder die Vibration einer Unruh.

Kapitel X

Ein kurzer Bericht über meine Unterhaltungen mit Doktor Etwas-Wolkig, Sir Bernsteinklar und Lord Herz-vom-Horn, die mir viele Dinge erzählten, die ich vorher nicht wusste, wofür ich sehr dankbar war.

Lord Bulger und ich waren mehr als zufrieden mit unseren neuen Freunden, Doktor Nebulosus (das heisst soetwas wie Doktor Etwas-Wolkig), Sir Amber O'Pake (Sir Bernsteinklar) und Lord Cornucore (Lord Herz-vom-Horn), obwohl sie so eifrig bemüht waren, es uns gründlich gemütlich zu machen, dass sie es manchmal übertrieben und mir kaum einen Moment Zeit ließen, einen Eintrag in mein Notizbuch zu machen. Sie waren sehr darauf bedacht, dass ich in meiner Unwissenheit nicht etwas Falsches über sie niederschrieb.

„Denn", sagte Sir Amber O'Pake, „jetzt, wo Ihr den Weg in diese unsere Unterwelt gefunden habt, kleiner Baron, bin ich sicher, dass wir jedes Jahr oder so eine Reihe von Besuchern aus Eurem Volk haben werden, und ich habe bereits Anweisung gegeben, zusätzliche Betten machen zu lassen, sobald das Holz abgebaut werden kann."

Doktor Nebulosus gab mir einen sehr interessanten Bericht über die verschiedenen Krankheiten, an denen die Mikkamenkies leiden. „Alle Krankheiten bei unserem Volk, kleiner Baron", sagte er, „sind rein geistig oder emotional, das heißt, sie betreffen den Verstand oder die Gefühle. So etwas wie körperliche Gebrechen gibt es bei uns nicht. Wein und starke Getränke sind in unserer Welt unbekannt, und die Nahrung, die wir zu uns nehmen, ist bekömmlich und leicht verdaulich. Wir sind nie der Gefahr ausgesetzt, eine staubige Atmosphäre einzuatmen, und obwohl wir ein aktives und fleißiges Volk sind, schlafen wir doch viel; denn da unsere Gesetze den Gebrauch von Lampen oder Fackeln verbieten, außer für den Gebrauch derer, die in den dunklen Kammern arbeiten, ist es für uns nicht möglich, unsere Gesundheit zu ruinieren, indem wir die Nacht zum Tag machen. Wir gehen genau in dem Moment zu Bett, in dem der Fluss des Lichts aufhört zu fließen. Die einzige Krankheit, die mir jemals die geringsten Schwierigkeiten bereitet, ist Iburufrosnia."

„Bitte, was ist das für ein Leiden?" fragte ich.

„Es ist eine Neigung, zu glücklich zu sein", antwortete Doktor Nebulosus ernst, "und ich bedaure sagen zu müssen, dass mehrere unserer Leute, die von diesem Leiden befallen sind, ihr Leben verkürzt haben, weil sie sich weigerten, meine Mittel einzunehmen. Es entwickelt sich gewöhnlich sehr langsam, beginnend mit einer Neigung zum Kichern, die nach einer Weile von heftigen Lachanfällen abgelöst wird.

„Zum Beispiel, kleiner Baron, als du unter uns kamst, wurden viele unserer Leute von einer heftigen Form der Iburyufrosnie befallen; und obwohl Meister Kalte Seele, der Hofdepressor, große Anstrengungen unternahm, sie einzudämmen, war er doch ziemlich machtlos dabei. Sie breitete sich mit bemerkenswerter Schnelligkeit über die Stadt aus. Ohne zu wissen, warum, begannen unsere Arbeiter bei ihrer Arbeit, unsere Kinder beim Spielen, unsere Leute in den Häusern und draußen, zu lachen und gefährlich glücklich zu sein. Ich untersuchte einige der schlimmsten Fälle und stellte fest, dass bei der Geschwindigkeit, mit der sie schlugen, die Herzen der meisten von ihnen in einer einzigen Woche zusammenbrechen würden. Es war schrecklich. Ein eilig einberufener Rat wurde abgehalten, und es wurde beschlossen, dich und Lord Bulger vor der Öffentlichkeit zu verbergen, aber glücklicherweise gewann meine Geschicklichkeit die Oberhand über den Angriff."

„Hast du die Anzahl der zu nehmenden Pillen erhöht?" fragte ich.

„Nein, kleiner Baron", sagte Doktor Nebulosus; "ich vergrößerte ihre Größe und überzog sie mit einem trockenen Pulver, das das Schlucken äußerst schwierig machte und auf diese Weise die Einnehmenden zwang, ihr Lachen einzustellen. Aber es gab eine Anzahl von Fällen, die so heftig waren, dass sie auf diese Weise nicht geheilt werden konnten. Diesen ordnete ich an, dass sie mit breiten Gürteln an der Taille festgeschnallt wurden und dass man ihnen den Mund mit Holzkeilen aufstieß. Wie du vielleicht verstehst, wurde ihnen das Lachen dadurch so schwer gemacht, dass sie es bald ganz aufgaben.

„Ach, kleiner Baron", fuhr der weise Doktor seufzend fort, „das war ein trauriger Tag für das Menschengeschlecht, als es lachen lernte. Meiner Meinung nach verdanken wir diese nutzlose Erregung unserer Körper euch Menschen der Oberwelt. So wie ihr dem schneidenden Wind und dem beißenden Frost ausgesetzt wart, habt ihr euch die Gewohnheit angewöhnt, zu zittern, um euch warm zu halten, und nach und nach wuchs euch diese Zittergewohnheit so ans Herz, dass ihr das Zittern beibehieltet, ob euch nun kalt war oder nicht; nur nanntet ihr es mit einem anderen Namen. Nun, meine Kenntnis des menschlichen Körpers lehrt mich, dass dieses Zittern des Fleisches eine sehr weise Vorschrift der Natur ist, um das Blut in Bewegung zu halten und auf diese Weise den menschlichen Körper vor dem Verderben durch Kälte zu bewahren; aber warum sollten wir zittern, wenn wir glücklich sind, kleiner Baron? Der Gedanke ist das ganze Vergnügen, und doch beginnen wir gerade in dem Augenblick, wo wir unseren Körper in möglichst vollkommener Ruhe halten sollten, dieses lächerliche Zittern. Zittern wir, wenn wir die Schönheiten des Flusses des

Lichts betrachten, oder süße Musik hören, oder das liebevolle Antlitz unserer gnädigen Königin Galaxa erblicken?
Aber schlimmer als alles, kleiner Baron, dieses sinnlose Zittern und Beben, das wir Lachen nennen, entleert im Gegensatz zu guten, tiefen, langgezogenen, gesunden Seuf-
zern die Lungen, ohne sie wieder zu füllen, und so sehen
wir oft, wie diese Kicherer und Lacher in Ohnmachtsanfäl-
len umfallen, völlig erstickt durch ihre eigene wilde und
unvernünftige Handlung. Ich habe immer behauptet, kleiner Baron, dass wir allein von allen Tieren die Gewohnheit
des Lachens haben, und ich freue mich jetzt, meine Meinung durch meine Bekanntschaft mit dem weisen und würdigen Lord Bulger bestätigt zu sehen. Beobachten Sie ihn.
Er weiß genauso gut wie wir, was es heißt, sich zu freuen,
sich zu amüsieren, sich zu vergnügen, aber er hält es nicht
für nötig, auf Anfälle von Zittern und Schaudern zurückzu-
greifen. Durch das aufgehellte Auge - das wahre Fenster
der Seele - kann ich sehen, wie glücklich er ist. Ich kann
seine Freude messen; ich kann seine Zufriedenheit zur
Kenntnis nehmen."

Ich war erfreut über diese gelehrte Rede des sanften Dok-
tors Nebulosus und machte mir Notizen, damit die Punkte
seiner Argumentation nicht meinem Gedächtnis entgingen;
umso erfreuter war ich darüber, dass er bewies, dass mein
treuer Bulger von der Natur so weise konstruiert und regu-
liert war.

Ich erkundigte mich besonders bei meinen Freunden, Sir
Amber O'Pake und Lord Cornucore, ob Königin Galaxa jemals irgendwelche Schwierigkeiten bei der Regierung
ihres Volkes gehabt habe.

„Überhaupt keine", war die Antwort. „In vielen langen Jahren war es nur bei ein oder zwei Gelegenheiten notwendig,
einen Mikkamenky vor den Magistrat zu laden und sein
Herz unter starkem Licht zu untersuchen. Die einzige Strafe, die unsere Gesetze zulassen, ist eine kürzere oder längere Gefangenschaft in einer der dunklen Kammern. Die

härteste Strafe, die je von einem unserer Richter verhängt wurde, war zwölf Stunden lang. Aber in aller Ehrlichkeit müssen wir zugeben, kleiner Baron, dass Falschheit und Täuschung bei uns unbekannt sind, aus dem einfachen Grund, dass es für einen Mikkamenky unmöglich ist, einen Bruder zu täuschen, ohne auf frischer Tat ertappt zu werden, da er durchsichtig ist. Warum also den Versuch machen? In dem Augenblick, in dem einer von uns anfängt, das eine zu sagen, während er etwas anderes denkt, trüben sich seine Augen und verraten ihn, so wie sich das kristallklare Wetterglas beim Herannahen eines Gewitters in der oberen Welt trübt. Aber das, kleiner Baron, gilt natürlich nur für unsere Gedanken. Unsere Gesetze erlauben uns, unsere Gefühle durch den Gebrauch des schwarzen Fächers zu verbergen. Niemand darf in das Herz eines anderen sehen, es sei denn, der Besitzer will es. Es ist ein schweres Vergehen, wenn ein Mikkamenky einen anderen ohne dessen Erlaubnis durchschaut. Aber wie du leicht verstehen wirst, ist es, da wir von Natur aus durchsichtig sind, völlig unmöglich, dass sich eine Ehe als unglücklich erweist, denn wenn ein Jüngling seine Liebe zu einem Mädchen erklärt, haben beide nach dem Gesetz das Recht, in das Herz des anderen zu schauen, und auf diese Weise können sie die Stärke der Liebe, die sie füreinander empfinden, genau feststellen." Dies und viele andere seltsame und interessante Dinge vermittelten mir meine neuen Freunde, Doktor Nebulosus, Sir Amber O'Pake und Lord Cornucore, und ich war der guten Königin Galaxa sehr dankbar, dass sie sie für mich ausgewählt hatte. Gute Freunde sind wertvoller als Gold, auch wenn wir das in dem Moment nicht glauben mögen.

Kapitel XI

Angenehme Tage bei den Mikkamenkies und wunderbare Dinge, die wir gesehen haben – Der Gespenstergarten und seine Beschreibung – Unser Treffen mit Damozel Glühstein und was dabei herauskam.

Von nun an fühlten Lord Bulger und ich uns bei den Mikkamenkies wie zu Hause. Eine der königlichen Barken wurde uns zur Verfügung gestellt, und als wir es leid waren, herumzulaufen und die Wunder dieser schönen Stadt der unterirdischen Welt zu bestaunen, stiegen wir in unsere Barke und wurden auf dem glasklaren Fluss hin und her gerudert; und wenn ich es nicht selbst gesehen hätte, hätte ich nie geglaubt, dass man irgendeinem Schalentier jemals beibringen könnte, so zuvorkommend zu sein, dass es an die Oberfläche schwimmt und uns eine seiner riesigen Krallen zum Essen anbietet, die es uns höflich in die Hand fallen lässt, sobald wir es in die Hand nehmen. An einem der Flussufer bemerkte ich eine lange Reihe von hölzernen Fächern, die sehr wie die Behälter eines Lebensmittelhändlers aussahen; aber Sie können sich vorstellen, wie amüsiert Bulger und ich waren, als wir uns dieser langen Reihe von kleinen Häusern näherten und feststellten, dass es sich um Schildkrötennester handelte, und dass eine ganze Reihe der Schildkröten bequem in ihren Nestern saß und damit beschäftigt war, ihre Eier zu legen - die, das kann ich Ihnen versichern, die leckersten Leckerbissen waren, die ich je gekostet habe.

Ich glaube, ich habe Sie darüber informiert, dass der Fluss, der durch das Gläserne Land fließt, von köstlichen Fischen wimmelt, wobei der Karpfen und die Seezunge besonders delikat im Geschmack sind; Und da ich wusste, was für ein zartes Volk die Mikkamenkies sind, war ich nicht wenig verwundert darüber, wie sie jemals den Mut aufbringen konnten, einen Speer in einen dieser Fische zu treiben. Die Fische waren so zahm und verspielt wie ein Haufen Kätzchen oder Welpen und folgten unserem Kahn auf Schritt und Tritt, schnappten sich das Futter, das wir ihnen zuwarfen, und sprangen in die Luft, wo sie wie poliertes Silber glitzerten, wenn das weiße Licht auf ihren Schuppen schillerte.

Aber das Rätsel wurde eines Tages gelöst, als ich einen der Fischer dabei beobachtete, wie er eine ganze Reihe von Fischen in eine Art Gehege lockte, das mit einem Drahtgeflecht vom Fluss abgetrennt war. Kaum hatte er die Tore geschlossen, sah ich zu meinem Erstaunen, wie die Fische einer nach dem anderen an die Oberfläche kamen und mausetot auf der Wasseroberfläche herumtrieben.

„Das, kleiner Baron", erklärte der Verantwortliche, „ist die Todeskammer. Versteckt auf dem Grund dieses dunklen Beckens liegen mehrere elektrische Aale von großer Größe und Kraft, und wenn unsere Leute ein frisches Fischmahl wollen, öffnen wir einfach diese Tore und locken einen Schwarm von ihnen hinein, indem wir ihr Lieblingsfutter ins Wasser werfen. Die Henker warten auf sie, und in wenigen Augenblicken werden die Fische, während sie ihre Mahlzeit genießen und nichts Böses ahnen, schmerzlos zu Tode gebracht, wie du gesehen hast."

Der eine Teil der Stadt des Gläsernen Volkes, der Bulger und mich sehr anzog, waren die königlichen Gärten. Es war ein seltsamer und unheimlicher Ort, und bei meinem ersten Besuch ging ich auf Zehenspitzen und mit angehaltenem Atem durch seine Pfade und unter seinen Lauben, so wie man sich in ein Stück Feenland stiehlt, und schaute ängstlich von einer Seite zur anderen, als ob man bei jedem Schritt erwartete, dass ein Kobold oder eine Koboldin einem mit einem zähen Spinnennetz ein Bein stellen oder mit ihren kalten und seidigen Flügeln über die Wangen streichen würde.

Nun, liebe Freunde, müsst ihr zuerst erfahren, dass mit dem Verlust des Sonnenscheins und der frischen Luft die Blumen und Sträucher und Reben dieser unterirdischen Welt sich allmählich von ihren Düften und Farben trennten, ihre Blätter und Blütenblätter und Stängel und Ranken wurden blasser und blasser im Farbton, wie liebeskranke Mägde, deren Liebste nie aus dem Krieg zurückgekehrt waren. Monat für Monat schmachteten die dunkelgrünen, die rosafarbenen, die goldgelben und die tiefblauen Blätter vor sich hin und sehnten sich nach dem verlorenen Sonnenschein und der umwerbenden Brise, die sie so sehr liebten, bis endlich die Verwandlung vollendet war und sie alle ganz weiß gebleicht dastanden oder hingen, wie jene phantastischen Blumenbüschel und Rebkränze, die der federleichte Schnee des Aprils in den blattlosen Sträuchern und Bäumen bildet.

Ich kann euch nicht sagen, liebe Freunde, welch seltsames Gefühl mich überkam, als ich in diesen gespenstischen Garten trat, wo sich geisterhafte Reben in phantastischen Formen und Gestalten an die dunklen Spaliere klammerten, und wo hohe Lilien, weißer als Eiderdaunen, kerzengerade standen wie Geister, die zu ewigem Schweigen verdammt sind, und wo riesige Büschel schneebedeckter Chrysanthemen, flauschig gefiederte Formen, ihre weichen Körper zusammenzudrücken schienen wie Gruppen verbannter Himmlischer in einer Art stiller Verzweiflung, während sie die Wärme und den Glanz des Sonnenlichts fühlten, das langsam und allmählich ihre Seelen verließ; wo tiefer unten große Rosen mit schneeweißen Blütenblättern, weißer als Muscheln, regungslos hingen und sich mit eifriger Anstrengung öffneten, als lauschten sie auf ein Signal, das den Bann, der auf sie gelegt war, auflösen und ihnen den Sonnenschein und damit ihre Farbe und ihren Duft zurückgeben würde; wo noch tiefer liegende Veilchenbeete, weiß gebleicht wie flauschige Wolken, in stille Trauer über den Verlust des himmlischen Duftes, der ihnen auf Erden gehört hatte, gehüllt schienen; wo über den Köpfen der Lilien lange, schlanke, gespenstische, fast unsichtbare Stiele von Sonnenblumen schossen, die an ihren Enden mit Büscheln schneeweißer Blüten beladen waren und wie weiße Gesichter durch die stille Luft herabblickten und warteten, warteten auf den Sonnenschein, der nie kam; und noch höher überall und über diesen gespenstischen Blumen, die sich verschlangen und einwickelten und in Kränzen und Girlanden herabfielen, krochen und liefen wie lange Reihen fliehender Gespenster, geisterhafte Ranken mit Geisterblüten, gebogen und gedreht und gewickelt und gerollt in tausend seltsame und phantastische Formen und Gestalten, die das weiße Licht mit seinen dunklen Schatten lebendig und halb menschlich machte, so dass es nur der Bewegung und der Stimme bedurfte, um diesen Garten von traurigen Gestalten bevölkert erscheinen zu lassen, die wegen seltsamer Missetaten, die sie auf Erden begangen hatten, in diese unterirdischen Kammern verbannt und dazu verdammt waren, zehntausend Jahre zu warten, bis ihnen das Sonnenlicht und ihre Farbe und ihr Duft wiedergegeben werden sollten.

Als ich eines Tages durch die königlichen Gärten schlenderte, stieß Bulger plötzlich einen leisen Schrei aus und sprang vorwärts, als ob seine Augen auf die vertraute Gestalt eines lieben Freundes gefallen wären.

Als ich auf ihn zukam, kauerte er neben dem Damozel Glühstein, die, auf einer der Gartenbänke sitzend, mit einer ihrer weichen Hände mit ihrer filigranen Haut Bulgers Kopf und Ohren streichelte, während die andere ihren schwarzen Fächer fest an ihren Busen gedrückt hielt.

Sie blickte mit ihren kristallenen Augen zu mir auf und lächelte schwach, als ich mich ihr näherte.

„Du siehst, kleiner Baron", murmelte sie, „Lord Bulger und ich haben uns nicht vergessen." Seit unserer Vorstellung bei Hofe war ich in meinen Gedanken auf der Suche nach einem Grund für Bulgers plötzliche Zuneigung zu Damozel-Glühstein gewesen, hatte aber keinen gefunden.

Ich war umso verblüffter, als sie nur die Hofdame war, während die schöne Prinzessin Crystallina auf den Stufen des Throns saß.

Aber ich sagte nichts, außer zu erwidern, dass ich sehr erfreut war, sie zu sehen, und hinzuzufügen, dass, wo Bulgers Liebe hinging, die meine sicher folgen würde.

„Oh, kleiner Baron, wenn ich das nur glauben könnte!" seufzte die schöne Damozel.

„Das darfst du", sagte ich, „das darfst du wirklich."

„Dann, wenn ich darf, kleiner Baron", erwiderte sie, „will ich, und bitte, komm und setz dich hier neben mich, nur bis ich es dir sage, schau nicht durch mich hindurch. Versprichst du das?"

„Ich verspreche es, schönes Fräulein", war meine Antwort.

„Und Ihr, Lord Bulger, legt Euch zu meinen Füßen", fuhr sie fort, „und haltet Eure klugen Augen auf mich gerichtet und Eure scharfen Ohren weit offen."

„Kleiner Baron, wenn sowohl deine als auch unsere Welt mit trauernden Herzen gefüllt wären, so wäre das meine das schwerste von allen. Höre! oh, höre die traurige, traurige Geschichte von der kummervollen Magd mit dem Fleck in ihrem Herzen, und wenn du alles weißt, gib mir von deiner Weisheit."

Kapitel XII

Die traurige, traurige Geschichte von der leidenden Prinzessin mit dem Fleck im Herzen und was alles geschah, als sie es beendet hatte, das muss der Leser selbst lesen, wenn er es wissen will.

„Kleiner Baron und lieber Lord Bulger", begann die kristalläugige Damozel, nachdem sie ihre Seele durch drei lange und tiefe, tiefe Seufzer von ihrer Last des Jammers befreit hatte, „so wisse denn, daß ich nicht die Damozel Glühstein bin, sondern keine andere als die königliche Prinzessin Crystallina selbst; daß sie, deren Haar ich kämme, das meine kämmen sollte; daß sie, der ich zehn lange Jahre gedient habe, mir gedient haben sollte!"

„Und zu denken, oh Prinzessin", brach ich freudig hervor, „daß mein geliebter Bulger der erste war, der entdeckte, daß sie, die auf den Stufen des Kristallthrons saß, kein Anrecht auf den Sitz hatte; zu denken, daß sein feiner Intellekt der erste war, der das Unrecht, das dir angetan wurde, aufspürte; sein scharfes Auge das erste, das dem Brunnen der Wahrheit auf den Grund ging; aber, schöne Prinzessin, ich platze vor Ungeduld, um zu wissen, wie du selbst jemals das Unrecht, das dir angetan wurde, entdeckt hast. "

„Das sollst du bald erfahren, kleiner Baron", antwortete Crystallina, "und damit du alles weißt, was ich weiß, will ich ganz am Anfang beginnen: An dem Tag, an dem ich geboren wurde, herrschte große Freude im Lande der Mikkamenkies, und das Volk versammelte sich vor dem königli-

chen Palast und lachte und weinte abwechselnd, so glücklich waren sie über den Gedanken, dass sie von einer anderen Prinzessin regiert werden sollten, nachdem das Herz
der Königin Galaxa versagt hatte; denn vor vielen Jahren
hatte ein schlechter König sie sehr unglücklich gemacht,
und sie hatten gehofft und gebetet, dass kein weiterer solcher kommen würde, um über sie zu herrschen. Und schon
bald begann der eine zu erzählen, wie er sich die kleine
Prinzessin vorstellte.

"Sie wird die Schönste sein, die je auf dem Kristallthron
saß. Ihre Hände und Füße werden wie Korallenperlen sein,
ihr Haar weißer als der Schaum des Flusses, und aus ihren
schönen Augen wird der Glanz ihrer reinen Seele hervor-
brechen, und ihr Herz, oh, ihr Herz wird wie ein kleiner
Klumpen gefrorenen Wassers sein, so klar und durchsichtig
wird es sein, wie ein Stück reinsten Kristalls, hell und
makellos wie ein Diamant aus dem Urquell des Wassers,
und darum soll sie die Prinzessin Crystallina oder das Mädchen mit dem kristallenen Herzen heißen.

"Und die Königin Galaxa erhörte den Ruf ihres Volkes und
ließ ausrichten, dass ich die Prinzessin Crystallina sein sollte, wie sie es wünschten.

"Aber, ach, dass ich das noch erleben würde! Nach ein paar
Tagen kam die Amme zu meiner königlichen Mutter, rang
die Hände und vergoss eine Flut von Tränen.

"Sie warf sich auf die Knie und flüsterte der Königin zu:
'Königliche Herrin, bittet mich lieber zu sterben, als Euch
zu sagen, was ich weiß.'

"Als man ihr befahl zu sprechen, teilte die Amme der Königin Galaxa mit, dass sie mich an diesem Tag zum ersten
Mal gegen das Licht gehalten und entdeckt hatte, dass sich
in meinem Herzen ein Fleck befand.

"Die Königin stieß einen Schreckensschrei aus und fiel in
Ohnmacht. Als sie wieder zu sich kam, befahl sie, mich zu
ihr zu bringen und gegen das Licht zu halten, damit sie es

mit eigenen Augen sehen könne. Ach, zu wahr! Da war der Fleck in meinem Herzen ganz gewiss. Ich war des süßen Namens nicht würdig, den ihr liebendes Volk mir gegeben hatte. Sie würden sich mit Schrecken von mir abwenden; sie würden niemals zustimmen, mich zu ihrer Königin zu haben, wenn die Wahrheit bekannt werden sollte. Sie würden sich nicht von den Gebeten einer Mutter bewegen lassen: sie würden jedem ein taubes Ohr schenken, der die Kühnheit besäße, ihnen zu raten, eine Prinzessin mit einem Fleck im Herzen anzunehmen, wo sie doch glaubten, eine zu bekommen, die den Titel, den sie ihr verliehen hatten, auch verdiente.

"Königin Galaxa wußte, daß sofort etwas getan werden mußte; daß es Zeit und Mühe kosten würde, mit dem enttäuschten Volk zu reden, und so machte sie sich an die Arbeit, um einen Ausweg aus ihrer Not zu finden. Nun war es so, kleiner Baron, dass an dem Tag, an dem ich auf die Welt gekommen war, eine der Dienerinnen der Königin Galaxa ein Baby geboren hatte; und so rief sie die Frau eilig herbei und befahl ihr, ihr Baby in das königliche Schlafgemach zu bringen und es dort zu lassen, mit dem Versprechen, dass es als meine Pflegeschwester aufgezogen werden sollte. Aber kaum war die Dienerin jubelnd gegangen, als die Amme den Befehl erhielt, die Kinder in der Wiege zu wickeln, und in wenigen Augenblicken war Glühstein in meine reich bestickte Decke eingewickelt und ich in ihre einfachen Decken gehüllt.

„Wie es mehrere Jahre lang ging, weiß ich nicht, aber eines Tages, ach, wie gut erinnere ich mich daran! wurde mein kleiner Verstand verwirrt, als ich Crystallina schreien hörte: "Nein, nein, liebe Mama, das ist nicht schön, das mag ich nicht. Jeden Tag, wenn du zu uns kommst, gibst du Glühstein zehn Küsse und mir nur einen einzigen.' Dann lächelte Königin Galaxa ein trauriges Lächeln und schenkte Crystallina irgendeine Kleinigkeit, um sie wieder zur Zufriedenheit zu bewegen.

PRINCESS CRYSTALLINA UNCOVERS HER HEART.

Figure 15: Prinzessin Crystallina deckt ihr Herz auf

"Und so ging es weiter, Crystallina und ich, von einem Jahr zum anderen, bis wir kleine Mädchen waren, die gut gewachsen waren, und sie saß auf dem Thron und trug königlichen Purpur, der mit Gold bestickt war, und ich schlichtes Weiß; aber immer noch fielen die meisten Küsse auf meinen Anteil. Und ich wunderte mich nicht wenig darüber, wagte aber nicht zu fragen, warum das so war. Einmal aber, als ich mit der Königin Galaxa allein war, auf meinem Kissen in der Ecke saß und mit der Nadel hantierte und an das Segel dachte, das wir an jenem Tag auf dem Fluss haben sollten, erschrak ich plötzlich, als ich sah, wie die Königin sich vor mir auf die Knie warf, und ich spürte, wie sie mich in ihre Arme schloss und mein Gesicht und meinen Kopf mit Tränen und Küssen bedeckte, während sie schluchzte und stöhnte

„O mein Kind, mein verlorenes Kind, mein Segen und meine Freude, wirst du nie, nie, nie zu mir zurückkommen? Bist du für immer fort? Muss ich dich aufgeben, oh, muss ich?'"

"'Nein, königliche Dame', stammelte ich in meiner mehr als großen Verwunderung über ihre Worte und Taten. 'Du bist in einem Traum. Wach auf und sieh klar: Ich bin nicht Crystallina. Ich bin Glühstein, dein Ziehkind. Ich will mich beeilen und dir meine königliche Schwester bringen.'

"Aber sie wollte mich nicht loslassen und überschüttete mich mit weiteren Küssen, bis ich fast erstickt war, so fest hielt sie mich an ihren Busen gedrückt, während ihre langen dicken Locken wie ein gewebter Mantel um und über mich fielen.

„Und dann erzählte sie mir alles, was ich dir erzählt habe, kleiner Baron, und beauftragte mich, es nie einer Seele im Gläsernen Lande mitzuteilen; und ich gab ihr ein feierliches Versprechen, dass ich es nie tun würde."„Und du hast dein Wort gehalten, wie eine wahre Prinzessin, die du bist", sagte ich fröhlich, „denn ich bin nicht von deiner Welt, schöne Crystallina."

„Nun, da ich dir die traurige Geschichte von der traurigen Prinzessin mit dem Fleck im Herzen erzählt habe, kleiner Baron", murmelte Crystallina und richtete ihre großen, strahlenden Augen auf mich, „bleibt mir nur noch eines zu tun, nämlich dich durch mich hindurchschauen zu lassen, damit du genau weißt, welchen Rat du geben sollst." Und indem sie das sagte, erhob sich die schöne Prinzessin von ihrem Sitz, und nachdem sie sich vor mich gestellt hatte, wobei eine Flut von weißem Licht voll auf ihren Rücken fiel, senkte sie ihren schwarzen Fächer und forderte mich auf, das schwere Herz, das sie all die Jahre mit sich herumgetragen hatte, zu betrachten und ihr genau zu sagen, wie groß der Fleck war und wo er lag und welche Farbe er hatte.

Ich war überglücklich, endlich Gelegenheit zu bekommen, durch eines der Mikkamenkies zu schauen, und mein eigenes Herz hüpfte vor Befriedigung, als ich dieses geheimnisvolle kleine Ding, ja, eher ein winziges Wesen betrachtete, das in ihrer Brust lebte, atmete und klopfte; mal langsam und gemessen, wenn sie in Gedanken über ihr trauriges Schicksal versunken war, mal schneller und schneller schlagend, wenn die Hoffnung in ihr aufkeimte, dass ich sie vielleicht so weise beraten könnte, dass all ihrem Kummer ein Ende gesetzt würde.

„Nun, weiser kleiner Baron", murmelte sie ängstlich, „was siehst du? Ist es sehr groß? In welchem Teil ist es? Ist es schwarz wie die Nacht oder von einer weniger tödlichen Farbe?"

„Nur Mut, schöne Prinzessin", sagte ich, „es ist sehr klein und liegt gleich unter dem Bogen auf der linken Seite. Es ist auch nicht schwarz, sondern eher rötlich, als ob ein einziger Blutstropfen aus den Adern deiner weit entfernten Vorfahren diese Tausende von Jahren überlebt hätte und dort verhärtet wäre, um zu erzählen, woher dein Volk kam." Die Prinzessin weinte Tränen der Freude, als sie diese tröstlichen Worte hörte.

„Wenn es schwarz gewesen wäre", flüsterte sie, „hätte ich mich in dieses Veilchenbett gelegt und wäre nie mehr aufgestanden, bis mein Volk gekommen wäre, um mich in der stillen Grabkammer zu Grabe zu tragen - unbesucht vom Fluss des Lichts."

Bei diesem traurigen Ausbruch wimmerte Bulger jämmerlich und leckte der Prinzessin die Hände, während er mit seinen dunklen, vor Mitleid strahlenden Augen zu ihr aufblickte.

Diese Trostbotschaft erheiterte sie sehr, und sie rührte auch mich durch ihre Herzlichkeit.

„Höre, holde Prinzessin", sagte ich ernsthaft. „Ich weiß, die Aufgabe ist nicht leicht, aber ich hoffe das Beste. Ich wünschte, wir hätten mehr Zeit, aber wie du weißt, wird das Herz der Königin Galaxa bald erschöpft sein, deshalb müssen wir ebenso schnell wie klug handeln. Aber zuerst muss ich mit der Königin sprechen und ihre Zustimmung einholen, in dieser Angelegenheit für dich zu handeln."

„Das, so fürchte ich, wird sie niemals gewähren", stöhnte Crystallina. „Wie auch immer, du bist so viel weiser als ich - tu, was dir am besten erscheint."

„Das nächste, was zu tun ist, schöne Prinzessin", fügte ich feierlich hinzu, „ist, Dein Herz kühn und furchtlos Deinem Volk zu zeigen."

„Nein, kleiner Baron", rief sie aus und erhob sich, „das darf nicht sein, das darf nicht sein, denn wißt, daß unser Gesetz es selbst zum Verrat macht, wenn einer aus unserem Volke eine Person von königlichem Blut durchschaut. Oh, nein, oh, nein, kleiner Baron, das darf niemals sein!"

„Bleib, süße Prinzessin", drängte ich in sanftestem Ton, „nicht so schnell. Du weißt nicht, was ich meine, wenn du dein Herz kühn deinem Volk zeigst. Fürchte dich nicht. Ich werde das Gesetz des Landes nicht brechen, und doch sollen sie auf den Fleck in deinem Herzen schauen und sehen, wie klein er ist, und hören, was ich darüber zu sagen habe, und du sollst nicht einmal für sie sichtbar sein."

„O kleiner Baron", murmelte Crystallina, „wenn das nur sein kann! Ich fühle, sie werden mir verzeihen. Du bist so weise, und deine Worte tragen eine so starke Hoffnung in mein armes, schweres Herz, dass ich fast ..."

„Nein, schöne Prinzessin", unterbrach ich, „hoffe das Beste, nicht mehr. Ich bin nicht weise genug, um die Zukunft zu lesen, und nach dem, was ich von deinem Volk weiß, scheint es sich nur wenig von dem meinen zu unterscheiden. Vielleicht gelingt es mir, sie auf meine Ansichten einzuschwören und sie rufen zu lassen: 'Es lebe die Prinzessin Crystallina!', aber ich kann dir nur versprechen, mein Bestes zu tun. Begib dich nun in den Palast und verschmähe es nicht, noch einen Tag lang den goldenen Kamm zu nehmen und in aller Bescheidenheit den damozelschen Glühstein zu spielen."

Kapitel XIII

Wie ich mich an die Arbeit machte, um ein Unrecht ungeschehen zu machen, das im Königreich der Mikkamenkies begangen worden war, und wie Bulger dabei half. –
Königin Galaxas Geständnis. –
Ich wurde zum Premierminister ernannt, solange sie lebt. –
Was sich im Thronsaal abspielte. –
Meine Rede an die Männer vom Gläsernen Land, nach der ich ihnen etwas zeigte, das es wert war, gesehen zu werden. – Wie ich in zwei verschiedene Richtungen gezogen wurde und was dabei herauskam.

Das erste, was ich tat, nachdem die echte Prinzessin Crystallina mich verlassen hatte, war, Doktor Nebulosus aufzusuchen und von ihm die genaue Zahl der Stunden zu erfahren, bis das Herz der Königin versagen würde.

Da er gerade eine Untersuchung durchführte, konnte er es auf die Minute genau sagen: es waren siebzehn Stunden und dreizehn Minuten, eine ziemlich kurze Zeit, das müsst ihr zugeben, liebe Freunde, um eine so wichtige Angelegenheit zu erledigen, wie ich sie im Sinn hatte. Ich machte mich dann direkt auf den Weg zum königlichen Palast und

verlangte eine Privataudienz bei der Herrin des Kristallthrons.

Auf Anraten von Sir Amber O'Pake und Lord Cornucore
lehnte sie es entschieden, aber gnädig ab, mich zu empfan-
gen, und begründete dies damit, dass die Aufregung, die einem Gespräch mit dem „Mann aus Kohle" - so hatten mich
die Mikkamenkies genannt - sicher folgen würde, ihr Leben
um mindestens dreizehn Minuten verkürzen würde.

Aber ich ließ mich nicht so leicht aus der Ruhe bringen. Ich
setzte mich hin, ergriff eine Feder und schrieb die folgenden Worte auf ein Stück glasierter Seide

"An Galaxa, Königin der Mikkamenkies, Herrin des Kristallthrons.

„Ich, Lord Bulger, ein mikkamenkischer Adliger, der als
erster entdeckte, dass die echte Prinzessin nicht auf den
Stufen des Kristallthrons saß, verlange eine Audienz für
meinen Meister Baron Sebastian von Troomp, gemeinhin
bekannt als 'Kleiner Baron Trump', und auf seine Veranlas-
sung hin frage ich: Was sind dreizehn Minuten deines Lebens, o Königin Galaxa, im Vergleich zu den langen Jahren
des Kummers und der Enttäuschung, die deinem königlichen Kind bevorstehen?"

Diesen Brief in den Mund nehmend, sprang Bulger mit langen und schnellen Sprüngen davon. In wenigen Minuten
war er in der Gegenwart der Königin, denn die Wachen waren erschrocken zurückgewichen, als sie ihn mit seinen
dunklen, entrüstet blitzenden Augen herankommen sahen.
Er erhob sich auf seine Hinterfüße und legte Galaxa den
Brief in die Hände. Kaum hatte sie ihn gelesen, fiel sie in
Ohnmacht, und alles war in Aufruhr im und um den Palast.
Ich wurde eilig herbeigerufen und der Audienzsaal wurde
von allen Anwesenden geräumt, außer von Doktor Nebulosus, Sir Amber O'Pake, Lord Cornucore, Lord Bulger und
mir.

„Schickt nach dem Damozel-Glühstein", befahl die Königin,

und als sie erschienen war, befahl Galaxa ihr zum Erstaunen aller außer Bulger und mir, die Stufen des Kristallthrons zu besteigen, dann umarmte die Königin sie auf das zärtlichste und sprach folgende Worte:

„O treue Ratsherren und weise Freunde aus der Oberwelt, dies ist die wahre Prinzessin Crystallina, die ich all die Jahre böswillig und zu Unrecht von ihrem hohen Stand und ihren königlichen Privilegien ferngehalten habe. Sie wurde mit einem Fleck im Herzen geboren, und ich fürchtete, dass es sinnlos wäre, mein Volk zu bitten, sie als meine Nachfolgerin zu akzeptieren."

„Ja, Herrin des Kristallthrons", rief Lord Cornucore aus, „du hast weise gehandelt. Dein Volk hätte sie niemals als Prinzessin Crystallina angenommen, denn da es nach den Gesetzen unseres Landes nicht das Privileg hat, selbst nachzusehen, hätte es niemals geglaubt, dass dieser Fleck im Herzen der Prinzessin nur ein winziger Fleck wie ein einzelner haarfeiner Kristall im Arm deines prächtigen Throns ist. Darum, o Königin, raten wir dir, deine letzten Stunden nicht durch Differenzen mit deinen liebenden Untertanen zu vergiften."

„Mein Herr Cornucore", sagte ich mit einer tiefen Verbeugung, „ich wage es, meine Stimme gegen die Eure zu erheben, und bitte die Königin Galaxa um Erlaubnis, mit ihrem Volk zu parlieren."

„Verbietet es, königliche Dame!", schrie Sir Amber O'Pake wild, worauf Bulger ein leises Knurren von sich gab und seine Zähne zeigte.

„Königin Galaxa", fügte ich ernsthaft hinzu, „ein zugegebenes Unrecht ist halb wiedergutgemacht. Diese schöne Prinzessin, das ist wahr, hat einen Fleck in ihrem Herzen, der nicht zu dem Namen passt, den dein Volk ihr gegeben hat. Bittet mich, Herr zu sein, bis Euer Herz versiegt, und ich verspreche Euch bei der Ritterschaft aller Trumps, daß Ihr drei Stunden Glück haben werdet, ehe Euer königliches

Herz aufhört zu schlagen!"

„So sei es, kleiner Baron", rief Galaxa freudig aus. „Ich ernenne dich zum Premierminister für den Rest meines Lebens." Bei diesen Worten brach Bulger in ein freudiges Bellen aus und leckte, sich auf seine Hinterbeine erhebend, der Königin zum Zeichen seiner Dankbarkeit die Hand, während die schöne Prinzessin mich mit einer Liebe ansah, die zu tief war, um sie in Worte zu fassen.

„Ich hatte nun nur wenige Stunden Zeit zu handeln. Die Aufregung, so versicherte mir Doktor Nebulosus, würde das Leben der Königin um eine volle Stunde verkürzen."

Es war immer meine Gewohnheit gewesen, eine kleine, aber ausgezeichnete Lupe, eine doppelte Konvexlinse, mit mir herumzutragen, um winzige Objekte zu untersuchen und auch um Inschriften zu lesen, die zu fein waren, um sie mit bloßem Auge zu sehen. Ich rief eilig einen geschickten Metallarbeiter herbei und wies ihn an, die Linse in ein kurzes Rohr zu setzen und dieses Rohr in ein anderes einzuschließen, so dass ich es nach Belieben verlängern konnte. Dann rief ich so viele Oberhäupter der Nation zusammen, wie der Thronsaal fassen konnte, und bat Lord Cornucore, ihnen das Geständnis mitzuteilen, das Königin Galaxa abgelegt hatte, nämlich, dass Damozel Glow Stone in Wirklichkeit Prinzessin Crystallina und Prinzessin Crystallina Damozel Glow Stone war.

Diese Information verschlug ihnen die Sprache, aber als Lord Cornucore fortfuhr, die ganze Geschichte zu erzählen und ihnen zu erklären, warum die Königin diesen Betrug an ihnen begangen hatte, brachen sie in das wildeste Wehklagen aus und wiederholten immer wieder in jämmerlichen Tönen:-

„Ein Fleck in ihrem Herzen! Ein Fleck in ihrem Herzen! O schreckliches Unglück! O jammervoller Tag! Sie kann nie unsere Prinzessin sein, wenn sie einen Fleck im Herzen hat!" Inzwischen waren meine Vorbereitungen abgeschlossen. Ich hatte die Prinzessin Crystallina vor die Tür des Thronsaals gestellt, wo sie hinter den dicken Vorhängen verborgen stand, und in ihrer Nähe hatte ich Doktor Nebulosus mit einem großen runden Spiegel aus poliertem Silber in der Hand postiert. Mit lauter Stimme um Ruhe bittend, wandte ich mich so an die weinenden Untertanen der Königin Galaxa:

„O Mikkamenkies, Männer des Gläsernen Landes, Transparentes Volk, ich schätze mich sehr glücklich, zu dieser Stunde unter euch zu sein und von eurer gnädigen Königin die Erlaubnis zu erhalten, meine Stimme zur Verteidigung der unglücklichen Prinzessin mit dem Fleck in ihrem Herzen zu erheben. Da ich von edler Geburt und ein Bewohner einer anderen Welt bin, war es mir erlaubt, die trauernde Prinzessin zu durchschauen, und ich habe es getan. Ja, Mikkamenkies, ich habe in ihr Herz geschaut; ich habe den Fleck darin gesehen! Hört zu, ihr Männer des Gläsernen Landes, und ihr sollt wissen, wie dieser Fleck dorthin kam; denn es ist nicht, wie ihr zweifellos denkt, ein kohlschwarzer Fleck in diesem schönen Gemach, klarer als die Säulen des Thrones von Galaxa. Oh, nein, Mikkamenkies, tausendmal nein: Es ist ein winziger Fleck von rötlicher Farbe, ein Tropfen fürstlichen Blutes aus der Oberwelt, die ich bewohne, und dieser Tropfen ist in all den zahllosen Jahrhunderten durch die Adern von tausend Königen geflossen und hat immer noch seinen rosigen Glanz behalten, erinnert sich immer noch an den glorreichen Sonnenschein, der ihn ins Leben rief; Und nun, Männer des Gläsernen Landes, damit ihr nicht denkt, daß ich aus irgendeinem dunklen Grund etwas anderes als die reine und nüchterne Wahrheit sage, seht, ich zeige euch das Herz der schönen Crystallina, in seinem Leben und Sein, wie es ist, schlagend und pochend, mit Hoffnung und Furcht vermischt. Schaut und urteilt selbst!" Und damit gab ich denjenigen, die sich außerhalb des Palastes befanden, ein Zeichen, meine Anweisungen auszuführen.

Augenblicklich wurden die dicken Vorhänge zugezogen und der Thronsaal in Dunkelheit gehüllt, und im selben Augenblick fing Doktor Nebulosus mit seinem Spiegel die starken, weißen Lichtstrahlen ein und warf sie auf Crystallinas Körper, während ich durch eine Öffnung in den Vorhängen eilig die Röhre anbrachte, an der die Linse befestigt war, und das reflektierte Bild ihres Herzens einfing und es in klarer und verblüffender Sicht auf die gegenüberliegende Wand des Thronsaals warf. Als sie sahen, wie klein der Fleck war und wie wahrheitsgetreu ich ihn beschrieben hatte, fielen die Mikkamenkies vor lauter Freude in Tränen aus, und dann riefen sie wie mit einer Stimme aus

„Es lebe die schöne Prinzessin Crystallina mit dem Rubinfleck in ihrem Herzen! und zehntausend Segenswünsche auf das Haupt des kleinen Barons Trump und Lord Bulger für die Rettung unseres Landes vor grausamen Zwistigkeiten!" Die Leute draußen griffen den Ruf auf, und in wenigen Augenblicken war die ganze Stadt mit Scharen von Untertanen der Königin Galaxa bevölkert, die sangen und tanzten und von ihrer Liebe zu der schönen Prinzessin mit dem Rubinspritzer im Herzen erzählten. Ich hatte mein Wort gehalten - Königin Galaxa würde mindestens drei Stunden lang vollkommenes Glück haben, bevor ihr Herz versagen würde.

Doch plötzlich begann der Fluss des Lichts zu flackern und dämpfte seine Flut an strahlend weißen Strahlen.

Die Nacht brach herein. Geräuschlos, wie von Zauberhand, verschwanden die Mikkamenkies aus meinem Blickfeld und stahlen sich auf der Suche nach Betten davon, und als die Düsternis in den großen Thronsaal kroch, nahm mich jemand sanft bei der Hand, und eine leise Stimme flüsterte,-

„Ich liebe! Ich liebe Euch! Oh, wer anders als ich kann sagen, wie ich Euch liebe!", und dann packte mich ein Griff, der stärker war als diese sanfte Hand, am Rock meines Mantels und zog mich langsam, aber sicher fort, durch die Dunkelheit, durch die Düsternis, hinaus in die stillen Stra-

CRYSTALLINA'S HEART ON A SCREEN.

Figure 16: Crystallinas Herz auf einem Bildschirm

ßen, immer weiter fort, bis endlich diese sanfte Stimme, von einem Schluchzen erstickt, ihr Flehen beendete und keuchte: „Lebt wohl, oh, lebt wohl! Ich wage nicht mehr weiterzugehen!" Und so führte mich Bulger in seiner Weisheit immer weiter und weiter aus der Stadt der Mikkamenkies hinaus auf die Marmorstraße!

Kapitel XIV

Bulger und ich kehren dem schönen
Reich der Königin Crystallina den
Rücken zu. –
Wunderbares Sprachrohr der Natur. –
Krystallinas Versuch, uns
umzustimmen. – Wie ich Bulger davon
abhielt, nachzugeben. – Einige Vorfälle
unserer Reise entlang der
Marmorstraße, und wie wir zum
glorreichen Tor aus massivem Silber
kamen.

Mich, den trauernden Sebastian, beladen mit einem so
schweren Herzen, wie es je ein Sterblicher meiner Größe
mit sich fortgetragen hatte, führte der weise Bulger die
breite und stille Landstraße entlang, immer weiter weg von
der Stadt der Mikkamenkies, bis endlich die Musik der in
ihren kristallenen Becken plätschernden Brunnen in der
Ferne verklang und die Dunkelheit weit hinter mir zurück-
blieb. Ich fühlte, dass mein weiser kleiner Bruder Recht
hatte, und so folgte ich ihm, ohne einen Seufzer oder eine
Silbe, um ihn aufzuhalten.

Doch endlich blieb er stehen, und als ich mich umschaute,
entdeckte ich, dass ich neben einem der reich geschnitzten
Sitze stand, die man so oft auf dem Marmorweg antrifft.
Ich war ebenso fußmüde wie herzschwer, streckte die
Hand aus und berührte die Feder, von der ich wusste, dass

sie den Sitz in ein Bett verwandeln würde, und kroch darauf, während sich mein weiser Bulger neben mich schmiegte, und fiel bald in einen tiefen und erfrischenden Schlaf.

Als ich erwachte und, als ich mich aufsetzte, nach der Hauptstadt der Königin Crystallina zurückblickte, konnte ich den Fluss des Lichts sehen, der seine Flut weißer Strahlen weit in der Ferne ergoss; aber nur ein schwacher Abglanz kam dorthin, wo wir die Nacht verbracht hatten, und da wusste ich, dass mein treuer Gefährte mich bis an die äußerste Grenze des Mikkamenky-Reiches geführt hatte, bevor er angehalten hatte. Ja, gewiss, denn als ich die Augen hob, stand dort über dem Bett die schlanke Kristallsäule, die das Ende des Gläsernen Landes markierte, und auf ihrer Vorderseite las ich den Auszug aus einem königlichen Erlass, der es einem Mikkamenky verbot, diese Grenze zu überschreiten, da er sich sonst das ernsthafte Missfallen der Königin zuziehen würde.

Vor mir war Dunkelheit und Ungewissheit; hinter mir lag das schöne Königreich des Gläsernen Volkes, noch in Sichtweite, erleuchtet wie eine lange Reihe glücklicher Häuser, in denen die Feuer hell und warm auf den Herdplatten loderten.

Sollte ich umkehren? Habe ich gezögert? Nein. Ich sah ein Paar sprechender Augen auf mich gerichtet und hörte ein leises, ungeduldiges Wimmern, das mich zum Weitergehen ermunterte.

Ich bückte mich, befestigte ein Stück Seidenschnur, das ich vom Bett genommen hatte, an Bulgers Halsband und bedeutete ihm, mir den Weg zu zeigen.

Es dauerte lange, bis das Licht von Königin Crystallinas Stadt ganz verblasste, und selbst als es aufhörte, mir die Größe und Schönheit des weiten unterirdischen Ganges zu verdeutlichen, konnte ich es immer noch wie einen silbernen Stern weit, weit hinter mir glitzern sehen.

Aber schließlich verschwand es, und dann fühlte ich, dass

BULGER PARTS HIS MASTER FROM PRINCESS CRYSTALLINA.

Figure 17: Bulger trennt seinen Meister von Prinzessin Crystallina

ich mich für immer von der lieben kleinen Prinzessin mit dem Fleck im Herzen getrennt hatte.

Bulger schien nicht die geringste Schwierigkeit zu haben, in der Mitte des Marmorweges zu bleiben, und ließ die Führungsleine nicht einen Moment lang locker werden. Es war jedoch keineswegs eine Wanderung durch völlige Dunkelheit, denn die Eidechsen, von denen ich bereits gesprochen habe, wurden durch das Geräusch meiner Schritte geweckt, schnappten mit ihren Schwänzen und zündeten ihre winzigen Taschenlampen an, um eifrig zu versuchen, herauszufinden, woher das Geräusch kam und was für ein Wesen es war, das in ihr stilles Reich eingedrungen war. Wir hatten vielleicht zwei Meilen zurückgelegt, als plötzlich eine tiefe und geheimnisvolle Stimme an mein Ohr drang, so sanft und leise, als wäre sie vom klaren Sternenhimmel meiner eigenen schönen Welt herabgestiegen.

„Sebastian! Sebastian!", murmelte es. Bevor ich nachdenken konnte, stieß ich einen verwunderten Laut aus, und das Geräusch meiner Stimme schien zehntausend der winzigen lebenden Blitzlichter zu erwecken, die in den Ritzen und Spalten des riesigen gewölbten Korridors wohnten, und überflutete ihn für einen Moment oder so mit einem weichen und rosigen Glanz.

„Sebastian! Sebastian!", murmelte wieder die sanfte, echoartige Stimme, die von den Felswänden neben mir kam.

Hastig näherte ich mich der Stelle, von der die Worte zu kommen schienen, und legte mein Ohr an die glatte Felswand. Wieder sprach dieselbe leise seufzende Stimme meinen Namen aus, so deutlich und so dicht neben mir, dass ich die Hand nach Crystallina ausstreckte, denn es war ihre Stimme, dieselbe tiefe, süße Stimme, die mir im Gespenstergarten von ihrem Kummer erzählt hatte; aber es war niemand da. Als ich jedoch meine linke Hand ausstreckte, fuhr ich an der Wand entlang und bemerkte eine runde, glatte Öffnung in der Felswand, eine Öffnung von der Größe eines Regenwasserrohrs in der Oberwelt.

Sofort kam mir in den Sinn, dass sich diese Öffnung durch eine Laune der Natur kilometerweit durch den massiven Felsen zurück zur Stadt der Mikkamenkies erstreckte und genau in den Thronsaal der Prinzessin Crystallina führte.

Ja, ich hatte recht, denn nach einem Augenblick oder so kam wieder dieselbe tiefe, süße Stimme durch das Sprachrohr der Natur und fiel an mein begieriges Ohr.

Ich wartete, bis sie verstummt war, und indem ich meinen Mund vor die Öffnung setzte, murmelte ich in kräftigen, aber sanften Tönen,-

„Lebt wohl, liebe Prinzessin Crystallina. Bulger und der kleine Baron sagen dir ein langes Lebewohl!", und dann hob ich Bulger in meine Arme und bat ihn, um seine königliche Freundin zu weinen, die er nie wieder sehen würde.

Er stieß einen langen, tiefen, kläglichen Schrei aus, halb heulend, halb weinend, und dann lauschte ich auf Crystallinas Stimme. Sie ließ nicht lange auf sich warten.

„Lebe wohl, lieber Bulger; lebe wohl, lieber Sebastian! Crystallina wird dich nie vergessen, bis ihr armes Herz mit dem Fleck darin versiegt und der Kristallthron sie nicht mehr kennt." Armer Bulger! Jetzt war ich an der Reihe, ihn von dieser Stelle zu reißen, denn Crystallinas Stimme, die so unerwartet in seinen Ohren erklang, hatte all die tiefe Zuneigung erweckt, die er so rücksichtslos unterdrückt hatte, um seinen kleinen Herrn zur Besinnung zu bringen und ihn von dem Zauber von Crystallinas Anmut und Schönheit zu befreien. Aber vergeblich. Alle meine Kraft, alle meine Bitten waren ohnmächtig, ihn von diesem Ort zu bewegen.

Offensichtlich hatte Crystallina mein Flehen mit Bulger gehört und sich eingebildet, dass ich nun schwanken und unentschlossen dastehen würde.

„Erhöre das Gebet des lieben Bulger, o Geliebter", flehte sie, „und kehre um, kehre um zu deiner untröstlichen Crystallina, die du für einen kurzen Augenblick so glücklich gemacht hast! Kehre um! Oh, kehre um!" Bulger begann nun zu wimmern und jämmerlichst zu weinen. Ich fühlte, dass sofort etwas unternommen werden musste, sonst könnten die schrecklichsten Folgen eintreten - dass Bulger, verrückt geworden durch die süßen Töne von Crystallinas Stimme, sich von mir losreißen und in einem wahnsinnigen Rennen zurück in die Stadt der Mikkamenkies, zurück zu der schönen jungen Königin des Kristallthrons, rasen würde.

Es wurde für mich notwendig, zu Trick und List zu greifen, um meinen lieben kleinen Bruder vor seinem eigenen liebenden Herzen zu retten. Ich zog seinen Kopf an meinen Körper und bedeckte seine Augen mit meinem linken Arm, löste schnell mein Halstuch und steckte es in dieses wunderbare Sprachrohr, um es wirksam zu schließen.

Und so rettete ich meinen treuen Bulger vor sich selbst, so schloß ich seine Ohren vor der Melodie von Crystallinas Stimme; aber erst nach einer guten Stunde des Wartens konnte er sich dazu durchringen, zu glauben, daß seine heißgeliebte Freundin nicht mehr sprechen würde.

Nach einigen weiteren Stunden auf dem Marmorweg fiel mir ein Lichtfleck auf, der weit vor mir lag, und ich verdoppelte mein Tempo, um ihn schnell zu erreichen. Bald wurde ich für meine Mühe belohnt, indem ich eine wunderbare, kreisförmige Halle mit einem gewölbten Dach betrat. In der Mitte dieses schönen Tempels der unterirdischen Welt sprudelte ein prächtiger Brunnen mit einem mächtigen Wasserschwall, der eine solche Phosphoreszenz mit sich brachte, dass diese riesige runde Kammer in einem blassgelben Licht erstrahlte, in dem die unzähligen Kristalle des Daches und der Seiten prächtig funkelten.

Hier verbrachten wir die Nacht, oder das, was ich die Nacht nannte, erfrischten uns mit Speisen, die ich aus dem Reich der Mikkamenkies mitgebracht hatte, und tranken und badeten in der wunderbaren Quelle, die mit einem Rauschen und Brausen in die Luft aufstieg und sie mit einem seltsamen und wechselhaften Glanz erfüllte. Als wir erwachten, fühlten Bulger und ich uns sowohl körperlich als auch geistig sehr erfrischt, und wir beeilten uns, das hohe Portal zu finden, das sich zur Marmorstraße öffnete, und stapften bald wieder auf ihr entlang. Stunde um Stunde blieben wir auf den Beinen, denn irgendetwas sagte mir, dass wir nicht weit von den Grenzen eines anderen Bereichs dieser Welt innerhalb einer Welt entfernt sein konnten; und diese innere Eingebung von mir erwies sich als richtig, denn Bulger gab plötzlich ein freudiges Bellen von sich und begann herumzutollen, als wollte er sagen

„O kleines Herrchen, wenn du nur meinen scharfen Geruchssinn hättest, würdest du wissen, daß wir uns irgendeiner menschlichen Behausung nähern!"

Und tatsächlich, in wenigen Augenblicken kroch ein schwaches Licht unter den mächtigen Bögen des breiten Korridors hindurch, und jeden Augenblick wurde es stärker, bis ich nun deutlich um mich herum sehen konnte, und dann erblickte ich plötzlich die Quelle dieses zaghaften und unsteten Lichts. Vor mir türmten sich zwei gigantische Kandelaber aus geschnitztem und ziseliertem und poliertem Silber, beide mit hundert Lichtern gekrönt, einer auf jeder Seite des Marmorweges - nicht die gedämpften, weichen Flammen von Öl oder Wachs, sondern die weißen Feuerzungen, die von entzündetem Gas erzeugt wurden, das aus der Retorte des Chemikers entwich.

Es war wunderbar, es war prächtig, und ich stand da und schaute hinauf zu diesen großen Ansammlungen von Flammenzungen, gebannt von der herrlichen Beleuchtung, die so in stiller Majestät an diesem Tor zu irgendeiner Stadt der Unterwelt stand. - Bulgers warnendes Knurren brachte mich zu mir selbst, aber ich muss dieses Kapitel hier beenden, liebe Freunde, und innehalten, um meine Gedanken zu sammeln, bevor ich fortfahre, Ihnen zu erzählen, was ich sah, nachdem ich dieses herrliche Tor passiert hatte, das von diesen zwei gigantischen Kandelabern aus massivem Silber beleuchtet wurde.

Kapitel XV

Die Wächter am silbernen Tor. –
Wie sie waren. –
Unser Empfang durch sie. –
Ich mache eine wunderbare
Entdeckung. –
Das erste Telefon der Welt. –
Bulger und ich schließen Freundschaft
mit diesen Fremden. – Eine kurze
Beschreibung der Soodopsies, d.h. der
Scheinaugen, oder des Formifolks, d.h.
der Ameisenmenschen. –
Wie ein Blinder Ihre Schrift lesen kann.

O großer Don Fum, Meister aller Meister, was schulde ich dir nicht dafür, dass du mir die Existenz dieser wunderbaren Welt innerhalb einer Welt bekannt gemacht hast! Wäre ich doch ein Werkzeugmacher gewesen! Ich wäre nicht durch das glorreiche Portal gegangen, an dem ich stehen geblieben war, ohne den vollen Namen des ruhmreichsten Gelehrten, den die Welt je gekannt hat, in die silbernen Säulen eingraviert zu haben. Bulger hatte mich gewarnt, dass dieses Tor bewacht sei, und so trat ich vorsichtig ein, wobei ich darauf achtete, in die dunklen Ecken zu schauen, um nicht einem unsichtbaren Feind ein Ziel zu bieten, auf das er eine Waffe schleudern könnte.

Kaum hatte ich das Tor passiert, da drängten sich drei neugierige kleine Wesen, etwa so groß wie ich, schnell und lautlos in den Weg. Sie trugen kurze Jacken, Kniebundhosen und Gamaschen, die bis zu den Knöcheln reichten, aber keine Hüte oder Schuhe, und ihre Kleidung war reichlich mit schönen Silberknöpfen verziert.

Ihre Hände und Füße und Köpfe schienen viel zu groß für ihre kleinen Körper und ihre stämmigen Beine und gaben ihnen ein unheimliches und bräunliches Aussehen, das durch den starren und glasigen Ausdruck ihrer großen, runden Augen noch verstärkt wurde. Als ich sie zum ersten Mal erblickte, hielten sie sich an den Händen fest, aber jetzt standen sie, jeder mit seinem ausgestrecktem Händchen in Richtung Bulger und mir, fuchtelten seltsam in der Luft herum und bewegten ihre langen Finger, als wollten sie uns mit einem Zauberspruch belegen.

Ich glaubte zu spüren, wie mich ein Gefühl der Schläfrigkeit überkam, und beeilte mich, auszurufen

„Nein, liebe Leute, versucht nicht, mich zu verzaubern. Ich bin der berühmte Entdecker aus der Oberwelt, Sebastian von Troomp, und komme in friedlicher Absicht zu euch."

Aber sie schenkten meinen Worten keine Beachtung, traten nur einige Zentimeter vor und fuhren mit ausgestreckten Händen fort, die Luft zu verquirlen und zu bearbeiten, wobei sie nur innehielten, um sich gegenseitig Zeichen zu geben, indem sie die Hände oder verschiedene Körperteile des anderen berührten. Ich war zutiefst verwirrt von ihren Handlungen und machte einen oder zwei Schritte nach vorne, als sie sofort wieder in die gleiche Entfernung zurückfielen.

„Alle Menschen sind Brüder", rief ich in lautem Ton, „und tragen die gleiche Herzensform in ihrer Brust. Warum fürchtet ihr mich? Ihr seid dreimal so viele wie ich und in eurem eigenen Haus. Ich bitte Euch, bleibt standhaft und sprecht zu mir!"

Während ich diese Worte aussprach, zuckten sie immer wieder mit dem Kopf zurück, als ob der Klang meiner Stim-

THE FORMIFOLK TRY THE BEAT OF THE BARON'S HEART BY TELEPHONE.

Figure 18: Das Formivolk probiert den Herzschlag des Barons per Telefon aus

me sie ins Gesicht schlagen würde. Es war sehr seltsam. Plötzlich zog einer von ihnen ein Knäuel Seidenschnur aus seiner Tasche, rollte es geschickt ab und warf mir das eine Ende zu. Es flog direkt auf mich zu, denn sein Ende war mit einer dünnen Scheibe aus poliertem Silber beschwert, wie auch das Ende, das der Werfer in der Hand hielt. Als Nächstes öffnete er seine Jacke und drückte die Scheibe offenbar an seinen nackten Körper, direkt über sein Herz. Ich beeilte mich, das Gleiche mit meiner zu tun und hielt sie fest. Nachdem dies geschehen war, zog er sich ein oder zwei Schritte zurück, bis die seidene Schnur ganz straff gezogen war. Dann hielt er inne und blieb einige Augenblicke stehen, ohne einen Muskel zu bewegen. Dann reichte er die Scheibe an einen seiner Begleiter weiter, der sie seinerseits an sein Herz drückte und sie an den dritten der Gruppe weiterreichte.

Mit der Schnelligkeit eines Gedankens platzte nun die Wahrheit über mich herein: Die drei Heinzelmännchen vor mir waren nicht nur blind, sondern auch taub und stumm. Der einzige Sinn, auf den sie sich verließen, und der bei ihnen von erstaunlicher Schärfe war, war der Sinn für Gefühle. Die seltsamen Bewegungen ihrer Hände und Finger, die so sehr dem Schlagen und Winken der Fühler eines Insekts ähnelten, dienten lediglich dazu, die Vibrationen der Luft, die durch die Bewegungen meines Körpers in Bewegung gesetzt wurden, aufzufangen und zu messen. Auch ihre großen runden Augen hatten nur den Sinn des Fühlens, der aber so wundersam scharf war, dass er fast wie die Kraft des Sehens war und sie durch die Vibration der Luft auf den Kugeln in die Lage versetzte, genau zu erkennen, wie nahe ein sich bewegendes Objekt bei ihnen ist. Ihre Absicht, mir die seidene Schnur und die silberne Scheibe zuzuwerfen, bestand darin, den Schlag meines Herzens zu messen und ihn mit ihrem eigenen zu vergleichen, um festzustellen, ob ich ein Mensch wie sie war.

Sie können sich mein Erstaunen vorstellen, liebe Freunde,

als ich sah, wie einer von ihnen auf die Silberscheibe zeigte und mir durch Zeichensprache zu verstehen gab, dass sie das Herz des Lebewesens in meiner Gesellschaft fühlen wollten.

Ich bückte mich und beeilte mich, ihre Neugier zu befriedigen, indem ich die Scheibe über das Herz meines lieben Bulgers legte.

Sofort zeigte sich auf ihren Gesichtern ein Ausdruck höchst drolligen Erstaunens, als sie die Scheibe von einem zum anderen weiterreichten und sie an verschiedene Stellen ihres Körpers drückten - mal an die Brust, mal an die Wangen und sogar an die geschlossenen Augenlider. Natürlich wusste ich, dass ihr Erstaunen von dem schnellen Schlagen von Bulgers Herz ausging, und ich genoss ihre kindliche Überraschung sehr. Jeder Ausdruck von Furcht verschwand nun aus ihren Gesichtern, und ich war entzückt über den Ausdruck von süßer Stimmung und guter Laune, der ihre Züge umspielte, die nun in ein Lächeln gehüllt waren.

Langsam und auf Zehenspitzen näherten sie sich Bulger und mir und vergnügten sich mehrere Minuten lang mächtig, indem sie mit ihren langen, elastischen Fingern über unsere Körper hin und her fuhren.

Es dauerte nicht lange, bis sie entdeckten, dass ich im Grunde genommen ein Geschöpf ihrer eigenen Art war, aber nicht so bei Bulger. Ihre runden Gesichter wurden gesäumt und gezeichnet von Verwunderung, als sie sich mit seinem, für sie seltsamen Körperbau vertraut machten, und immer wieder, wenn sie ihn abtasteten, hielten sie inne und tauschten mit blitzartigen Bewegungen ihrer Finger auf den Händen, Armen und Gesichtern der anderen Gedanken über das wunderbare Wesen aus, das durch das Tor ihrer Stadt getreten war.

Zweifellos sterbt ihr vor Ungeduld, liebe Freunde, um etwas Genaueres über diese seltsamen Leute zu erfahren, unter die ich geraten war. Nun, dann wisst, dass ihre Existenz im Manuskript des Großen Meisters Don Fum nur vage angedeutet worden war. Ich sage „vage angedeutet", denn Sie müssen bedenken, dass Don Fum diese Welt innerhalb einer Welt nie besucht hat; dass seine wunderbare Weisheit ihn befähigte, alles zu verstehen, ohne es zu sehen, so wie die großen Naturforscher unserer Tage, wenn sie einen einzigen Zahn finden, der zu einem gigantischen Wesen gehört, das vor Tausenden von Jahren gelebt hat, in der Lage sind, vollständige Bilder von ihm zu zeichnen[9].

Nun, diese seltsamen Wesen, deren Stadt Bulger und ich betreten hatten, werden in Don Fums wunderbarem Buch mit zwei verschiedenen Namen bezeichnet. An einigen Stellen spricht er von ihnen als den Soodopsies oder Scheinaugen, und an anderen als dem Formifolk oder Ameisenvolk. Beide Namen waren sehr passend, denn ihre großen, runden, klaren Augen waren wirklich Scheinaugen, da sie, wie ich schon sagte, absolut keinen Sehsinn hatten, während andererseits die Tatsache, dass sie taub, stumm und blind waren und in unterirdischen Wohnungen lebten, ihnen den Namen Ameisenvolk einbrachte. In wenigen Augenblicken war es den drei Soodopsies gelungen, mir die Grundzüge ihrer Drucksprache beizubringen, so dass ich zu ihrer großen Freude in der Lage war, eine Reihe ihrer Fragen zu beantworten.

Aber denkt nicht, liebe Freunde, dass diese sehr klugen und aktiven kleinen Leute, die in so vielen Künsten bewandert sind, keine andere Sprache haben, als eine, die aus Drücken unterschiedlichen Grades besteht, die von ihren Fingerspitzen auf den Körpern der anderen gemacht werden. Sie hatten eine sehr schöne Sprache, die so reichhal-

---

9 Ich kann mir nicht verkneifen, die Verbindung zu heute herzustellen, wo Virologen aus isolierten Bruchteilen von einem 10000-stel Genom (Träger des Erbguts) mit Computerhilfe in der Lage sind, das ganze Genom gedanklich zu rekonstruieren. Mehr wissen wir bis heute von Covid nicht, als diese Computersimulation.

tig war, dass sie in der Lage waren, die schwierigsten Gedanken auszudrücken, den verschiedensten Gefühlen Ausdruck zu verleihen; kurzum, eine Sprache, die der unseren in jeder Hinsicht gleichkam, mit einer Ausnahme - sie enthielt absolut kein Wort, das ihnen auch nur die geringste Vorstellung davon geben konnte, was Farbe ist. Das ist nicht verwunderlich, denn sie selbst hatten weder die geringste Vorstellung von dem, was ich mit Farbe meinte, noch konnten sie sie haben, so dass sie mich, als ich versuchte, ihnen verständlich zu machen, dass unsere Sterne helle Punkte am Himmel seien, fragten, ob sie mir in den Finger stechen würden, wenn ich auf einen von ihnen drücken würde. Aber ihr wollt sicher wissen, wie das Formivolk überhaupt eine andere Sprache als die der Drücke benutzen kann. Nun, ich werde es dir sagen. Jeder Soodopsy trug an seinem Gürtel ein kleines leeres Buch, wenn ich es so nennen darf, dessen Einband aus dünnen Silberplatten besteht, die je nach Geschmack des Besitzers verschieden geschnitzt und getrieben sind. Die Blätter dieses Buches bestehen ebenfalls aus dünnen Silberplatten, die nicht viel dicker sind als unsere Zinnfolie; außerdem hängt an einer seidenen Schnur an seinem Gürtel eine silberne Feder oder, besser gesagt, ein Griffel. Wenn nun ein Soodopsy einem seiner Leute etwas sagen möchte, das zu schwierig ist, um es durch den Druck der Fingerspitzen auszudrücken, dreht er einfach ein Blatt des Silbers gegen die Innenseite einer der beiden Abdeckungen, die beide leicht gepolstert sind, und nimmt seinen Griffel zur Hand, um aufzuschreiben, was er sagen möchte; und wenn er das getan hat, reißt er das Blatt geschickt heraus und reicht es seinem Begleiter, der es nimmt und umdreht, mit den wunderbar empfindlichen Fingerspitzen über die erhabene Schrift fährt und sie mit der größten Leichtigkeit liest; nur liest er natürlich von rechts nach links statt von links nach rechts, wie es geschrieben wurde. Wenn ich also im Folgenden meine Gespräche mit dem Formifolk wiederhole, werden Sie verstehen, wie sie geführt wurden.

Kapitel XVI

Die Vorstellungen des Formivolkes über unsere Oberwelt. – Das tanzende Gespenst – Ihre Bemühungen, es zu fassen – Mein feierliches Versprechen, dass es sich benimmt – Wir brechen zur Stadt der falschen Augen auf – Mein Erstaunen über die Pracht der Annäherung an die Stadt. – Wir erreichen die große silberne Brücke, und ich erhalte meinen ersten Blick auf die Stadt der Kandelaber. – Kurzer Bericht über die Wunder, die sich vor meinen Augen ausbreiten. – Aufregung durch unsere Ankunft. – Unser silbernes Schlafzimmer.

Obwohl Tausende und Abertausende von Jahren vergangen waren, seit das Formifolk durch ständige Exposition gegenüber dem Flackern und Blenden des brennenden Gases, das ihre Vorfahren entdeckt und genutzt hatten, um ihre unterirdische Welt zu erhellen, allmählich ihren Sehsinn verloren hatte, und dann in Folge der tiefen und schrecklichen Stille, die für immer um sie herum herrschte, auch ihren Gehörsinn und natürlich danach ihre Sprachfähigkeit verloren hatte, dennoch, und das ist das Wunderbare daran, behielten sie in ihren Köpfen noch düstere und schemenhafte Überlieferungen von der oberen Welt und der „mächtigen Lampe", wie sie die Sonne nannten, die zwölf Stunden lang brannte und dann erlosch und die Welt in Dunkelheit zurückließ, bis die Geister der Luft sie wieder in Ordnung bringen konnten. Und seltsamerweise wurden viele der unwirklichen Dinge der oberen Welt durch die Arbeit ihres Verstandes in Wirklichkeiten verwandelt, während die Wirklichkeiten zu den bloßen Spinnweben des Gehirns geworden waren. So hielten sie zum Beispiel die Schatten, die unsere Körper im Sonnenlicht warfen und die uns ewig auf den Fersen folgten, für wirkliche Geschöpfe, sozusagen für unsere Doppelgänger, und das wegen dieser „tanzenden Gespenster", wie sie sie nannten, die unser Leben lang unsere Schritte verfolgten und bei unseren Festen wie Freudenmädchen saßen, und daß es für die Leute der Oberwelt ganz unmöglich sei, so ganz glücklich zu sein, wie sie es waren, und es fiel ihnen sofort ein, daß ich ein solches Doppelgespenst auf den Fersen haben müsse, so daß sie sich mehrmals plötzlich an den Händen fassten, einen Kreis um mich bildeten und sich allmählich mit der Absicht näherten, das tanzende Gespenst zu ergreifen. Dies taten sie auch, nachdem ich ihnen versichert hatte, dass es sich nur um den Schatten eines im Licht gehenden Menschen handelte. Da sie aber von der Natur des Lichts überhaupt keine Ahnung hatten, hatte ich für meine Mühe nur Ärger.

Sie gaben auch nicht auf, von Zeit zu Zeit die verzweifeltsten und lächerlichsten Anstrengungen zu unternehmen, um den kleinen tanzenden Herrn zu fangen, der, wie sie glauben mussten, ruhig an meinen Fersen entlang stapfte, der aber, wie sie mir mitteilten, viel schneller in seinen Bewegungen war als jedes entweichende Wasser oder jeder fallende Gegenstand. Schließlich hielten sie eine ihrer stillen, aber sehr aufgeregten Besprechungen ab, während derer die tausend blitzartigen Stöße und Schläge, die sie auf die Körper der anderen ausübten, dem Zuschauer den Eindruck vermittelten, sie seien drei taubstumme Schuljungen, die sich um einen Sack Murmeln balgten, und dann teilten sie mir mit, dass sie beschlossen hätten, Bulger und mir zu erlauben, ihre Stadt zu betreten, vorausgesetzt, ich würde ihnen das Wort eines Edelmannes geben, dass ich meinen flinkfüßigen Doppelgänger davon abhalten würde, ihnen irgendeinen Schaden zuzufügen.

Ich gab ihnen das feierliche Versprechen, dass er sich benehmen würde. Daraufhin begrüßten sie sowohl Bulger als auch mich wie Brüder, streichelten unsere Haare, tätschelten unsere Köpfe und küssten mich auf die Wangen, und außerdem sagten sie uns ihre Namen, die da lauteten: Langer Daumen, Quadratnase und Zottelbrauen.

Die ganze Zeit über hatte ich immer wieder ängstliche Blicke nach vorne geworfen, denn ich konnte es kaum erwarten, die wunderbare Stadt des Ameisenvolkes zu betreten.

Ich sage wunderbar, liebe Freunde, denn obwohl ich in meinem Leben schon viele wunderbare Dinge in den fernen Winkeln der Oberwelt gesehen hatte, so gab es doch hier einen Anblick, der, als er sich allmählich vor meinen Augen entfaltete, mein ganzes Herz fesselte und mich nach Atem ringen ließ. Mit nicht geringer Überraschung entdeckte ich gleich zu Beginn, dass die Wände und der Boden des schönen Ganges, durch den die Soodopsies Bulger und mich führten, aus reinem Silber waren, wobei erstere aus polierten Platten bestanden, die mit fein ausgeführten Ziselierungen und Schnitzereien verziert waren, und letztere, wie in der Tat alle Böden und Straßen und Gänge der Stadt, auf ihren polierten Oberflächen leicht erhabene Zeichen hatten, die ich später erklären werde. Aber als sich ein Gang in einen anderen öffnete, und dann vier oder mehr, die alle in einer riesigen kreisförmigen Kammer zentriert waren, die wir mit unseren drei stummen Führern durchquerten, nur um in Kammern und Korridore von größerer Größe und Schönheit einzutreten, die alle brillant von Reihen derselben prächtigen Kandelaber beleuchtet waren, die Schwärme von Flammenzungen hochhielten, konnte ich die Szene mit nichts anderem vergleichen als mit einer Reihe von prächtigen Ballsälen und Bankettsälen, aus denen die glücklichen Gäste plötzlich durch das tiefe und schreckliche Grollen einer Erdbebenkatastrophe vertrieben worden waren, da man die Lichter brennen ließ.

Nun begann sich die Szene zu verändern. Langer Daumen, der den Weg anführte und in dessen großer Handfläche meine kleine Hand völlig verloren lag, wandte sich plötzlich nach rechts und führte mich einen bogenförmigen Weg hinauf. Ich sah, dass wir eine Brücke über einen Strom überquerten, der so schwarz und träge war wie die Lethe[10] selbst.

Aber eine solche Brücke! Nie hatte mein Auge auf einer so leichten und luftigen Spannweite geruht, die von Ufer zu Ufer sprang; nicht das schlichte und solide Werk des Steinmetzes, sondern das schöne und listige Ergebnis der Geschicklichkeit des Schmiedes, wie die Arbeit der Liebe, zart und doch stark, und fast zu schön für den Gebrauch.

Zwei Reihen silberner Lampen von vorzüglicher Kunstfertigkeit krönten seine anmutig gewölbten Seiten, und als

---

10 Lethe (altgriechisch ἡ Λήθη], deutsch ‚das Vergessen') ist einer der Flüsse in der Unterwelt der griechischen Mythologie. Man glaubte im alten Griechenland, wer vom Wasser der Lethe trinke, verliere seine Erinnerung vor dem Eingang ins Totenreich. Nach einer anderen Überlieferung mussten die Seelen aus dem Fluss trinken, damit sie sich nicht mehr an ihr vergangenes Leben erinnerten, um wiedergeboren zu werden. Wie es in der Aeneis Vergils heißt: „Die Seelen nun, denen das Fatum andere Leiber bestimmt, / schöpfen aus Lethes Welle heiteres Nass, so trinken sie langes Vergessen." – Bekannt war noch ein anderer Fluss der Unterwelt, die Mnemosyne. Wer aus ihr trank, erinnerte sich an alles und war danach mit der Gabe der Allwissenheit ausgestattet. Hier wurden also die Dinge umgekehrt aus der Vergessenheit herausgeholt – die Wahrheit, a-létheia, bildet sich aus der Verneinung des Vergessens.

wir an seiner höchsten Krümmung standen, hielt Langdaumen inne und schrieb auf seine Tafel: „Nun, kleiner Baron, sind wir im Begriff, die Wohnstätte unseres Volkes zu betreten. Dein Kopf ist groß, und es ist zweifellos viel Weisheit in deinem Gehirn gespeichert. Mache Gebrauch davon, um das vollkommene Glück unseres Volkes nicht zu stören, denn zweifellos werden viele unserer Leute dir gegenüber misstrauisch sein, und zum ersten Mal seit Tausenden von Jahren wird sich ein Soodopsy zum Schlafen niederlegen und in seinen Träumen die Berührung des tanzenden Gespenstes der Oberwelt spüren." Ich versprach Langdaumen, dass er keinen Grund haben sollte, mit mir unzufrieden zu sein, und dann entschuldigte ich mich damit, dass ich müde sei, und erfreute meine Augen einige Augenblicke lang an der herrlichen Szene, die sich vor mir ausbreitete.

Es war die Stadt des Formifolks in all ihrer Pracht - einer Pracht, die leider von den Menschen, die in ihr wohnten, nicht gesehen wurde, denn für sie waren die silbernen Mauern und Bögen, die endlosen Reihen prächtiger Kandelaber, die ihre zahllosen Bündel nie erlöschender Flammenstrahlen in die Höhe streckten, die vorzüglich geschnitzten und gemeißelten Portale und Tore, seine anmutigen Stühle und Sofas und Betten und Liegen und Tische und Lampen und Becken und Schüsseln und Tausende von Einrichtungsgegenständen, alle aus reinstem Silber, gehämmert oder geschmiedet von den geschickten Händen ihrer Vorfahren, als sie noch die Kraft des Sehens besaßen, konnten diese, ihre Nachkommen, nur durch den einzigen Sinn des Fühlens erkennen.

Von den hohen Decken der Korridore und Torbögen, von den vorspringenden Ornamenten der Hausfassaden, von Gesimsen und Zierleisten, von den vier Seiten der Säulen und von den Ecken der Kuppeln und Minarette hingen hier und da und überall silberne Lampen von mehr als orientalischer Schönheit in Form und Ausführung, alle mit ihren nie erlöschenden Flammenzungen, die ein sanftes, wenn auch unstetes Licht aussendeten, das auf die sehenden Augen fiel!

Und doch waren diese zahllosen Flammen, mit deren Hilfe ich die Pracht dieser Stadt der silbernen Paläste bestaunen konnte, Leben, wenn nicht Licht für die Soodopsies, denn sie wärmten diese riesigen unterirdischen Tiefen und erfüllten sie mit einer köstlich weichen und seltsam balsamischen Luft.

Und doch, wenn ich daran denke, dass Bulger und ich die einzigen beiden lebenden Wesen waren, die diese Szene von fast himmlischer Schönheit und Ausstrahlung betrachten konnten!

Es machte mich traurig und stürzte mich in einen solchen Anfall tiefer Geistesabwesenheit, dass es eines zweiten sanften Zupfens der Hand des Langen Daumens bedurfte, um mich zu mir zu bringen.

Als wir die Brücke überquerten und in die eigentliche Stadt eintraten, stellte ich erfreut fest, dass die Straßen und offenen Plätze mit Hunderten von Statuen geschmückt waren, die alle aus massivem Silber bestanden und Exemplare einer Rasse von großer Schönheit darstellten; und dann kam mir der Gedanke, wie glücklich es war, dass die Soodopsies nicht auf diese Bilder ihrer Vorfahren blicken konnten und so zu lebenden Zeugen ihres eigenen bedauernswerten Abfalls von der früheren körperlichen Anmut ihrer Rasse wurden.

Nun begann das Formifolk, wie menschliche Ameisen, die sie waren, aus ihren Behausungen auf allen Seiten der Stadt auszuschwärmen, und mein scharfes Ohr fing das leise schlurfende Geräusch ihrer nackten Füße über die silbernen Straßen auf, als sie sich uns näherten, ihre Arme blitzten im Licht und ihre Gesichter waren von seltsamen Emotionen gezeichnet, als sie von der Ankunft zweier Geschöpfe aus der Oberwelt erfuhren. Sie waren alle, Männer wie Frauen, in kastanienbraune Seidengewänder gekleidet, und ich schloss sofort, dass sie dieses Material aus denselben Quellen bezogen wie die Mikkamenkies, denn, liebe Freunde, ihr dürft nicht auf die Idee kommen, dass das Formifolk den Namen, den Don Fum ihm gegeben hatte, nicht verdiente. Sie waren echte menschliche Ameisen und, außer wenn sie schliefen, immer bei der Arbeit.

Es stimmte, dass sie seit ihrer Erblindung nicht in der Lage waren, der Silberstadt auch nur eine einzige Säule oder einen Torbogen hinzuzufügen, aber in allen gewöhnlichen Belangen des Lebens waren sie so fleißig wie eh und je, sie jagten, schnitzten, meißelten, pflanzten, webten, strickten und taten tausend und eine Sache, die Sie und ich mit unseren zwei guten Augen nur schwer erreichen würden.

Ich hatte Langdaumen zu verstehen gegeben, dass Bulger und ich beide sehr müde und erschöpft von der langen Wanderung waren, und dass wir uns danach sehnten, eine Erfrischung vorgesetzt zu bekommen und dann sofort zur Ruhe gehen zu dürfen, mit dem Versprechen, dass wir uns nach einigen Stunden guten Schlafes mit dem größten Vergnügen den würdigen Bewohnern der Silberstadt vorstellen würden.

Es war erstaunlich, mit welcher Schnelligkeit sich diese meine Bitte von Mund zu Mund verbreitete. Langer Daumen teilte sie zwei gleichzeitig mit, und diese zwei vier, und diese vier acht, und diese acht sechzehn, und so weiter. Sie sehen, dass es bei dieser Geschwindigkeit nicht lange dauern würde, es einer Million zu erzählen.

Wie von Zauberhand verschwand das Formifolk aus den Straßen und verschwand in einer Art geordnetem Durcheinander aus meinem Blickfeld. Bulger und ich waren recht froh, in ein silbernes Schlafgemach geführt zu werden, wo jeder Wunsch des Reisenden erwartet zu werden schien. Das Einzige, was uns störte, war, dass wir es nicht gewohnt waren, beim Zubettgehen das Licht brennen zu lassen, und das machte uns beide anfangs ein wenig wach; aber wir waren zu müde, um uns davon abhalten zu lassen, nach ein paar Augenblicken einzuschlafen, denn die Matratze war weich und federnd genug, um jeden zufrieden zu stellen, und ich bin sicher, dass sich niemand darüber hätte beschweren können, dass das Haus nicht ruhig genug war.

Kapitel XVII

Darin lest ihr, liebe Freunde, etwas
über einen lebendigen Wecker und
über ein Gummibad. – Unser erstes
Frühstück in der Stadt des Silbers. –
Eine neue Art, Fische zu fangen, ohne
ihre Gefühle zu verletzen. –
Wie die Straßen und Häuser
nummeriert wurden und wo die
Schilder waren. –
Eine sehr originelle Bibliothek, in der
Bücher nie Eselsohren bekommen.
Wie Samtpfoten ihre Lieblingsdichter
genossen. Ich werde dem gelehrten
Fassbrauen vorgestellt, der mir seine
Ansichten über die Oberwelt schildert.
Sie haben mich erstaunlich unterhalten
und könnten Sie interessieren.

Ich kann Ihnen, liebe Freunde, nicht genau sagen, wie lange Bulger und ich geschlafen haben, aber es muss eine gute Weile gewesen sein, denn als ich geweckt wurde, fühlte ich mich gründlich erfrischt. Ich sage „geweckt", denn ich wurde durch ein sanftes Klopfen auf meinem Handrücken geweckt - sechs Klopfzeichen.

Zuerst dachte ich, ich würde träumen, aber als ich mir die

Augen rieb, sah ich einen der Soodopsies neben meinem
Bett stehen, der, als er spürte, dass ich mich bewegte, seine Tafel nahm und folgendes schrieb

„Mein Name ist Tap Hard. Ich bin eine Uhr. Es gibt eine
ganze Reihe von uns. Wir halten die Zeit für unser Volk ein,
indem wir das Schwingen des Pendels im Zeithaus zählen.
Es schwingt etwa so schnell, wie wir atmen. Eine Minute
hat hundert Atemzüge und eine Stunde hundert Minuten.
Unser Tag ist in sechs Stunden Arbeitszeit und sechs Stunden Schlafzeit eingeteilt. Es ist jetzt die Stunde des Aufste-
hens. Wenn du dich erheben willst, wird einer von unseren
Leuten aus dem Gesundheitshaus dir die Müdigkeit aus
den Gliedern reiben."

Ich rührte Tap Hards Herz zum Dank und beeilte mich, aus
dem Bett zu krabbeln. Jetzt sah ich mich zum ersten Mal in
der silbernen Kammer um, in der ich geschlafen hatte. Auf
silbernen Regalen lagen silberne Kämme und silberne
Scheren und silberne Messer; auf einem silbernen Ständer
stand ein silberner Krug in einem silbernen Becken; an silbernen Pflöcken hingen seidene Handtücher, während auf
dem silbernen Boden weiche, seidene Teppiche ausgebreitet lagen, und oben und ringsum an Decke und Wänden
wiederholten sich tausendmal die Zungen der Flamme in
den Tafeln aus poliertem Silber.

Ich hatte schon alle möglichen orientalischen Massage-
und Bademeister kennengelernt, aber der schweigsame
kleine Soodopsy, der mich rasierte und rubbelte und klopfte und streichelte, übertraf sie alle an Geschicklichkeit,
und dazu kam ein neuer Reiz, denn ich musste mir keine
langen und sinnlosen Geschichten von Abenteuern und In-
trigen anhören, sondern wurde ganz allein mit meinen Gedanken gelassen. Bulger wurde auch mit einem Schwamm
und einer Abreibung verwöhnt - ein Luxus, den er nicht
mehr genossen hatte, seit wir Castle Trump verlassen hatten.

Kaum war meine Toilette beendet, erschien Langer Daumen, um sich nach meinem Befinden zu erkundigen und das Servieren meines Frühstücks zu beaufsichtigen, das aus einem Stück zartesten gekochten Fischs bestand, flankiert von Austern von köstlichem Geschmack und garniert mit Scheiben jener monströsen Pilze, die ich bei den Mikkamenkies gegessen hatte, das Ganze serviert in einer schönen Silberschale auf einem Silbertablett mit silbernem Essgeschirr.

Ich erinnerte mich an die seltsame Art und Weise, wie die Fische im Lande der Mikkamenkies gefangen und getötet wurden, und war neugierig, wie die Soodopsies das anstellten, denn ich kannte sie gut genug, um zu wissen, dass die Empfindung von etwas, das in ihren Händen um sein Leben kämpfte, genügte, um sie in Anfälle von großem Leid zu versetzen und ihre sanften Herzen mit namenlosem Schrecken zu erfüllen.

„Am Ende eines der vielen Korridore, die aus unserer Stadt herausführen", erklärte der Lange Daumen, „gibt es eine Felsenkammer, die von unseren Vorfahren Uphaslok oder Todesloch genannt wurde, weil jedes Wesen, das seine Luft für ein paar Augenblicke einatmet, mit Sicherheit sterben wird. So verschlossen sie es für immer und ließen nur ein kleines Rohr durch die Tür ragen; aber seltsamerweise erleiden diejenigen, die diese Luft einatmen, keinerlei Schmerzen, sondern fallen sofort in einen angenehmen Traum und würden, wenn sie nicht gerettet werden, natürlich nie wieder aufwachen. Da nun unsere Gesetze uns verbieten, dem unbedeutendsten Geschöpf Schmerzen zuzufügen, kam es unseren Vorfahren in den Sinn, dass sie diese vergiftete Luft durch ein langes Rohr in den Fluss leiten könnten, wann immer sie einen Vorrat an Fischen als Nahrung benötigten. Dies taten sie, und seltsamerweise schwammen die Fische in dem Moment, in dem sie das in den Fluss blubbernde Gas spürten, sofort zur Mündung des Rohrs und kämpften miteinander um eine Chance, die tödlichen Blasen zu fangen, wenn sie die Mündung verließen, so angenehm ist die Empfindung, die sie beim allmählichen Eintauchen hervorrufen, wenn die Kreatur sie in ihren letzten Schlaf atmet. Und auf diese Weise ist es uns möglich, uns von den Fischen in unserem Fluss zu ernähren, ohne das Gesetz des Landes zu brechen."

Ich begann zu begreifen, dass ich mich mit einem sehr originellen und interessanten Volk eingelassen hatte, aber Bulger war nicht ganz zufrieden mit ihnen, und zwar aus mehreren Gründen, wie ich bald bemerkte. Erstens konnte er sich nicht an den kalten und glasigen Blick ihrer Augen gewöhnen, und zweitens war er ein wenig eifersüchtig auf ihren wunderbar scharfen Geruchssinn - ein Sinn, der bei ihnen so stark war, dass sie immer Anzeichen dafür gaben, dass sie sich Bulgers Annäherung bewusst waren, noch bevor ich ihn sehen konnte, und immer ihr Gesicht in die Richtung drehten, aus der er kam.

Sie werden sich erinnern, liebe Freunde, dass ich die Tatsache erwähnte, dass das Formifolk barfuß ging und dass ihre Füße wie auch ihre Hände insgesamt zu groß für ihre Körper zu sein schienen, und ich möchte hinzufügen, dass, während Bulger und ich durch die langen Korridore und gewundenen Passagen auf unserem Weg in die Stadt des Silbers geführt wurden, die drei Soodopsies häufig halb stehen blieben und mit den Fußballen nach etwas auf dem Boden zu tasten schienen. Ich dachte nicht weiter darüber nach, bis Bulger und ich zu unserem ersten Spaziergang durch ihre wunderbare Stadt aufbrachen, und da machte ich zu meiner großen Freude die Entdeckung, dass die Hausnummern, die Namen der Bewohner, die Straßennamen sowie alle Hinweisschilder und Wegweiser sozusagen, und alle Wegweiser in leicht erhabenen Buchstaben auf den Böden und Gehsteigen standen, und dann dämmerte mir die Wahrheit, daß Langer Daumen und seine Gefährten nur hin und wieder innehielten, um mit den Fußballen die Straßennamen zu lesen, um zu wissen, ob sie den richtigen Weg nahmen.

Ja, mehr als das, liebe Freunde, als Bulger und ich das erste Mal über einen der offenen Plätze der Stadt des Silbers gingen, könnt ihr euch meine Genugtuung vorstellen, als ich entdeckte, dass die silbernen Bürgersteige buchstäblich mit den Schriften der Soodopsy-Autoren in erhabenen Zeichen bedeckt waren.

In Don Fums wunderbarem Buch hatte er mir in seiner meisterhaften Art den Schlüssel zur Sprache des Formifolks gegeben, so dass ich mit sehr geringer Anstrengung die zusätzliche Entdeckung machen konnte, dass einige der Straßen den Schreibern der Geschichte und einige den Geschichtenschreibern gewidmet waren, während andere mit den gelehrten Werken der Philosophen gefüllt waren und wieder andere viele tausend Zeilen der besten Dichter enthielten, die die Nation hervorgebracht hatte.

Und ich hatte wenig Schwierigkeiten zu entdecken, welches die Lieblingsgedichte der Soodopsies waren, denn, wie Sie sich leicht vorstellen können, wurden diese wie ein silberner Spiegel poliert durch das Schlurfen der vielen dankbaren Füße über ihre süßen und gefühlvollen Zeilen.

Ich bemerkte, dass die Schriften der Philosophen in dieser, wie auch in meiner eigenen Welt, nur wenige Leser fanden, denn die erhabenen Buchstaben waren in vielen Fällen matt und schwarz vom Mangel an Fußsohlen, die auf der Suche nach Weisheit über sie trampelten.

Etwas später, als ich Samtsohle, die Tochter des Langen Daumens, kennengelernt hatte, ein liebenswürdiges kleines Wesen, das ebenso voll von innerem Licht wie blind für die äußere Welt war, und sie mich einlud, „zum Lesen zu kommen", hatte ich Mühe, sie davon zu überzeugen, dass ich nicht meine, wie sie es nannte, lächerlichen „Fußschachteln" entfernen und mich mit ihr an einigen ihrer Lieblingsgedichte erfreuen könnte. Es war für mich ein köstlicher Zeitvertreib, dieses glückliche kleine Mädchen zu begleiten, wenn sie „zum Lesen ging", neben ihr zu gehen und den ständig wechselnden Ausdruck ihres schönen Gesichts zu beobachten, wenn die Sohlen ihrer winzigen Füße die Worte der Liebe und der Hoffnung und der Freude drückten und ihr Herz sich ausdehnte und sie ihre Hände in einer Haltung glückseligen Genusses faltete, die so tief und inbrünstig zu sein schien, als ob das gesegnete Sonnenlicht auf ihrer Stirn ruhte und ihre Augen die Herrlichkeit eines sommerlichen Sonnenuntergangs einsaugten. O ihr Bewohner der oberen Welt, die ihr Licht in die Fenster eurer Seelen strömen lasst, deren Ohren offen sind für die Musik der Orgel und der Flöte und der Geige und für die süßere Musik der Stimme der Liebe, wie viel mehr habt ihr als sie, und wie selten seid ihr so glücklich, wie selten kennt ihr jene süße Zufriedenheit, die, wie in diesem Fall, von innen kam?

„Geh zur Ameise, betrachte ihre Wege und sei weise, die, da sie keinen Führer, Aufseher oder Herrscher hat, im Sommer für ihre Speise sorgt und in der Herbstzeit ihre Nahrung sammelt."

In kurzer Zeit schienen sich die Formifolks daran zu gewöhnen, Bulger und mich unter sich zu haben, und sie „berührten" mich anscheinend genauso freundlich, als ob ich einer von ihnen gewesen wäre.

Eines Tages führte mich Langer Daumen in das Haus des ältesten und gelehrtesten der Soodopsies, Fassbraue mit Namen.

Er empfing mich sehr herzlich, obwohl ich ihn bei seinen Studien störte, denn als ich seine Wohnung betrat, war er gerade dabei, vier verschiedene Bücher gleichzeitig zu lesen: zwei lagen auf dem Boden, und er betrachtete ihre erhabenen Schriftzeichen mit den Fußsohlen, und zwei andere waren auf einem Gestell vor ihm aufgestellt, und er entzifferte sie mit den Fingerspitzen.

Als er aber erfuhr, wer ich war, hörte er sofort mit der Arbeit auf und nahm seine Tafeln zur Hand und stellte mir eine Reihe von Fragen über die Oberwelt, von der er aller-

A SOODOPSY MAIDEN READING HER FAVORITE POET

Figure 19: Ein Soodopsy-Mädchen liest ihren Lieblingsdichter

dings keine sehr hohe Meinung hatte.

„Ihr Menschen", sagte er, "wenn ich die alten Schriften derer unseres Volkes richtig verstehe, die noch gewisse Überlieferungen von der Oberwelt bewahrt haben, seid mit
mehreren Sinnen ausgestattet, die uns zum Glück völlig
fehlen, denn wenn ich richtig verstehe, habt ihr an erster
Stelle einen Sinn, den ihr Gehör nennt, einen höchst lästi-
gen Sinn, denn durch ihn werdet ihr ständig durch Schwin-
gungen der Luft, die aus der Ferne kommen, gestört und
belästigt. Diese können Euch aber nichts nützen. Ihr könntet genauso gut einen Sinn haben, der euch darüber informiert, was auf dem Mond vor sich geht. Daher ist meine
Schlussfolgerung, dass der Hörsinn nur dazu dient, das Gehirn abzulenken und zu schwächen.

„Einen anderen Sinn, den ihr besitzt", fuhr Fassbraue fort,
"nennt ihr den Sehsinn - eine Kraft, die noch nutzloser und
ablenkender ist als das Hören, weil sie euch befähigt, Dinge zu wissen, die ihr überhaupt nicht wissen könnt, wie
zum Beispiel, was eure Nachbarn nebenan tun, wie sich die
Berge auf der anderen Seite eurer Flüsse verhalten, wie
sich euer Himmel, wie ihr ihn nennt, anfühlen würde, wenn
ihr ihn mit euren Fingern berühren könntet, was ihr aber
nicht könnt; wie bald der Regen fallen wird, was ein unnüt-
zes Wissen ist, wenn ihr Dächer habt, um euch zu bede-
cken, wie ich annehme; aber der lächerlichste Gebrauch,
den ihr von diesem Sehsinn macht, ist die Herstellung von
dem, was ihr Bilder nennt, wodurch ihr das größte Vergnügen zu haben scheint, eben diesen Sinn zu täuschen, auf
den ihr so sehr stolz seid.

Wenn ich recht verstehe, sind diese Bilder, wenn sie gefühlt
werden, ganz so glatt wie diese Tafel dort, aber so schlau
zeichnet Ihr die Linien und legt die Farben ein, was immer
sie auch sein mögen, dass es Euch wirklich gelingt, Euch
selbst zu täuschen und stundenlang vor einem dieser
Kunststücke zu stehen, während Ihr, wenn Ihr wollt, Eure
Augen an dem, was der Betrüger nachgeahmt hat, weiden

könntet, wie Ihr es nennt. Da das Leben in der oberen Welt viel kürzer ist als in der unseren, scheint es mir sehr seltsam, dass Ihr es auf diese törichte Weise vergeuden wollt. Dann gibt es noch eine andere Sache, kleiner Baron", fuhr der gelehrte Faßbraue fort, „die ich erwähnen möchte. Es ist dies: Die Menschen der oberen Welt sind sehr stolz auf das, was sie die Macht der Sprache nennen, was, wenn ich richtig verstehe, eine Fähigkeit ist, die sie haben, um ihre Gedanken zueinander auszudrücken, indem sie heftig die Luft aus ihren Lungen ausstoßen, und dass diese Luft, die in die Ventilatoren des Gehirns, die ihr Ohren nennt, strömt, eine Empfindung von Klang erzeugt, wie ihr es nennt, und auf diese Weise könnte einer deiner Leute, der an einem Ende der Stadt steht, einem anderen, der am anderen Ende steht, seine Wünsche mitteilen. Nun, du wirst mir verzeihen, dass ich so denke, kleiner Baron, aber das scheint mir kein bisschen anders zu sein als das tierische Geschöpf, das, wenn es seine riesigen Kiefer öffnet, auf diese Weise die Luft in Bewegung setzt, um seine Jungen zu rufen oder einem Feind zu trotzen. Und wenn ich recht verstehe, kleiner Baron, sind deine Leute so stolz auf diese Kraft der Rede, dass sie darauf bestehen, sie zu allen Zeiten und bei allen Gelegenheiten zu gebrauchen, und, seltsam zu sagen, diese "Schwätzer" können immer viele Leute finden, die ihre Ohren für diese Vibrationen der Luft öffnen, obwohl die Wirkung so ermüdend für das Gehirn ist, dass sie am Ende unweigerlich eingeschlafen sind. Aber wenn ich richtig verstanden habe, sind die Frauen noch mehr als die Männer darauf versessen, ihre Geschicklichkeit zu zeigen, indem sie die Luft aus ihren Lungen ausstoßen; aber, dass sie sich nicht mit dieser überlegenen Kraft, die Worte auszustoßen, zufrieden geben, greifen sie sogar auf ein starkes Kraut zurück, das sie in kochendem Wasser einweichen und so heiß wie möglich trinken, weil es die Zunge lockert und es dem Sprecher erlaubt, mehr zu stoßen, als sie es sonst könnte.

„Aber all das, kleiner Baron", fuhr der gelehrte Faßbraue fort, „könnte man übersehen und als bloße Belustigung betrachten, wäre da nicht die Tatsache, wenn ich es richtig verstehe, daß die Ventilatoren des Gehirns bei verschiedenen Personen unterschiedlich groß sind, was zur Folge hat, daß diese Luftstöße, mit denen ihr euch gegenseitig eure Gedanken mitteilt, bei verschiedenen Personen unterschiedliche Wirkungen hervorrufen, und das Ergebnis ist, daß die Menschen der oberen Welt die Hälfte ihrer Zeit damit verbringen, die Stöße zu wiederholen, die sie bereits ausgesandt haben, und dass selbst dann selten zwei Menschen zu finden sind, die genau übereinstimmen, was die Anzahl, Art, Stärke und Bedeutung der in die Hirnventilatoren des anderen geblasenen Luftstöße betrifft, und dass es deshalb notwendig geworden ist, das, was ihr Richter nennt, zur Verfügung zu stellen, um diese Streitigkeiten zu schlichten, die oft ein Leben lang andauern, wobei die beiden Parteien ihr ganzes Vermögen ausgeben, um Zeugen anzuheuern, die vor diese Richter treten und das Geräusch imitieren, das die Luft machte, als sie vor Jahren durch die wütenden Luftstöße der beiden Parteien in Bewegung gesetzt wurde. Ich vertraue aufrichtig darauf, kleiner Baron", schrieb der gelehrte Fassbraue auf seine Silbertafel, „dass du, wenn du zu deinen Leuten zurückkehrst, ihnen bekannt machen wirst, was ich heute für dich geschrieben habe, denn es ist nie zu spät, einen Fehler zu korrigieren, und je länger dieser Fehler gedauert hat, desto größer ist der Verdienst, ihn zu korrigieren."

Ich versprach dem gelehrten Soodopsy zu tun, was er verlangte, und dann berührten wir uns am Hinterkopf, was die Art ist, wie man sich im Land der Formifolks verabschiedet, eine Berührung an der Stirn bedeutet: „Wie geht es dir?"

Kapitel XVIII

Die frühe Geschichte der Soodopsies,
wie sie von Fassbraue erzählt wird. –
Wie sie dazu getrieben wurden, in der
Unterwelt Zuflucht zu suchen, und wie
sie auf die Marmorstraße kamen. –
Ihre Entdeckung des natürlichen
Gases, das ihnen Licht und Wärme
spendet, und des prächtigen
Schatzhauses der Natur. – Wie sie ihre
zerfledderten Kleider ersetzten und
begannen, die Stadt aus Silber zu
errichten. –
Die seltsamen Unglücke, die ihnen
widerfuhren, und wie sie ihnen
gewachsen waren, so schrecklich sie
auch waren.

Und zweifellos, liebe Freunde, würden Sie gerne etwas über die frühe Geschichte der Soodopsies hören: wer sie waren, woher sie kamen und wie sie zufällig ihren Weg hinunter in die Welt in der Welt fanden.

Zumindest fühlte ich mich so, nachdem ich dem gelehrten Fassbraue vorgestellt worden war, und so wartete ich, als ich ihn das nächste Mal aufsuchte, geduldig darauf, dass er die vier Bücher, die vor ihm lagen, zu Ende las, und dann

BARREL BROW ENGAGED IN READING FOUR BOOKS AT ONCE.

Figure 20: Fassbraue liest vier Bücher auf einmal

sagte ich,-

„Seien Sie so freundlich, lieber Meister, mir etwas über die frühe Geschichte Ihres Volkes zu erzählen und mir zu erklären, wie sie in diese unterirdische Welt hinabkamen."

„Vor langer, langer Zeit", schrieb der gelehrte Fassbraue, "lebte mein Volk an den Ufern eines schönen Landes mit einem weiten Ozean im Norden, und in jenen Tagen hatten sie die gleichen Sinne wie die anderen Menschen der oberen Welt. Es war ein sehr schönes Land, in der Tat, so schön, dass, in den Worten der alten Chroniken, die Sonne vergeblich nach einem schöneren suchte. Seine Flüsse waren tief und breit, seine Ebenen waren reich und fruchtbar, und seine Berge bargen Silber und Gold und Kupfer und Zinn, und diese Metalle ließen sich so leicht abbauen, dass unser Volk als Schmiede berühmt wurde; es war so geschickt in seiner Kunstfertigkeit, dass die anderen Völker von nah und fern zu uns kamen, um Schwerter und Schilde und Lanzenspitzen und Rüstungen und Tafelgeschirr und Armbänder und vor allem Lampen zu kaufen, die am prächtigsten ziseliert und geschnitzt waren und in ihren Palästen und Tempeln hängen sollten. Und so waren wir sehr glücklich, bis eines schrecklichen Tages die große runde Welt eine Wendung nahm und wir von der Sonne abgewandt waren, so dass ihre Strahlen schräg über unsere Köpfe gingen und uns keine Wärme gaben.

„Ach, ich könnte jetzt weinen", rief der gelehrte Fassbraue, "nach all diesen Jahrhunderten, wenn ich an das grausame Schicksal denke, das mein Volk ereilte. In wenigen Monaten war das ganze Gesicht unseres schönen Landes mit Eis und Schnee bedeckt, und unser Vieh starb, und viele unserer Leute auch, bevor sie dicke Tücher weben konnten, um ihre zarten Körper vor der drückenden Kälte zu schützen. Aber das war noch nicht alles; der große blaue Ozean, der bis dahin seine warmen Wellen und seinen weißen Schaum an unsere Küsten geschleudert hatte, hauchte nun seinen eisigen Atem voll auf uns und trieb uns in unsere Keller, um seiner Wut zu entkommen; und in wenigen kurzen Monaten kamen zu unserem Entsetzen Eisfelder und -berge auf uns zu, die das stürmische Wasser mit ohrenbetäubendem Krachen an unsere Küsten warf. Dort zu bleiben bedeutete den schnellen und schrecklichen Tod, also wurde der Befehl gegeben, Häuser und Feuerstellen zu verlassen und nach Süden zu fliehen, und das taten die meisten. Aber es geschah, dass mehrere hundert Familien der metallverarbeitenden Zünfte, die die unterirdischen Gänge zu den Bergwerken kannten wie die Förster den unwegsamen Wald, sich mit allem, was sie tragen konnten, in die riesigen unterirdischen Kavernen geflüchtet hatten. Arme, verblendete Kreaturen! Sie dachten, dass dieser plötzliche Wintereinbruch, der blendende Schnee und die riesigen, schwebenden Eisfelder nur eine Laune der Natur waren und dass in ein paar Monaten die alte Wärme und der alte Sonnenschein wieder zurückkehren würden.

"Ach, Monate vergingen, und ihre Vorräte waren fast erschöpft, und die Eingänge zu den Minen waren durch riesige Eisblöcke verschlossen, die durch den Schnee, den die grauen Wolken auf sie herabgeschleudert hatten, zu einer großen Masse zementiert waren. Auf diesem Weg gab es nun kein Entkommen mehr. Ihre einzige Hoffnung war, sich unterirdisch zu einem Portal in die Oberwelt durchzuschlagen.

"Mit brennenden Fackeln, aber mit Herzen, die in die Dunkelheit der Verzweiflung getaucht waren, setzten sie ihren Weg fort, als eines Tages oder einer Nacht, sie wussten nicht, was, ihre Führer plötzlich auf eine breite Straße aus Marmor stießen, die von der Natur selbst geöffnet worden war. Sie wurde von einem sanft fließenden Fluss gesäumt, in dem es von Fischen in Schuppen und Muscheln und Häuten wimmelte, und hier hielten unsere Leute an, um zu essen und zu trinken und sich auszuruhen, und während einer von ihnen bei einer Gelegenheit seinen Feuerstein anschlug, um ein Feuer zu machen, um eine Mahlzeit zu kochen, schoss zu seiner Überraschung und Freude eine Flammenzunge aus dem felsigen Boden hervor und brannte weiter, um ihnen Licht und Wärme zu geben.

"Da sie ihre Werkzeuge - ihre Bohrer und Meißel und Feilen und Stichel und Blasrohre - in ihren Karren und Wagen mitgebracht hatten, beeilten sie sich, ein Rohr an diese Öffnung im Felsen anzubringen und ein Lichtbündel aufzustellen. Mit Essen und Wasser und Wärme und Licht wurden ihre Herzen leichter, zumal sie bald entdeckten, dass in vielen der riesigen Höhlen gigantische Pilze im wildesten Überfluss wuchsen.

„Die weisesten von ihnen", fuhr der gelehrte Fassbraue fort, "beschlossen sofort, dass es auf dieser schönen Marmorstraße noch weitere Vorkommen dieses Gases geben müsse, und so drangen sie Tag für Tag weiter in diese Welt innerhalb einer Welt vor, wobei sie hin und wieder anhielten, um einen Leuchtturm, wie sie es nannten, zu errichten.

"Nachdem die Erkundungstruppe einige Meilen vorgedrungen war, zündete sie eine Anordnung von Gasdüsen an und war fast sprachlos vor Staunen, als sie sich an der Schwelle eines hoch aufragenden Portals wiederfand, das sich zu einer Reihe von riesigen Kammern auftat, einige mit flacher Decke, einige gewölbt, einige kuppelförmig, auf deren Böden und Wänden unerschöpfliche Mengen von reinem Silber lagen und hingen. Diese prächtigen Kavernen waren in Wirklichkeit die riesigen Vorratskammern der Natur für das herrliche weiße Metall, und unsere Leute beeilten sich, hier und da Gasdüsen aufzustellen, damit sie die wundersame Schatzkammer betrachten konnten.

"Hier waren sie entschlossen, zu bleiben, denn hier gab es Nahrung und Wasser in nie versiegender Menge, hier hatten sie Licht und Wärme, und hier konnten sie ihr Elend vergessen, indem sie ihrem Beruf nachgingen und das Edelmetall mit verschwenderischer Hand benutzten, um ihnen Wohnkammern zu bauen und die tausend und eine Sache zu kreieren, die für das alltägliche Leben notwendig waren. So groß war ihre Freude, als Schmiede auf diesen unerschöpflichen Vorrat an reinem Silber zu stoßen, dass sie kaum schlafen konnten, bis sie überall in diesen riesigen Höhlen Gruppen von Gasdüsen aufgestellt hatten, denn zweifellos, kleiner Baron, hast du schon erraten, dass dies der Ort ist, von dem ich dir erzähle; dass es genau hier war, wo unser Volk Halt machte, um die Stadt aus Silber zu bauen.

"Aber ein Gedanke beschäftigte sie, wo sie die nötige Kleidung finden könnten, denn die alte war schnell in Fetzen zerfallen, als sie zu ihrer Freude auf ein Lager von Mineralwolle stießen und es ihnen gelang, daraus ein Tuch zu weben. Es war zwar ziemlich steif und hart, aber besser als nichts.

"Als einer meiner weisen Vorfahren eines Tages eine neue Höhle erforschte, sah er einen großen Nachtfalter in seiner Nähe landen, und als er vorsichtig einige seiner Eier löste, trug er sie nach Hause, mehr aus Neugierde als sonst etwas.

"Stellen Sie sich vor, wie sehr er sich freute, als er sah, wie einer der geschlüpften Raupen sich an die Arbeit machte, einen Kokon aus Seide zu spinnen, der halb so groß wie seine Faust war. Es gab ein großes Fest und eine fröhliche Stimmung unter unseren Leuten, als sie von dieser frohen Nachricht hörten, und es dauerte nicht lange, bis manches silberne Schiffchen in einem silbernen Webstuhl klapperte und die weichen Körper unserer Leute warm und bequem gekleidet waren. Nun vergingen lange Zeiträume, die, in eure Monde umgerechnet, viele, viele Jahre ausgemacht hätten. Unser Volk hatte alles außer Sonnenlicht, und das kannten die in der Unterwelt Geborenen natürlich nicht und vermissten es daher auch nicht.

"Aber, wie zu erwarten war, traten allmählich große Veränderungen in unserem Volk ein. Zu ihrem unaussprechlichen Kummer bemerkten sie, dass, während sie sich mit der Verschönerung ihrer neuen Häuser beschäftigten, indem sie Bögen und Brücken und Terrassen errichteten und sie mit prächtigen Kandelabern und Statuen, alle aus gegossenem und geschmiedetem oder gehämmertem Silber, ausstatteten, ihre Sehkraft allmählich nachließ und dass sie in nicht allzu langer Zeit völlig blind sein würden.

„Dieses Ergebnis, kleiner Baron", fuhr der gelehrte Fassbraue fort, "war sehr natürlich, denn der Sehsinn wurde in Wirklichkeit für das Sonnenlicht geschaffen; denn wie du zweifellos weißt, haben alle Fische, die in unseren Flüssen schwimmen, keine Augen, da sie sie nicht brauchen. Es geschah genau so, wie sie es erwartet hatten - nach ein paar Generationen entdeckten unsere Leute, dass ihre Augen die Dinge nicht mehr sehen konnten, wie du es tust, aber sie konnten sie dennoch fühlen, wenn sie nicht zu weit entfernt waren, so wie ich jetzt deine Gegenwart fühlen kann und sagen kann, wo du sitzt, und wie groß du bist und wie breit du bist, und ob du dich nach rechts oder links, vorwärts oder rückwärts bewegst, aber ich kann nicht genau sagen, wie du geformt bist, bis ich die Hand ausstrecke und dich anfasse; Dann weiß ich alles, ja, viel besser, als du es wissen kannst, denn unser Gefühlssinn ist schärfer als dein sogenanntes Sehen. Einer von meinen Leuten kann eine Körnung oder Rauheit auf einem silbernen Spiegel fühlen, der deinen Augen glatter als Glas erscheint. Nun, es ist seltsam zu erzählen, und doch nicht seltsam, dass unsere Vorfahren mit dem Erlöschen ihres Sehsinns auch ihren Hörsinn schwinden fühlten. Unsere Ohren, wie du sie nennst, die nichts mehr zu hören hatten, denn die ewige Stille, wie du weißt, herrscht in dieser Unterwelt, wurden für uns so nutzlos wie der Schwanz des Kaulquappen für den ausgewachsenen Frosch; und natürlich waren unsere Kinder mit dem Verlust des Gehörs bald nicht mehr in der Lage, sprechen zu lernen, und nach einer gewissen Zeit verdienten wir unseren neuen Namen Formifolk oder Ameisenvolk, denn wir waren nun blind und taub und stumm.

„Es ist lange her, sehr, sehr lange, kleiner Baron", fuhr der gelehrte Soodopsy fort, „seit alle Erinnerung an Sonnenlicht, an Farbe, an Klang aus unseren Köpfen gestorben ist. Heute kennt mein Volk nicht einmal mehr die Namen dieser Dinge, und du hättest so viel Aussicht auf Erfolg, wenn du versuchen würdest, ihnen zu sagen, was Licht oder Klang ist, wie du es hättest, wenn du versuchen würdest, einem Wilden zu erklären, dass es unter der Welt nichts gibt, was sie aufrecht hält, und dass sie trotzdem nicht fällt. Wenn du aber mehrere Metallstücke in eine Reihe legen würdest und einen meiner Leute bitten würdest, dir zu sagen, was sie sind, würde er das Gewicht eines jeden messen und seine Struktur sorgfältig fühlen, vielleicht daran riechen oder seine Zunge daran berühren, und dann würde er antworten: "Das ist Gold; das ist Silber; das ist Kupfer; das ist Blei; das ist Zinn; das ist Eisen."

"Aber du würdest sagen: 'Sie sind alle unterschiedlich gefärbt; kannst du das nicht erkennen?'

"'Ich weiß nicht, was du mit Farbe meinst', würde er antworten. Aber merke dir: jetzt verstecke ich sie alle unter diesem seidenen Tuch, und wenn ich sie mit den Fingerspitzen berühre, kann ich immer noch sagen, welches Metall jedes einzelne ist. Wenn du das kannst, dann bist du ein ebenso guter Mann wie ich.'

„Was sagst du nun, kleiner Baron?" fragte der gelehrte Fassbraue, während sein Gesicht von einem triumphierenden Lächeln umspielt wurde; „meinst du, du wärst ein so guter Mann wie dieser Soodopsy?"

„Nein, das glaube ich nicht, weiser Meister", schrieb ich auf meine silberne Tafel; „und ich danke dir für alles, was du mir gesagt und mich gelehrt hast, und ich bitte um Erlaubnis, o Fassbraue, wieder zu kommen und mich mit dir zu unterhalten."

„Das darfst du, kleiner Baron", zeichnete der gelehrte Soodopsy auf sein Silbertablett; und als ich mich dann umwandte, um sein Gemach zu verlassen, griff er schnell nach mir und berührte mich mit einem gekrümmten Zeigefinger, was Rückkehr bedeutete.

„Verzeihen Sie, kleiner Baron", schrieb er, „aber Sie verlassen mein Arbeitszimmer ohne Ihren treuen Bulger; habe ich nicht recht?"

Ich war erstaunt, denn er hatte in der Tat recht, und obwohl er keinen Sehsinn hatte, hatte er mehr gesehen als ich mit zwei offenen Augen. Dort lag Bulger fest schlafend auf einem seidenbedeckten Sitzkissen.

Unsere stille Unterhaltung hatte ihn so ermüdet, dass er auf den Flügeln eines Traums ins Land Nod[11] gesegelt war.

Er ließ den Kopf hängen und sah sehr beschämt aus, als mein Ruf ihn weckte und er entdeckte, dass ich tatsächlich die Tür erreicht hatte, ohne dass er es bemerkte.

---

11 Nod ist ein in der Genesis (Gen 4,16 EU) erwähntes Land „östlich von Eden". – Nachdem Kain seinen Bruder Abel aus Neid erschlagen hatte, wurde er von Gott verstoßen, jedoch als Schutz vor Blutrache mit dem Kainsmal versehen. Er ging in das Land Nod, wo er mit seiner Ehefrau eine Familie gründete, die zahlreiche Nachkommen hervorbrachte. Das Wort Nod leitet sich vermutlich vom hebräischen Wort nad ab, das „ruhelos" bzw. „umherwandern" bedeutet.

Kapitel XIX

Beginnt mit etwas über die kleinen Soodopsies, verzweigt sich aber zu einem anderen Thema, nämlich dem stillen Lied der singenden Finger, dem schönen Mädchen aus der Stadt des Silbers, und Fassbraue ist so freundlich, mich in einem bestimmten Punkt aufzuklären, und er nimmt die Gelegenheit wahr, Bulger ein sehr großes Kompliment zu machen, das er natürlich verdient hat.

Je länger ich mich unter den Soodopsies aufhielt, desto mehr wurde ich davon überzeugt, dass sie die glücklichsten, unbeschwertesten und zufriedensten Menschen waren, die ich auf all meinen Reisen getroffen hatte. Wenn es möglich wäre, dass die Glieder einer langen Kette, die über einem Abgrund hängt, für eine kurze Zeit lebende, denkende Wesen wären, so würden sie, so scheint mir, in vollkommener Übereinstimmung zusammenhängen, denn jedes Glied würde entdecken, dass es nicht besser als sein Nachbar ist und dass das Wohlergehen aller anderen Glieder von ihm abhängt und seins von dem ihren. So war es auch bei den Formifolks, die keinen Sehsinn hatten und so etwas wie Neid nicht kannten, und alle Hände waren gleich, wenn sie sich zum Gruß reichten.

Ich war manchmal erstaunt, wie sie meine Annäherung

spüren konnten, wenn ich zehn oder fünfzehn Fuß von ihnen entfernt war, und ich amüsierte mich oft, indem ich versuchte, mich auf der Straße an einem von ihnen vorbeizustehlen. Aber nein, das war unmöglich; es wurde immer eine Hand zur Begrüßung ausgestreckt. Nach und nach überwanden sie ihr Misstrauen gegen mich und waren überzeugt, dass ich ihnen die Wahrheit gesagt hatte, als ich sagte, dass mir kein tanzendes Gespenst ewig auf den Fersen war. Einer der interessantesten Anblicke war es, eine Gruppe von Soodopsy-Kindern beim Spielen zu sehen, die mit silbernen Klötzen Häuser bauten oder ein Spiel spielten, das unserem Domino sehr ähnlich war. Ich bemerkte, dass sie keine Strichliste führten, so wunderbare Erinnerungen hatten sie, dass es ganz unnötig war.

Zuerst waren die Kinder so erschrocken, als sie mich sahen, dass sie mit entsetzten Gesichtern flohen. Ihre Eltern erklärten mir, dass ich auf sie den gleichen Eindruck machte, wie wenn ich eine Person betasten würde, deren Haut so rau wie die eines Seeigels war.

Als es mir endlich gelang, einige von ihnen an meine Seite zu locken, sah ich zu meinem Erstaunen, wie ein kleiner Kerl, der zufällig seine winzige Hand an meine Uhrentasche gedrückt hatte, erschrocken von mir wegsprang. Er hatte den Tick gespürt und hörte nicht auf zu laufen, bis er die Seite seiner Mutter erreicht hatte.

Seine wunderbare Geschichte, dass der kleine Baron ein seltsames Tier in der Tasche mit sich herumtrug, führte dazu, dass sich bald eine Menschenmenge um mich versammelte, und es dauerte einige Zeit, bis ich auch die Eltern davon überzeugen konnte, dass die Uhr nicht lebendig war und dass es nicht das Herz des kleinen Tieres war, das sie schlagen fühlten.

Bei einer Gelegenheit, als ein kleiner Soodopsy auf meinem Schoß saß und seinen winzigen Arm liebevoll um meinen Hals schlang, machte ich zufällig eine Bemerkung zu Bulger, als das Kind zu meinem Erstaunen aus meinen Armen sprang und mit einem Ausdruck des Schreckens auf seinem kleinen Gesicht davonstürmte.

Was hatte ich mit ihm gemacht?

Nun, es scheint, dass seine winzige Hand zufällig an meine Kehle gedrückt worden war und dass er durch die seltsame Vibration, die meine Stimme verursachte, erschrocken war. Sofort verbreitete sich der Bericht, dass der kleine Baron einen anderen kleinen Baron in seiner Kehle herumtrug, dass jeder ihn fühlen könne, wenn ich nur einwilligen würde. Es dauerte lange, bis ich sie davon überzeugen konnte, dass das, was sie fühlten, nicht ein anderer kleiner Baron war, sondern nur die Schwingung, die dadurch verursacht wurde, dass ich meinen Atem auf eine den Menschen der Oberwelt eigentümliche Weise ausstieß. Trotzdem war ich gezwungen, viele hundert unnütze Dinge zu Bulger zu sagen, um ihren kleinen Händen die Möglichkeit zu geben, etwas so Wunderbares zu fühlen.

Aus dem Wenigen, das ich Ihnen über die Namen des Formifolks erzählt habe, liebe Freunde, haben Sie zweifellos verstanden, dass ihre Namen ihren Ursprung in irgendeiner körperlichen Eigenschaft, einem Defekt oder einer Besonderheit haben. Neben den Namen, die ich bereits erwähnt habe, erinnere ich mich an das scharfe Kinn, die lange Nase, die seidenen Ohren, die glatten Handflächen, den großen Knöchel, den abgezogenen Nagel, die Hammerfaust, den weichen Griff, das Loch in der Wange oder das Loch im Kinn, das krumme Haar und so weiter und so fort.

Aber als ich mich eines Tages nach dem Namen eines jungen Mädchens erkundigte, dessen lange und zarte Finger meine Aufmerksamkeit erregt hatten, wurde mir zu meinem Erstaunen mitgeteilt, dass ihr Name Singender Finger sei, oder, möglicherweise, könnte ich es mit Musikfinger übersetzen.

Ich hatte bemerkt, dass die Soodopsies eine gewisse Vorstellung von Musik hatten, denn die Kinder vergnügten sich oft beim Tanzen und schlugen dabei mit ihren Fingerspitzen den Takt auf die Wangen oder die Stirn der anderen.

Aber ich war völlig im Dunkeln, was sie mit Singenden Fingern meinten, oder warum das junge Mädchen so genannt worden sein sollte; daher war ich sehr erfreut, als mich die Mutter des Mädchens fragte, ob ich eines der Lieder ihrer Tochter, wie sie es nannte, fühlen wolle. Als ich einwilligte, trat die Mutter an mich heran und krempelte die Ärmel meines Mantels hoch, bis sie meine Arme bis zum Ellbogen entblößt hatte, dann nahm sie meine Arme und verschränkte sie über meiner Brust, einer über dem anderen.

Bulger beobachtete das Geschehen mit etwas Unmut in den Augen; er ahnte halb, dass diese schweigsamen Leute seinem kleinen Herrn einen verletzenden Streich spielen würden. Aber mein Lächeln entwaffnete bald seinen Verdacht.

Singender Finger kam nun näher, und als sich ihr süßes Gesicht mit den seelenlosen Augen ganz auf mich richtete, konnte ich die Tränen kaum zurückhalten.

Und doch, warum um jemanden trauern, der so vollkommen glücklich zu sein schien? Ein Lächeln umspielte ihren zierlichen kleinen Mund und enthüllte ihre winzigen silbrig-weißen Zähne wie echte Perlen, und ihr Busen hob und senkte sich schnell und sandte ein schwaches Atemgeräusch aus. Sie sah so aus wie ein strahlendes Kind aus einer anderen Welt, dass ich, ehe ich mich versah, rief

„Sprich, oh, sprich, schönes Kind!"

In einem Augenblick wich sie erschrocken zurück, denn die plötzliche Erschütterung der Luft hatte sie erschreckt; aber ich streckte die Hand aus und berührte sie, um ihr zu verstehen zu geben, daß sie nichts zu fürchten brauche, und dann kam sie wieder auf mich zu. Plötzlich hoben sich ihre schönen Hände mit den langen, zarten, empfindlichen Fingern in die Luft, und sie begann ihren Körper zu wiegen und ihre Hände in sanften und anmutigen Bewegungen zu bewegen, als ob sie den Takt einer Musik halten würde. Allmählich kam sie näher an mich heran, und immer wieder berührten ihre seidenen Fingerspitzen meine Hände oder Arme, als wären sie eine Klaviatur, auf der sie ein sanftes und zierliches Stück Musik spielen wollte; und ich bemerkte, dass ihre Finger einen herrlichen Duft verströmten. Nun regneten die sanften Klopfer mit rhythmischer Regelmäßigkeit auf mich ein. Sie besänftigen mich, sie erregen mich, sie erreichen mein Herz, als wären es die süßen Töne einer Flöte oder die sanften Klänge der Stimme einer Sängerin. Die Jungfrau singt wirklich zu mir! Es scheint mir, als könne ich verstehen, was sie sagt, oder vielmehr denkt, denn ihre zierlichen Fingerspitzen fliegen förmlich hin und her, und ich höre ihr leises Atmen immer lauter werden. Plötzlich verlässt sie meine Hände und Arme und ich spüre ihr sanftes Klopfen auf meinen Wangen und meiner Stirn. So sanft, ach, so sanft und beruhigend berühren mich ihre Finger, dass sie sich schließlich wie Rosenblätter anfühlen, die über mein Gesicht gezogen werden. Die Empfindung ist so entzückend, so wie die sanfte Berührung des Schlafes für müde Augen, dass ich ernsthaft einschlafe, und als ich nach einem Augenblick oder so die Augen öffne, sitzt dort das lächelnde Formifolk und wartet darauf, dass ich erwache, und dort befindet sich die strahlende Singende Finger vor mir, kindlich, und wartet darauf, gelobt zu werden.

Und so seht ihr, liebe Freunde, dass es gar nicht so schwer ist, glücklich zu sein, wenn man es nur richtig anpackt. Das Formifolk scheint es richtig angepackt zu haben, wenn man nach den Ergebnissen urteilt, und das sind die einzigen Dinge, nach denen wir urteilen können. Manche Menschen fischen den ganzen Tag und haben keinen einzigen Fang, und manche Leute versuchen ihr ganzes Leben lang, ihr Glück zu finden und bekommen nicht mehr als einen Happen. Sie benutzen nicht die richtige Art von Köder. Sollen sie es doch mit einer freundlichen Tat versuchen, einer lebendigen.

Es gab etwas, das ich den gelehrten Fassbraue fragen wollte, also stellte ich ihm beim nächsten Besuch diese Frage

„Ist es möglich, gelehrter Meister, dass dein Volk überhaupt keinen Führer, keinen Aufseher, keine Herrscher
hat?"

Der große Gelehrte des Formifolks hörte auf, die vier Bücher zu lesen, die aufgeschlagen vor ihm lagen - eines unter jeder Hand und eines unter jedem Fuß -, als ich ihm
meine Silbertafel reichte.

„Kleiner Baron", war seine Antwort, "wenn es nur einen
Brombeerstrauch gäbe, der groß genug wäre, dass ihr
Oberweltler hineinspringen könntet, und wenn ihr auch
nur eure Ohren loswerden könntet, dann wäret ihr bald eure Herrscher los, die euch unterdrücken, die euch ausplün-
dern; denn niemand hätte Lust, ein Herrscher zu sein,
wenn es niemanden mehr gäbe, der ihn anschaut, und
wenn er nicht hören könnte, was die Schmeichler über ihn
sagen. Eitelkeit ist der Boden, aus dem Herrscher entsprin-
gen, wie die Pilze aus dem fruchtbaren Lehm unserer dunklen Höhlen. Sie geben vor, dass es die Ausübung der Macht
ist, die sie so gerne mögen. Glauben Sie ihnen nicht. Es ist
die Befriedigung ihrer Eitelkeit und nichts anderes.

"Wenn es nur in deiner Macht stünde, zu jedem Mann, den
es juckt, ein Herrscher zu sein, zu sagen, -

"'Gut und schön, Bruder, ein Herrscher sollst du sein; aber
bedenke, schwacher Mann, dass, wenn du deine bunte Uni-
form angezogen und dein prächtig geschmücktes Ross be-
stiegen hast, wenn du an der Spitze von Truppe und Kaval-
lerie reitest, mit zehntausend Bewaffneten, die dir zu Fuß
folgen, wie Sklaven ihrem Herrn, und der Beifall der törich-
ten Menge die Luft zerreißt, kein Auge die Pracht deines
Triumphes sehen, kein Ohr einen Ton des ohrenbetäuben-
den Jubels vernehmen wird, nimm mich beim Wort, kleiner
Baron, niemand würde mehr ein Herrscher sein wollen.

„Wo es keine Herrscher gibt, kleiner Baron", fuhr der gelehrte Fassbraue fort, „kann es keine Gefolgschaft geben; wo es keine Gefolgschaft gibt, wird es keinen Streit geben. Wenn es in unserer Nation notwendig wird, bilden wir den Großen Kreis zur Beratung. Jeder schreibt auf seiner Tafel auf, was er denkt. Dann werden die Meinungen gelesen und gezählt und die Mehrheit entscheidet. Aber wir bilden den Großkreis nur in Zeiten dringender Notwendigkeit. Im Allgemeinen genügen die kleineren Kreise allen Zwecken; in der Tat ist der Familienkreis in den meisten Fällen völlig ausreichend."

Ich berührte zuerst Fassbraues Herz als Zeichen meiner Dankbarkeit für die vielen Dinge, die er mich gelehrt hatte, und dann seinen Hinterkopf, um ihm gute Nacht zu sagen. Ihr könnt Euch seine und meine Freude vorstellen, liebe Freunde, als der weise Bulger sich auf seine Hinterbeine erhob und mit seiner rechten Pfote auch dem gelehrten Fassbraue dankte, um ihm dann mit einem leichten Klopfen auf den Hinterkopf gute Nacht zu sagen.

„Glücklich der Reisende", schrieb der gelehrte Soodopsy, „der von einem so klugen und wachsamen Begleiter begleitet wird! Es ist wahr, dass er wie ein Kind auf allen Vieren geht, aber dadurch bringt er sein Herz und seinen Verstand auf dieselbe Ebene - die einzige Möglichkeit für einen Mann, sie zu tragen, wenn er seinen Mitmenschen etwas Gutes tun will. Das Problem mit deinen Leuten in der oberen Welt, kleiner Baron, ist, dass sie zu viel denken. Sie fassen sich an den Kopf, anstatt sich an den Händen zu fassen; sie schicken Boten mit Geschenken, anstatt sich selbst zu beschenken. Sie heuern Leute an, die für sie tanzen, für sie singen, für sie fröhlich sind. Sie werden nicht eher zufrieden sein, bis sie Leute angestellt haben, die ihnen helfen, traurig zu sein, zu denen sie sagen können: "Mein Freund ist tot; ich habe ihn geliebt. Weint drei Tage lang um ihn.'"

Kapitel XX

Dies ist ein langes und trauriges Kapitel. – Es erzählt, wie der liebe, sanfte Schmollmund verloren ging und wie die Soodopsies um ihn trauerten und wen sie verdächtigten. – Die wahre Geschichte seines schrecklichen Schicksals. – Was auf meine Entdeckung folgt. – Wie ein wunderschönes Boot für mich von den dankbaren Soodopsies gebaut wird, und wie Bulger und ich dem Land der Scheinaugen Adieu sagen.

In der Stadt des Silbers war es Brauch, sich „rundherum zu berühren", wie man es nannte, bevor man zur Ruhe ging. Das „Rundherum berühren" begann in einem bestimmten Viertel der Stadt und ging mit wunderbarer Geschwindigkeit von Mensch zu Mensch weiter. Wie das genau gemacht wurde, habe ich nie verstanden, aber der Zweck dieses mysteriösen Signals war es, eine tatsächliche Zählung aller Formifolks vorzunehmen. Wenn auch nur ein einziges fehlte, würde es mit Sicherheit entdeckt werden, wenn die „Berührung rundherum" abgeschlossen war. Es ging mit blitzartiger Schnelligkeit durch die ganze Stadt, und dann, wenn kein Rücksignal gegeben wurde, wussten die Leute, dass jeder an seinem richtigen Platz war; dass kein Soodopsy sich verirrt hatte oder in irgendeinem unbelebten Gang gestürzt war.

Ich glaube nicht, dass ich mehr als eingenickt war, als ich durch Bulgers sanftes Zupfen an meinem Ärmel geweckt wurde. Ich rieb mir die Augen, setzte mich im Bett auf und lauschte. Sofort fiel mein Ohr auf jenes schwache, schlurfende Geräusch, das immer dann zu hören war, wenn eine beliebige Anzahl von Formifolks über das polierte Silberpflaster hin und her eilte.

Ich sprang aus dem Bett und eilte zur Tür, Bulger dicht auf meinen Fersen. Was für ein seltsamer Anblick bot sich mir da! Ich konnte es mit nichts anderem vergleichen als mit der Erscheinung eines großen Ameisenhaufens, wenn ein schelmischer Junge plötzlich einen Stein in die Menge der unbedeutenden, geduldig schuftenden Leute wirft, die friedlich ihrer Arbeit nachgehen.

In einem Augenblick ist alles verändert: Linien werden durchbrochen, Arbeiter drängeln sich, Ordnung wird zu Unordnung, Regelmäßigkeit wird in Verwirrung verwandelt. Hin und her eilen die erschrockenen Kreaturen mit wehenden Fühlern, um die Ursache des wahnsinnigen Schreckensausbruchs zu finden.

So war es mit dem Formifolk, als ich auf sie blickte. Mit ausgestreckten Händen und zitternd bewegten Fingern eilten sie von einer Seite zur anderen, drängelten und stießen sich gegenseitig, während ein namenloses Grauen auf ihren nach oben gekehrten Gesichtern zu sehen war. Bald hielt eine Gruppe inne, reichte sich die Hände und begann durch blitzartiges Drücken, Klopfen und Streichen Gedanken auszutauschen, als andere gegen sie stürmten, sie auseinander brachen und eine größere Verwirrung herrschte als je zuvor.

Aber allmählich bemerkte ich, dass sich aus den Bewegungen dieses wahnsinnigen Gedränges eine Art von Ordnung zu ergeben schien. Hier und da bildeten sich Dreier- und Vierergruppen, die sich an den Händen fassten, dann brachen diese kleineren Kreise auf und bildeten größere, und ich bemerkte auch, dass sich dieser immer größer werdende Kreis an der Außenseite der von Panik ergriffenen Menge bildete, und während er wuchs, schloss er sie ein, so dass, wenn ein fliehender Soodopsy gegen diese feste Linie stieß, sein Schrecken ihn sofort verließ und er seinen Platz darin einnahm. In wenigen Augenblicken war das wahnsinnig drängende, drängelnde Gedränge ganz verschwunden, und die ganze Stadt war von diesen langen, festen Linien umschlossen.

Der große Kreis hatte sich gebildet.

Nach einer halben Stunde war die Beratung beendet, und zu meiner Überraschung löste sich der Großkreis in Vierer-, Sechser- und Zehnergruppen auf, und dann verschwanden alle langsam und gleichmäßig im Gleichschritt aus der Stadt in die dunklen oder nur teilweise beleuchteten Kammern und Gänge, die sie umgaben. Die Suche nach dem vermissten Soodopsy war eingeleitet worden.

Es dauerte Stunden, bis der letzte Trupp auf den Platz zurückgekehrt war und sich der Großkreis wieder gebildet hatte. Leider war die Nachricht sehr traurig. Es gab keine Nachricht von dem vermissten Mann. Er war für immer verloren; und mit gefalteten Händen und langsamem, schwerem Schritt machte sich das trauernde Formifolk auf den Weg zurück in ihre Häuser, wo die seufzenden Frauen und Kinder auf ihr Kommen warteten. Als Bulger und ich wieder zu Bett gingen, schien es mir fast, als könne ich manchmal die tiefen und langgezogenen Seufzer hören, die den sanften Brüsten der trauernden Soodopsies entströmten. Am folgenden Tag bemerkte ich eine sehr rührende Sache. Es war, dass jeder Mann, jede Frau und jedes Kind in der Stadt des Silbers um den verlorenen Soodopsy trauerte, als wäre er tatsächlich ein Bruder für jeden von ihnen. Die Liebe war nicht, wie bei uns in der oberen Welt, eine Sache, die man denen schenkt, in denen man sein eigenes Gesicht wiedersieht und in deren Stimmen man sein eigenes wieder erklingen hört, süß und klar wie in der Kindheit; mit anderen Worten, eine Liebe fast von uns selbst. Oh nein! Es war zwar wahr, dass die Berührung einer Mutter für ihr eigenes Kind am zärtlichsten war, doch keine kleine Hand, die sich ihr entgegenstreckte, ging ohne ihre Liebkosung. Sie war die Mutter aller Kinder; für sie waren sie alle schön, und da ihre Kittelchen alle auf demselben Webstuhl gewebt waren, kam ihr nie die Versuchung in den Sinn, zu fühlen, ob nicht ein reiches Nachbarskind mit dem ihrigen spielte und es deshalb eine liebevollere Liebkosung erhalten sollte. In dem Teil der Stadt, wo die Kinder ihre Spielplätze hatten, war das silberne Pflaster an einigen Stellen mit erhabenen Linien und Buchstaben markiert, etwas nach der Art unseres Himmel und Hölle, zum Zweck eines Spiels, das bei den kleinen Soodopsies sehr beliebt war. Sein Name ist schwer zu übersetzen, aber er bedeutete so viel wie „Kleiner Moormann", und viele Stunden lang hatten Bulger und ich dort gestanden und diesen schweigsamen kleinen Zwergen beim Spiel zugesehen, fasziniert von der wunderbaren Geschicklichkeit, mit der sie das Herannahen des Kleinen Moormanns vortäuschten, ihr Verstecken vor ihm, seine verstohlene Annäherung, die wachsende Gefahr, den Angriff, die Flucht, die neuen Gefahren, die wilde Flucht und die wahnsinnige Verfolgung. Stellen Sie sich daher mein Erstaunen vor, als ich eines Morgens feststellte, dass Bulger mich dorthin lockte, obwohl der Ort ganz verlassen war, da die Kinder alle in ihrem Unterricht waren.

Aber da es eine Regel von mir war, Bulgers Launen immer zu ertragen, ging ich geduldig mit.

Als wir zu der Stelle kamen, an der das Pflaster abgegrenzt und so beschriftet war, wie ich es erklärt habe, blieb er stehen und begann mit einem ängstlichen Winseln das Spiel „Der kleine Moormann" zu spielen, wobei er sich von Zeit zu Zeit umdrehte, um zu sehen, welche Wirkung seine Handlungen auf mich hatten.

Er machte keine Fehler. Wenn er ein Abteil betrat, legte er seine Pfote auf die erhöhten Buchstaben, wie er es so oft bei den Kindern mit ihren kleinen nackten Füßen gesehen hatte, und ahmte dann mit wunderbarer Treue deren Handlungen nach, beginnend mit dem ersten Geruch der Gefahr und endend mit wahnsinnigem Schrecken bei der nahen Verfolgung durch den Moormann.

Ich war mehr als nur überrascht, ich war verwirrt von diesem Stück Mimikry von Bulgers Seite. Meiner Meinung nach deutete es auf einen schrecklichen Unfall hin, denn ich habe die abergläubische Vorstellung, dass große Lebensgefahr einem Tier für einen Moment eine fast menschliche Intelligenz verleiht. Es ist die Natur, die sich um das Ihre sorgt.

Aber plötzlich brach die wirkliche Wahrheit in diesem Fall über mich herein: es war nicht mein lieber kleiner Bruder, der mir zu verstehen gab, dass ihm eine Gefahr drohte, sondern dass eine Gefahr über meinem Kopf schwebte, die umso realer war, als sie von mir ungesehen und unvermutet war.

Ich rief ihn zu mir und belohnte ihn mit einer Liebkosung. Er war überglücklich, als er merkte, dass ich ihn offenbar verstanden hatte. Ich beeilte mich nun, Fassbraue aufzusuchen. Er war überrascht, meine Begrüßung zu spüren. In wenigen Augenblicken hatte ich ihm alles erzählt. Und auch er bemerkte meine Aufregung schnell. Zweifellos spürte er das an der veränderten Beschaffenheit meiner Handschrift.

„Beruhigen Sie sich, kleiner Baron", schrieb er. „Der weise Bulger hat dir die Wahrheit gesagt. Dein Leben ist in Gefahr. Ich hatte mir vorgenommen, noch heute nach dir zu schicken, um dich zu warnen und dich aufzufordern, das Land der Formifolks in aller Eile zu verlassen, denn unter unserem Volk hat sich der Gedanke verbreitet, dass das tanzende Gespenst an deinen Fersen den Tod des sanften Schmollmundes verursacht hat, der neulich auf so geheimnisvolle Weise verschwunden ist. Ich rate dir daher, dass du dich sofort bereit machst und morgen unsere Stadt verlässt, bevor die Uhren die Leute aus dem Schlaf wecken."

Ich bedankte mich bei Fassbraue und versprach, seinen Rat zu befolgen, obwohl ich ihm gestand, dass ich gerne noch ein paar Wochen länger gewartet hätte, denn es gab so viele Dinge in und über die wunderbare Stadt des Silbers, die ich noch nicht gesehen hatte. Aber ich war es den lieben Menschen in meiner Welt schuldig, auf mein Leben zu achten, so unbedeutend es mir auch erscheinen mochte.

Andererseits spürte ich, dass es Wahnsinn wäre, mit den Soodopsies zu diskutieren.

Für sie war das tanzende Gespenst an meinen Fersen ein echtes Wesen aus Fleisch und Blut, obwohl es ihnen nicht gelungen war, es zu ergreifen, und es war ganz natürlich, dass sie vermuteten, wir hätten uns mit Schmollmund davongemacht.

Ich rief Bulger zu, mir zu folgen, und verließ das Haus von Fassbraue, entschlossen, noch eine Runde durch die wunderbare Stadt zu drehen, dann Essen und Kleidung zu packen und alles für den Aufbruch vorzubereiten, bevor die Uhren zu schlagen begannen.

Ich sollte erklären, liebe Freunde, dass, wie es in allen Städten geschieht, die Bewohner dieser Stadt sich zuweilen einbildeten, sie hätten nicht genug Platz, und daher begutachteten sie andere Kammern und stellten neue Kandelaber in ihnen auf, um die Kälte und Feuchtigkeit zu vertreiben und sie für menschliche Behausungen tauglich zu machen.

In der letzten, die sie auf diese Weise ihrer schönen Stadt angegliedert hatten, indem sie sie mit einem silbernen Portal ausstatteten und den Boden mit polierten Platten aus demselben schönen Metall verkleideten, hatten sie in einer Ecke einen harten Hügel entdeckt, der offenbar aus Felsen bestand, und beschlossen, dass sie eines Tages mit ihren

Bohrern und Spitzhacken kommen und mit der Aufgabe beginnen würden, diesen Hügel zu entfernen.

Eine seltsame Neigung überkam mich, diese neue Kammer zu besuchen, um die Arbeit dieser augenlosen Arbeiter zu inspizieren und zu sehen, wie weit sie mit ihrer Aufgabe vorangekommen waren, ein kaltes und felsiges Gewölbe in eine helle, warme, gesunde Behausung zu verwandeln.

Stellen Sie sich meine Überraschung vor, als Bulger ein leises Knurren ausstieß, als wir den Eingang erreichten, und ich streckte meine Hand aus, um die Tür zu öffnen, denn die Soodopsies waren an diesem Tag nicht bei der Arbeit, und der Ort war so still wie ein Grab.

Als ich durch das Gitter schaute, begegnete mir ein Anblick, der mir eine Gänsehaut über den Rücken jagte und meine Haare steif werden ließ. Was war das wohl? Der Hügel in der Ecke wackelte und schwankte, und von der einen Seite drang ein lautes, wütendes Zischen. Ich bin kein Feigling, wenn ich das selbst sagen darf, aber das war ein bisschen zu viel für gewöhnliches oder sogar außergewöhnliches Fleisch, um es zu ertragen, ohne zusammenzuzucken. Ich taumelte mit einem unterdrückten Schrei des Entsetzens zurück und war kurz davor, in eine wahnsinnige Flucht auszubrechen, als mir der Gedanke durch den Kopf schoss, dass die Tür sicher verschlossen war und es keine Gefahr darstellen würde, einen weiteren Blick auf das schreckliche Ungeheuer zu werfen, das in dieser Kammer eingesperrt war.

Ein großer schlangenartiger Kopf wurde jetzt unter einem Rand des Hügels angehoben, am Ende eines langen, schwankenden Halses. Seine großen runden Augen, groß wie die eines Ochsen, starrten mit einem stumpfen, kalten, glasigen Blick von Wand zu Wand, und dann, mit einem schrecklichen Zischen, wurde der ganze Hügel plötzlich auf vier große Beine gehoben, dick wie Säulen, und endete in schrecklichen Klauen, und wurde schaukelnd und schwankend in die Mitte der Kammer getragen.

Was war das für ein furchtbares Ungeheuer, und woher war es gekommen?

Nun, ich durchschaute es auf einen Blick. Es war eine gigantische Schildkröte, mindestens drei Meter lang und zwei Meter breit, und einst ein Bewohner der Oberwelt. Vor Tausenden von Jahren, als die schrecklichen Eisfelder kamen, war sie gezwungen gewesen, vor dem sicheren Tod zu fliehen, indem sie in diese unterirdischen Höhlen hinunterkroch. Hier war es, von der Feuchtigkeit und der Kälte fröstelnd und betäubt, eingeschlafen und hätte noch weitere Zeitalter weitergeschlafen, wenn nicht das fleißige Formifolk im Schlafzimmer des Ungeheuers die Gruppen von brennenden Gasfackeln angezündet hätte. Allmählich war die Wärme durch das von Erde und Gesteinsbrocken, die der Zahn der Zeit darauf fallen ließ, verdickte Schalendach gedrungen und hatte sein großes Herz erreicht und es langsam, sehr langsam, aber immer schneller schlagen lassen, bis er wirklich das Gefühl hatte, aus seinem langen Schlaf erwacht zu sein.

Durch ein furchtbares Unglück war Schmolllippe, der sanfte Soodopsy, zurückgeblieben, als seine Arbeitsbrüder die Arbeit beendeten, und die neuen silbernen Türen der Kammer hatten sich vor ihm geschlossen.

Oh, es war schrecklich, daran zu denken, aber es mußte wahr sein - der arme kleine Soodopsy, eingeschlossen von seinen eigenen augenlosen Leuten in dieser Kammer, die er durch seine geduldige Geschicklichkeit zu verschönern half, hatte dazu gedient, den Hunger dieses schrecklichen Monsters zu stillen, nach seinen langen Zeiten des Fastens.

Aber warum, fragt ihr, liebe Freunde, wurde das alles nicht entdeckt, als der Große Kreis gebildet und nach ihm gesucht wurde? Ganz einfach, weil das Ungeheuer, nachdem es den verlorenen Soodopsy verschlungen hatte, sich in sein Nest zurückzog und mit seinen riesigen Flossen den Dreck und das zerbröckelte Gestein um sich herum zusammenmenzog und wieder einschlief, wie es alle gefressenen Rep-

THE GIGANTIC TORTOISE THAT DEVOURED POUTING LIP.

Figure 21: Die Riesenschildkröte, die den Schmollmund verschlang

tilien tun, so dass, als die Suchenden die neue Kammer betraten, alles so war, wie sie es verlassen hatten, der Felshügel, wie sie ihn angenommen hatten, ungestört in der Ecke.

Mit Bulger an den Fersen drehte ich mich nun um und rannte mit solch wahnsinniger Eile zu Fassbraue, dass die ganze Stadt in die wildeste Unordnung geriet, denn natürlich hatten sie mich an ihnen vorbeifliegen sehen.

Mit aller Schnelligkeit, die ich aufbringen konnte, schrieb ich einen Bericht über das, was ich erlebt hatte, und als Fassbraue ihn den versammelten Soodopsies mitteilte, flogen tausend Hände in die Luft, als Zeichen des gemischten Schreckens und der Verwunderung, und ein wilder Andrang wurde auf Bulger und mich veranstaltet, und wir wurden fast mit Küssen und Liebkosungen erdrückt.

Kaum hatte sich die Aufregung ein wenig gelegt, wurde sofort ein großer Kreis gebildet, und ich wurde mit einem Platz darin geehrt, und als meine Tafel herumgereicht wurde, machten tausend Hände Zeichen der Zustimmung.

Mein Plan war ein einfacher: er bestand darin, eine Rohrverbindung zwischen Uphaslok und der neuen Kammer herzustellen und den tödlichen Dampf in die Schlafwohnung des gigantischen Ungeheuers zu leiten. Auf diese Weise würde sein Abgang ein glücklicher sein, lediglich der Beginn eines weiteren seiner langen Nickerchen, soweit er überhaupt etwas davon wissen würde.

Dies wurde sofort erledigt, wobei zuerst darauf geachtet wurde, die Türen der neuen Kammer vollkommen luftdicht zu machen. Ich war der erste, der nach der Hinrichtung des Ungeheuers die Höhle betrat, und stellte zu meiner Freude fest, dass meine Schätzung seiner Länge und Breite fast auf den Zentimeter genau stimmte.

Ich hatte schon immer ein wunderbares Auge für Dimensionen und Entfernungen.

Als ich sah, wie Bulger sich auf die Hinterbeine erhob und sich bemühte, etwas von der Wand zu lösen, näherte ich mich, um ihm zu helfen.

Ach, es war die Tafel des geliebten, sanften Schmollmundes. Er hatte darauf geschrieben, und als das schreckliche Ungeheuer auf ihn zukam, griff er nach oben und hängte es an einen silbernen Zapfen an der Wand. Als die Soodopsies lasen, was ihr armer Bruder geschrieben hatte, da setzten sie sich alle hin und rangen die Hände in stillem, aber furchtbarem Kummer: Es lautete wie folgt

„O mein Volk, warum habt ihr mich verlassen? Die Luft zittert; der ganze Ort ist mit erstickendem Geruch erfüllt. Muss ich sterben? Ach, ich fürchte es! und doch würde ich so gerne noch einmal die Berührungen meiner Lieben fühlen! Der Boden zittert; ein erstickender Atem wird mir ins Gesicht gepustet; ich bin erschöpft, fast ohnmächtig, indem ich versuche, ihm zu entkommen. Ich kann nicht mehr schreiben. Trauere nicht zu lange um mich. Es war meine Schuld. Ich blieb zurück, obwohl ich hätte folgen sollen. Oh, furchtbar, furchtbar! Lebt wohl! Ich gehe jetzt. Ein liebevoller Gruß an alle - Lebt wohl!"

Nachdem ich einige Tage gewartet hatte, bis sich der Kummer des Formifolks ein wenig gelegt hatte, bat ich sie, eine Anzahl ihrer geschicktesten Handwerker zu schicken, die mir helfen sollten, die prächtige Muschel von dem toten Ungeheuer zu entfernen, dessen Körper an die Fische verfüttert worden war. Sie taten nicht nur dies, sondern boten mir auch an, die Muschel in ein wunderschönes Boot zu verwandeln, damit ich, wenn ich beschloss, mich von ihnen zu verabschieden, von der Stadt des Silbers wegsegeln konnte und nicht gezwungen war, die Marmorstraße entlang zu marschieren. Die Arbeit ging zügig voran. Zuerst begannen die Polierer mit ihrer Arbeit, und in wenigen Tagen glänzte der mächtige Panzer wie ein Damenkamm. Dann begannen die zierlichen und geschickten Kunsthandwerker aus Silber mit ihrem Teil der Arbeit, und ehe viele Tage verstrichen waren, war die Muschel mit einem silbernen Bug ausgestattet, der kurioserweise wie ein Schwanenhals und -kopf gearbeitet war, während malerisch geschnitzte Verzierungen hier und da verliefen, und ein zierliches Paar silberner Riemen mit einem silbernen Ruder, das wunderschön ziseliert war, von dem zwei kleine seidene Seile ausgingen, wurde der Ausstattung hinzugefügt. Nie hatte ich etwas halb so Kostbares und Seltenes gesehen, und ich war so stolz darauf, wie ein junger König auf seinen Thron, sobald er feststellt, dass dieser meinem Muschelschiff so ähnlich ist.

Endlich kam der Tag, an dem ich den sanftmütigen Soodopsies einen langen Abschied bereiten sollte.

Sie säumten das Ufer, als Bulger und ich unseren Platz in der Muschelbarke einnahmen, die wie ein Lebewesen auf dem Wasser saß.

Mit großer Würde nahm Bulger seine Position im Heck ein, mit den Pinnenseilen im Mund, bereit, auf beiden Seiten zu ziehen, wenn ich es wollte; und indem ich die silbernen Ruder an ihren Platz setzte, warf ich mein Gewicht auf sie, und wir glitten schnell und geräuschlos über die Oberfläche des dunklen und trägen Stroms.

In wenigen Augenblicken erinnerte nur noch ein schwacher Schimmer an die wunderbare Stadt des Silbers, in der das stille Formifolk lebt und liebt und arbeitet, ohne je einen Gedanken daran zu verschwenden, dass die Menschen glücklicher sein könnten als sie. Liebes, glückliches Volk, sie haben ein gewaltiges Problem gelöst, mit dem wir von der Oberwelt noch immer ringen.

SAILING AWAY FROM THE LAND OF THE SOODOPSIES.

Figure 22: Wegsegeln aus dem Land der Soodopsies

Kapitel XXI

Wie wir auf unserem Weg den dunklen und stillen Fluss hinunter beleuchtet wurden – Plötzlicher und heftiger Angriff auf unser schönes Muschelboot – Ein Kampf um das Leben gegen schreckliche Widrigkeiten, und wie Bulger mir dabei beistand – Kalte Luft und Eisbrocken – Unser Eintritt in die Höhle, aus der sie kamen –Das Muschelboot kommt zum Ende seiner Reise – Sonnenlicht in der Welt innerhalb der Welt und alles über das wunderbare Fenster, durch das es sich ergoss, und das geheimnisvolle Land, das es beleuchtete.

Ich wage zu behaupten, liebe Freunde, dass Sie sich den Kopf darüber zerbrechen, wie es mir möglich war, von der wunderbaren Stadt des Formifolks wegzurudern, ohne unser Boot ständig an Land zu setzen. Ach, ihr vergesst, dass der scharfäugige Bulger am Ruder war, und dass es nicht das erste Mal war, dass er mich durch die für meine Augen undurchdringliche Dunkelheit gelotst hat; aber mehr als das: Ich entdeckte bald, dass das Plätschern meiner silbernen Ruder meine kleinen Freunde, die Feuereidechsen, in ständigem Alarmzustand hielt, und obwohl ich das Knistern ihrer Schwänze nicht hören konnte, dienten die winzigen

Lichtblitze doch dazu, das Ufer wunderbar zu markieren. Ich zog also willensstark los, und diesen dunklen und stillen Fluss hinunter, denn es gab eine Strömung, wenn auch kaum wahrnehmbar, und ich wurde mit Bulger in der schönen Barke aus Schildkrötenpanzer mit ihrem Bug aus geprägtem und poliertem Silber dahingetrieben.

Während meines Aufenthalts im Land der Soodopsies hatte ich eines Tages, als ich den gelehrten Fassbraue aufsuchte, unter seinen Kuriositäten eine schön geschnitzte silberne Handlampe nach pompejanischem Muster bemerkt. Ich fragte ihn, ob er wisse, was das sei. Er antwortete, dass er es wisse und fügte hinzu, dass sie zweifellos von seinen Leuten aus der Oberwelt mitgebracht worden sei, und er bat mich, sie als Andenken anzunehmen. Das tat ich, und als ich die Stadt des Silbers verließ, füllte ich es mit Fischöl und befestigte einen seidenen Docht daran. Es war gut, dass ich das getan hatte, denn nach einer Weile verschwanden die Feuereidechsen gänzlich, und Bulger und ich wären in völliger Dunkelheit gestrandet, hätte ich nicht meine schöne silberne Lampe hervorgeholt, sie angezündet und sie an den Schnabel des silbernen Schwans gehängt, der seinen anmutigen Hals über dem Bug unseres Bootes krümmte.

Nachdem ich lange genug auf meinen Rudern gelegen hatte, gab ich Bulger etwas zu essen und nahm selbst etwas davon zu mir, dann begann ich wieder meine Reise den stillen Fluss hinunter, der nun nicht mehr in undurchdringliche Finsternis gehüllt war.

Ich hatte nicht mehr als ein halbes Dutzend Schläge gemacht, als mir plötzlich eines meiner Ruder durch einen bösartigen Ruck eines Bewohners dieser dunklen und trägen Gewässer fast aus der Hand gerissen wurde. Ich beschloss, meinen Schlag zu beschleunigen, um einem weiteren solchen Ruck zu entgehen, denn die silbernen Ruder, die die Soodopsies für mich angefertigt hatten, waren von sehr zarter Beschaffenheit und nur für einen sehr sanften

Gebrauch bestimmt.

Plötzlich wurde ein weiteres bösartiges Schnappen nach meinem anderen Ruder ausgeführt; und dieses Mal gelang es dem Tier, seinen Griff beizubehalten, denn ich wagte nicht zu versuchen, das Ruder aus seinem Zugriff zu reißen, aus Angst, es zu brechen. Es war ein großes Krustentier aus der Familie der Krebse, und sein milchweißer Panzer verlieh ihm ein geisterhaftes Aussehen, während es im schwarzen Wasser herumkämpfte, wild entschlossen, das Ruder nicht zu verlieren. Im nächsten Augenblick hatte sich ein ähnliches Geschöpf an meinem anderen Ruder festgekrallt, und ich saß völlig hilflos da. Aber was noch schlimmer war, das dunkle Wasser war jetzt ziemlich lebendig mit diesen weiß gepanzerten Wächtern dieses unterirdischen Stroms, die offenbar alle darauf aus waren, meinem Vorankommen in ihrem Reich ein sofortiges Ende zu setzen. Sie begannen nun eine Reihe von wütenden Versuchen, sich mit ihren riesigen Klauen an den Seiten meines Bootes festzuhalten, aber zum Glück machte die polierte Oberfläche dies für sie unmöglich.

Bis zu diesem Moment hatte Bulger keinen Muskel bewegt oder einen Laut von sich gegeben, aber jetzt verriet mir ein scharfes Knurren von ihm, dass an seinem Ende des Bootes etwas Ernstes passiert war. Es war in der Tat ernst, denn mehrere der größten der wilden Krebse hatten das Ruder gepackt und rissen es hin und her, als ob sie es abreißen wollten. Jeder Versuch verursachte natürlich einen Ruck an den Pinnenseilen, die Bulger zwischen den Zähnen hielt; aber er hielt sich fest und widerstand ihren wütenden Bemühungen, so gut er konnte, und es gelang ihm, das Ruder vorerst zu retten.

Plötzlich prallte unsere zerbrechliche Barke gegen eine Art Hindernis und kam zum Stillstand. Als ich in die Dunkelheit spähte, sah ich zu meinem Entsetzen, dass der schlaue Feind den Fluss mit Ketten überspannt hatte, die aus lebenden Gliedern bestanden, indem jeder die Klaue seines

Nachbarn ergriff, wobei die so gebildete Kette durch die Verflechtung ihrer doppelten Reihen kleiner Hakenglieder fast so stark wie Stahl gemacht wurde.

Unser Vormarsch war nicht nur blockiert, sondern der Tod, ein schrecklicher Tod, schien uns ins Gesicht zu starren; denn welche Hoffnung auf Entkommen könnte es geben, wenn Bulger und ich ins Wasser springen würden, das jetzt von diesen schnell schwimmenden Kreaturen belebt war, die ihre riesigen Klauen herumwirbelten, um einen Weg zu finden, uns zu erreichen. An der tapferen Art, mit der Bulger das wild schwingende Ruder hielt, sah ich, dass er entschlossen war, sich nicht zu ergeben. Aber ach, Tapferkeit ist nur eine jämmerliche Sache für zwei, die mit tausend kämpfen! Und doch hatte ich nicht den Kopf verloren - das darf man nicht glauben. Gewiß, ich war schwer in Bedrängnis; der Staub der Waage, wenn er auf ihrer Seite dicker wäre, könnte meine Waage gegen den Balken schlagen lassen.

Ich hatte beide Riemen ins Boot gezogen, indem ich hinüberreichte und die daran befestigten Krallen abschlug, und hatte bis zu diesem Augenblick jedes der wilden Geschöpfe zurückgetrieben, dem es gelungen war, eine seiner Krallen über den Rand des Bootes zu werfen; aber jetzt fühlte ich zu meinem Entsetzen, dass unser kleines Boot langsam aber sicher mit dem Heck voran gegen das Ufer gezogen wurde. Um dies zu erreichen, hatten die Krebse eine Leine ausgeworfen, die aus ihren zusammengehaltenen Körpern bestand, und diese am Ruder befestigt. Es durfte kein Augenblick verloren gehen!

Einmal am Ufer angekommen, würden uns die wilden Kreaturen zu Zehntausenden umschwärmen, uns hinunterziehen, zu Tode kneifen und in Stücke reißen!

Ein Gedanke blitzte in mir auf - es war dieser: Es ist töricht, zu versuchen, diesen zahllosen Schwärmen von Krustentieren mit einem Paar schwacher Hände zu widerstehen, auch wenn sie von Bulgers scharfen und willigen Zäh-

THE BATTLE FOR LIFE WITH THE WHITE CRABS.

Figure 23: Der Kampf ums Leben mit den weißen Krabben

nen unterstützt werden. Wir würden nach einem kurzen Kampf untergehen, wie der tapfere Mann in der Kanalisation unterging, als die ausgehungerten Ratten von allen Seiten auf ihn einstürmten, oder wie der verirrte Büffel untergeht, wenn die Meute der gefräßigen Wölfe ihren Kreis um ihn schließt. Wenn ich mein Leben retten will, muss ich einen Schlag ausführen, der jeden dieser kleinen, aber wilden Feinde im gleichen Augenblick trifft und sie so lähmt oder zumindest verwirrt, bis mir die Flucht gelingt!

Schnell zog ich meine beiden Pistolen, hielt ihre Mündungen dicht an das Wasser und feuerte sie im selben Augenblick ab. Die Wirkung war gewaltig. Wie ein furchtbarer Donnerschlag schallte es durch die weiten und stillen Räume, bis es schien, als ob das große gewölbte Felsendach durch eine entsetzliche Naturgewalt mit Getöse und Gepolter auf das schwarze, träge Wasser herabgestürzt wäre! Als sich der Rauch verzogen hatte, bot sich meinem Blick ein seltsamer, aber willkommener Anblick. Zehntausende der riesigen Krebse trieben leblos auf der Oberfläche des Flusses, ihre Panzer waren durch die Erschütterung über die gesamte Länge ihres Körpers gespalten.

Es erwies sich als ein meisterhafter Schlag meinerseits, und, liebe Freunde, ihr werdet mir glauben, wenn ich euch sage, dass ich einen tiefen Atemzug tat, als ich meine silbernen Riemen gegen die Riemenzapfen setzte und, nachdem ich mein Boot von den Schwärmen der betäubten Krebse befreit hatte, um mein Leben ruderte!

Das liebe Leben! Ah, ja, das liebe Leben, denn wessen Leben ist ihm nicht lieb, auch wenn es manchmal dunkel und düster ist? Gibt es nicht immer etwas oder jemanden, für den man lebt? Gibt es nicht immer einen Hoffnungsschimmer, dass die Sonne morgen heller aufgehen wird als heute Morgen? Jedenfalls wiederholte ich, dass ich um mein Leben ruderte, während Bulger die Pinnenseile hielt und unsere gebrechliche Barke aus polierter Muschel in der Mitte des Stroms hielt.

Ob die Luft tatsächlich kälter war, oder ob es nur die natürliche Kälte war, die das menschliche Herz so oft trifft, nachdem es abwechselnd mit Hoffnung und Angst geschlagen und gepocht hat, konnte ich damals nicht sagen; aber so viel wusste ich, dass ich plötzlich unter der Kälte litt.

Zum ersten Mal seit meinem Abstieg in die Welt innerhalb einer Welt stach mir die Luft in die Fingerspitzen; diese weiche, balsamische, junihafte Atmosphäre war verschwunden, und ich beeilte mich, meinen pelzbesetzten Obermantel anzuziehen, von dem ich in letzter Zeit nicht viel Gebrauch gemacht hatte.

In diesem Moment schlug eines meiner Ruder gegen eine harte Substanz, die im Wasser schwamm. Ich streckte meine Hand aus, um es zu ertasten. Zu meiner großen Überraschung stellte sich heraus, dass es ein Eisklumpen war, und sehr bald trieb ein weiterer und noch einer an uns vorbei.

Wir kamen ganz sicher in eine Region, in der es kalt genug war, um Eis zu bilden. Ich bedauerte dies nicht; denn, um die Wahrheit zu sagen, Bulger und ich begannen beide die Auswirkungen unseres langen Aufenthalts in den felsigen Kammern dieser Unterwelt zu spüren, deren Atmosphäre zwar weich und warm war, der aber die Spannkraft der freien Luft fehlte.

Die Eishöhlen würden eine völlige Abwechslung sein, und die kalte Luft würde zweifellos unser Blut in den Adern kribbeln lassen, als ob wir in einer Winternacht in der Oberwelt unterwegs wären, wenn die Sterne über unseren Köpfen funkeln und die Schneekristalle unter unseren Kufen knirschen.

Bald schon begannen riesige Eiszapfen das Felsendach zu zieren, das den Fluss überspannte, und die Wellen und Eissäulen, die am Ufer schwach zu sehen waren, schienen wie stumme Wächter dazustehen und unser Boot zu beobachten, wie es sich durch den immer enger werdenden Kanal schlängelte. Und jetzt erreichte uns auch ein schwacher

Lichtschein, von woher auch immer, so dass ich, wenn ich meine Augen anstrengte, sehen konnte, dass der Fluss einen Bogen gemacht hatte und in eine riesige Höhle mit einem Dach und Wänden aus Eis eintrat, die in fantastische Tiefen und Nischen und Konsolen und Gesimse gemeißelt waren, mit hier und da so phantastischen Formen, dass es mir schien, als hätte ich eine riesige Halle mit Statuen betreten, in der Helden und Krieger, Nymphen und Jungfrauen, Hirten und Vogelfänger diese Ablagen und Nischen in prachtvoller Aufmachung füllten. Ein weiteres Vorankommen auf dem Wasserweg war unmöglich, denn die Eisblöcke, die wie eine Scholle zusammengewachsen waren, schlossen den Fluss vollständig. Ich beschloss daher, eine Landung zu machen, mein Boot ans Ufer zu ziehen und meine Reise zu Fuß fortzusetzen.

Das geheimnisvolle Licht, das bis zu diesem Augenblick seinen fahlen Schimmer wie eine arktische Nacht auf die Dächer und Eiswände dieser stillen Kammern geworfen hatte, begann sich nun zu verstärken, so dass Bulger und ich keine Schwierigkeiten hatten, unseren Weg entlang des Ufers zu finden. In der Tat überquerten wir den Fluss selbst immer wieder, wenn uns die Laune packte, denn er schlängelte sich nun vor uns weiter, wie ein breites Band aus Eis durch Höhlen und Gänge.

Plötzlich blieb ich stehen und stand so regungslos da wie die phantastischen Formen des Eises, die mich umgaben. Was konnte das bedeuten?

Waren meine Augen durch meinen langen Aufenthalt in der Welt in der Welt geschwächt und spielten mir grausame Streiche? Sicherlich kann es keinen Fehler geben! flüsterte ich mir zu. Das Licht dort drüben, das seinen herrlichen Glanz auf diese Spitzen und Zinnen, diese Säulen und Türme aus Eis wirft, ist die Sonne der oberen Welt! Kann es sein, dass meine wunderbare unterirdische Reise zu Ende ist, dass ich wieder an der Schwelle der oberen Welt stehe?

Auch Bulger erkennt diese Flut von Sonnenschein und

bricht in ein freudiges Bellen aus, um nach unserer langen Reise durch die dunklen und stillen Gänge der Welt in der Welt der Erste zu sein, der ihre sanfte Wärme spürt.

Aber ich traue meinen Augen nicht, und aus Angst, er könnte in einen Hinterhalt geraten oder einen schrecklichen Unfall erleiden, rufe ich ihn zu mir zurück.

Gemeinsam eilen wir so schnell wie möglich weiter. Jetzt bemerke ich, dass wir uns dem Ende des riesigen Korridors nähern, durch den wir uns seit einiger Zeit bewegen, und dass wir an der Pforte einer mächtigen unterirdischen Region stehen, die von echtem Sonnenlicht erhellt wird. Sie erstreckt sich, so weit das Auge reicht, und das Dach, das diese riesige Unterwelt überspannt, ist so hoch, dass ich nicht sehen kann, ob es aus Eis ist oder nicht. Alles, was ich sehen kann, ist, dass durch eine seiner schrägen Seiten ein mächtiger Strom von Sonnenlicht strömt, der seinen Glanz mit unermüdlicher Hand auf die breiten Straßen, die breiten Terrassen, die steilen Brüstungen und die schrägen Ufer gießt, die diese Eiswelt abwechslungsreich machen. Kann es sein, dass die eine Seite dieses mächtigen Berges, den die Natur hier ausgehöhlt und wie ein Spitzdach über diese riesige unterirdische Region gesetzt hat, selbst ein gigantisches Fenster aus Eis ist, durch das das Sonnenlicht der Außenwelt auf diese großartige Weise wie ein stiller Katarakt des Lichts, wie eine Flut von Sonnenschein strömt? Nein, das konnte nicht sein; denn nun sah ich auf einen zweiten Blick, daß diese Lichtflut, die so durch die Seite des Berges strömte, wie ein mächtiges Strahlenbündel durch ihn hindurchkam und mit hundertfach gesteigerter Leuchtkraft auf die gegenüberliegenden Wände traf, in tausend Richtungen zurückprallte, die ganze Gegend mit ihrem Glanz überflutete und in dem weiten Anflug, wo ich sie zuerst bemerkt hatte, in schwachem und perlenartigem Schimmer verging.

Und so begriff ich, dass die Natur eine gigantische Linse, siebenhundert Meter oder mehr im Durchmesser, in die

schräge Seite dieses hohlen Berges gesetzt haben musste -
eine perfekte Linse aus reinstem Bergkristall, die in ihrem
geheimnisvollen Schoß das Sonnenlicht der äußeren Welt
sammelte und es - intensiv strahlend und blendend weiß -
in die düsteren Tiefen dieser Welt innerhalb einer Welt
warf, so dass, wenn die Sonne dort draußen aufging, sie
auch hier drinnen aufging, aber ebenso kalt wie schön wurde und keine Wärme, keine andere Freude als Licht in diese unterirdische Region brachte, die seit Tausenden von
Jahrhunderten in der kristallenen Umarmung von gefrorenen Seen und Bächen und Flüssen und Sturzbächen und
Wasserfällen eingeschlossen lag, die einst sprudelten und
flossen und kopfüber durch die schönen Länder der oberen
Welt rauschten, aber plötzlich in ihrem Lauf durch einen
Ausbruch mächtiger aufgestauter Kräfte gebremst wurden
und sich in diese eisigen Tiefen hinabstürzten, die zu ewi-
ger Ruhe und Stille verdammt waren, deren Kristalle in einem Schlaf gefangen waren, der niemals ein Erwachen
kennen würde, und die in ihren Träumen von diesem geheimnisvollen Sonnenlicht verspottet wurden, das mit dem
Lächeln und dem schönen, gewinnenden Blick des Realen
kam und doch so machtlos war, sie zu befreien, wie es einst
geschah, als der Frühling in der oberen Welt kam. All diese
Gedanken und noch viele andere gingen mir durch den
Kopf, als ich zu dieser mächtigen Linse in ihrer Fassung
aus noch mächtigerem Gestein hinaufblickte.

Und so tief beeindruckt war ich von dem Anblick einer so
großen Flut von Sonnenlicht, die durch dieses gigantische
Bullauge strömte, das die Natur in die felsige Seite des
hohlen Berggipfels gesetzt hatte, und die diese Unterwelt
erhellte, dass, je länger ich das wunderbare Schauspiel betrachtete, desto fester wurden meine Sinne davon gefangen genommen.

Die tiefe Stille, die köstlich reine Luft, die ständig wechselnden Farbtöne des Lichts, wenn die mächtigen Eissäulen
wie Prismen wirkten, füllten diese riesigen Kammern buch-

stäblich mit dem herrlichen Glanz des Regenbogens, verlieh dem auf mir ruhenden Zauber eine so überirdische Kraft, dass er mich dort hätte festhalten können, bis meine Glieder zu Eiskristallen erstarrt wären und meine Augen mit gefrorenem Blick hinausgeschaut hätten, wenn nicht der stets wachsame Bulger einen sanften Ruck am Rock meines Mantels gegeben und mich aus meiner fesselnden Meditation geweckt hätte.

Kapitel XXII

Der Eispalast im goldenen Sonnenlicht, und was ich mir darin vorstellte. – Wie wir von ein paar seltsam gekleideten Wächtern aufgehalten wurden. – Die Koltykwerps. – Seine frigide Majestät König Gelidus. – Weiteres über den Eispalast, zusammen mit einer Beschreibung des Thronsaals. – Unser Empfang durch den König und seine Tochter Schneeblume. – Kurze Erwähnung von Bullibrain, oder Lord Heißkopf.

Kaum war ich hundert Meter über das Portal hinausgekommen, an dem ich angehalten hatte, als ich zufällig meine Augen nach der anderen Seite wandte, bot sich mir ein Anblick, der mir einen Schauer der Verwunderung und des Entzückens über den Rücken jagte. Auf der höchsten Terrasse stand ein Eispalast, dessen schlanke Minarette, hoch aufragende Türme, abgerundete Türmchen, die geräumige Plattform und die breiten Treppenstufen im Sonnenlicht glitzerten, als wären sie mit Edelsteinen besetzt.

Es war ein Anblick, der das gleichgültigste Herz rührte, ganz zu schweigen von einem, das so voller Eifer und Lebendigkeit war wie das meine. Aber ach, liebe Freunde, selbst wenn es mir gelingen sollte, in eurem Geiste auch nur eine schwache Vorstellung von der Schönheit dieses

Eispalastes zu erwecken, so wie das Sonnenlicht in diesem
Augenblick voll auf ihn fiel, wie kann ich jemals hoffen,
euch eine Vorstellung von der überirdischen Schönheit dieses Eispalastes und seiner herrlichen Umgebung zu geben,
wenn der Mond zu späterer Stunde in der äußeren Welt
aufging und sein fahles, geheimnisvolles Licht durch die
mächtige Linse in der Bergwand einfiel und mit himmli-
schem Schimmer auf diese Wände aus Eis fiel?

Aber der eine Gedanke, der mich jetzt bedrückte, war:
Kann diese wunderbare Behausung ohne einen Bewohner
sein, ohne eine lebende Seele in ihren wunderbaren Hallen
und Kammern? Oder können seine Bewohner, von der erbarmungslosen Kälte eingeholt, nicht mit weit aufgerissenen Augen und eisigem Blick, starr wie Marmor, in Stühlen
aus Eis sitzen, weißes, gefrostetes Haar an eisige Kissen
gepresst und die Hände steif um Kristallbecher gelegt, die
mit gefrorenem Wein von topasfarbener Farbe gefüllt sind,
während die Finger des Harfenspielers sich verkrampft an
die Drähte klammern, steif wie die Drähte selbst, und die
letzten Töne der Stimme des Sängers in gefiederten Kristallen aus gefrorenem Atem weiß zu seinen Füßen liegen?

Komme, was wolle, ich beschloss, den kristallenen Türklop-
fer, der an der Außentür dieses Eispalastes hing, aufzuhe-
ben und den Burgherrn zu wecken, wenn sein Schlummer
nicht der des Todes war. In wenigen Augenblicken hatte ich
den ebenen Raum zwischen mir und der ersten Terrasse
überquert, die ich erklimmen musste, um die zweite und
dann die dritte zu erreichen, auf der der Eispalast stand.

Stellen Sie sich vor, wie überrascht ich war, als ich mich
nun am Fuße einer herrlichen Treppe befand, die von Meis-
terhand in das Eis gehauen worden war und zur oberen
Terrasse führte.

Ich sprang leichtfüßig diese Treppe hinauf, Bulger dicht
auf den Fersen, und plötzlich erblickte ich zwei der merk-
würdigsten menschlichen Wesen, die ich auf all meinen
Reisen je gesehen hatte. Sie sahen um alles in der Welt aus

wie zwei große, lebendige Schneebälle, denn sie waren von oben bis unten in Gewänder aus schneeweißem Vlies gekleidet, und ihre Schädelkappen waren ebenfalls aus weißem Fell, so dass nur ihre Gesichter zu sehen waren. In der rechten Hand trug jeder von ihnen eine sehr hübsch geformte Feuersteinaxt, die auf einem Schaft aus poliertem Knochen montiert war.

Als sie auf mich zuschritten und ihre Äxte über meinem Kopf schwangen, und zwar viel zu nahe an meinem Kopf, als dass es besonders angenehm gewesen wäre, rief einer von ihnen

„Halt, Herr! Wenn nicht seine frigide Majestät Gelidus, der König der Koltykwerps, dein Kommen erwartet, werden seine Wachen auf ein Signal von uns ein paar tausend Tonnen Eis auf dich herabrollen, wenn du es wagst, noch einen Schritt weiterzugehen. Darum bleibe stehen und sage uns, wer du bist und ob du erwartet wirst."

„Meine Herren", sagte ich, „lasst freundlicherweise Eure Äxte sinken, und ich werde Euch überzeugen, dass seine frigide Majestät in mir nichts zu befürchten hat, denn ich bin kein anderer als der sehr kleine, aber sehr edle und sehr berühmte Sebastian von Troomp, allgemein bekannt als 'Kleiner Baron Trump'."

„Ich habe in meinem ganzen Leben noch nie von Ihnen gehört", sagten die beiden Wachen wie mit einer Stimme.

„Aber ich habe von Ihnen gehört, meine Herren", fuhr ich fort - denn jetzt erinnerte ich mich daran, was der gelehrte Don Fum über das gefrorene Land der Koltykwerps oder Kaltkörper gesagt hatte - „und als Beweis meiner friedlichen Absicht biete ich Ihnen nun wie ein wahrer Ritter meine Hand an und bitte Sie, mich in die Gegenwart seiner eisigen Majestät zu führen."

Kaum hatte der neben mir stehende Wächter seinen Handschuh ausgezogen und meine Hand ergriffen, ließ er sie mit einem Schreckensschrei wieder los.

„Pfui! Mann, brennst du? Deine Hand hat mich verbrannt wie die Flamme einer Lampe!"

„Aber nein, mein Freund", sagte ich leise, „das ist meine normale Temperatur."

„Und Dein Gefährte?"

„Hat sogar ein wärmeres Herz als ich", war meine Antwort.

„Nun, wir geben dir unser Wort, kleiner Baron", rief einer der Wächter kichernd, „für dich wird es keinen Platz geben, außer in der Fleischkammer. Vielleicht kann dich seine frigide Majestät, nachdem du eine Woche oder so abgekühlt worden bist, herumführen!"

Das war keine sehr freudige Aussicht, denn ich hatte keine besondere Lust, für eine Woche oder so im königlichen Eiskasten zu liegen. Jedenfalls blieb mir nichts anderes übrig, als darauf zu bestehen, sofort in die Gegenwart des Königs der Koltykwerps geführt zu werden, und mich an seine Entscheidung zu halten.

Einer der Wächter grüßte mich, indem er mir in echtem Militärstil seine Streitaxt präsentierte, drehte sich um und begann, die große Treppe hinaufzusteigen, um seiner frigiden Majestät meine Ankunft zu verkünden, während der andere mir mitteilte, dass er mich bis zur Pforte führen würde.

Ich war erstaunt über die Schönheit der drei Treppen, die zum Eispalast hinaufführten. Massive Balustraden mit seltsam geschnitzten Balustern, die von hoch aufragenden Sockeln ausgingen, gekrönt von wunderschönen Lampen, alles, ich sage alles, bis hin zu den kristallklaren Seiten der Lampen selbst, war aus Eisblöcken gefertigt. Es erwies sich als ein guter Aufstieg zur Spitze der dritten Terrasse, und ich war nicht verlegen, als der Wächter feierlich seine Streitaxt aus Feuerstein senkte, um mich zum Stillstand zu bringen.

Die Sonne in der oberen Welt näherte sich zweifellos dem Horizont, denn plötzlich senkte sich ein tiefes und schönes Zwielicht über das eisige Herrschaftsgebiet von König Gelidus, und zu meiner Überraschung und Freude strömte durch die großen Platten aus kristallklarem Eis, die als Fenster zum Palast dienten, ein sanfter Glanz, als würden in den Kammern und Galerien drinnen tausend Wachskerzen brennen. Es war ein Anblick, der die Augen eines jeden Sterblichen erfreute; aber wenn ich schon von der Schönheit seines Äußeren verzaubert war, wie soll ich Ihnen, liebe Freunde, von der seltsamen Pracht des Inneren von Gelidus' Eispalast erzählen, wie sie über mich hereinbrach, als ich seine Schwelle überschritten hatte?

Flur führte in Flur, Kammer öffnete sich in Kammer, durch anmutig gewölbte Portale und gewundene Treppen stiegen zu den oberen Räumen, während von hohen Decken hängend oder auf anmutigen Sockeln ruhend, tausend Alabasterlampen Licht und Duft über dieses herrliche Heim seiner eisigen Majestät Gelidus, König der Koltykwerps, verteilten. Lange Reihen von Gefolgsleuten, alle in schneeweißem Pelz, säumten den breiten Korridor, als die Wachen Bulger und mich in den Palast geleiteten und sich schweigend verbeugten, als wir vorbeigingen.

Zu meinem mehr als großen Erstaunen sah ich, dass die inneren Räume äußerst prächtig eingerichtet waren, Stühle und Diwane waren hier und da verstreut, alle mit prächtigen Fellen aus weißem Pelz bedeckt, und auch der Boden war damit ausgelegt, und als der sanfte Schein der Alabasterlampen auf diese prächtigen Felle fiel und zehntausend Juwelen in die Wände und Decken aus Eis setzte, war ich bereit zuzugeben, dass ich nie etwas halb so Schönes gesehen hatte. Und doch befand ich mich immer noch außerhalb des Thronsaals seiner frigiden Majestät!

Endlich kamen wir an das Ende eines breiten Ganges, der vom Rest des Palastes durch eine Wand abgeschnitten schien, die dicht mit Reihen großer Diamanten besetzt war, jeder so groß wie ein Gänseei, die von der Decke bis zum Boden reichten und den Schimmer der Lampen mit einer solchen Flut kristallinen Glanzes zurückwarfen, dass mir unwillkürlich die Augen zufielen.

Stellen Sie sich mein Erstaunen vor, als die beiden Wachen diese Wand aus Juwelen, wie ich sie betrachtete, ergriffen und sie nach rechts und links zogen, bis für mich Platz war. Was ich für eine Juwelenwand gehalten hatte, war nur ein Vorhang aus runden Eisstücken, die an Schnüren aufgereiht waren und wie ein Schauer von Diamanten vor mir hingen, während sie im Licht der Lampen auf beiden Seiten glitzerten.

Ich stand nun im Thronsaal seiner eisigen Majestät, des Königs der Koltykwerps. Jetzt erkannte ich, dass das, was ich anderswo in seinem Eispalast gesehen hatte, in Wirklichkeit nur eine Kostprobe seiner Pracht war, denn hier brach die Pracht des Schlosses von König Gelidus in ihrer ganzen Stärke über mich herein. Man stelle sich ein großes, rundes Gemach vor, beleuchtet von den sanften Flammen duftenden Öls, die aus hundert Alabasterlampen strömen, die Wände mit breiten, mit schneeweißen Fellen bedeckten Diwans, die Böden dicht mit denselben prächtigen Teppichen belegt, während auf der einen Seite, im Schimmer der hundert massiven Lampen, der eisige Thron des Königs der Koltykwerps steht, mit schneeweißen Fellen geschmückt, und er darauf, mit Schneeblume, seiner schönen Tochter, zu seinen Füßen sitzend, und um ihn herum, gruppenweise, hundert Koltykwerps, der König, die Prinzessin und die Höflinge, alle in Felle gekleidet, die weißer sind als der getriebene Schnee, und Sie, liebe Freunde, werden eine schwache Vorstellung von der Pracht der Szene haben, die über mich hereinbrach, als die beiden Wachen die Stränge der Eisjuwelen am Ende des Ganges im Eispalast beiseite zogen!

Wie alle seine Untertanen schaute König Gelidus durch das runde Fenster seiner Pelzhaube hinaus, so wie es ein großer, gutmütiger Junge durch seine Schlittschuh-Mütze tut.

Die Koltykwerps waren nicht viel größer als ich, aber sehr stämmig gebaut, so dass sie, wenn sie durch ihre dicken

Pelzanzüge verbreitert wurden, zuweilen wirklich das Aussehen von lebendigen Schneebällen annahmen. Es würde den Fingern der geschicktesten Hand schwerfallen, Gesichter zu zeichnen, die mehr Freundlichkeit und Gutmütigkeit ausstrahlen als die der Koltykwerps. Ihre kleinen, ehrlichen grauen Augen funkelten mit einem knochenfarbenen Glitzern, und ihr Lächeln war so breit, dass man es nur halb durch die runden Löcher ihrer Fellhauben sehen konnte. Ich war von Anfang an begeistert von ihnen, und das umso mehr, als ich König Gelidus mit heiterer Stimme ausrufen hörte: „Ein recht knackiges und kaltes Willkommen an unserem eisigen Hof, kleiner Baron; aber nach dem, was unsere Leute uns erzählen, trägst du ein Paar Hände, die so heiß sind, dass wir dich bitten, ein paar Tage zu nehmen, um sich abzukühlen, bevor du mit den Händen einen der Koltykwerps berührst, und wir bitten dich auch, vorsichtig zu sein und dich nicht gegen eine unserer reich geschnitzten Tafeln zu lehnen, oder eines unserer hochpolierten Geländer hinunterzurutschen, oder die Stränge unserer Juwelen anzufassen, oder dich für längere Zeit auf die vorderen Stufen unseres Palastes zu setzen. Und die gleiche Bitte richten wir an deinen vierfüßigen Gefährten, von dem man sagt, dass er sogar ein wärmeres Gemüt hat als du."

Ich verbeugte mich und küsste seiner frigiden Majestät die Hand und versicherte ihm, dass ich mich bemühen würde, meine Temperatur so schnell wie möglich zu senken, und dass ich in der Zwischenzeit äußerst vorsichtig sein würde, mit keiner der kunstvollen Schnitzereien seines Eispalastes in Berührung zu kommen.

Als ich diese Worte aussprach, begann die ganze Gesellschaft in die Hände zu klatschen; und als sie das taten, lief mir ein kalter Schauer über den Rücken, denn dieser Beifall hatte ein Geräusch, das dem Klappern trockener Knochen sehr ähnlich war, aber ich achtete gut darauf, dass König Gelidus meinen Schreck nicht bemerkte.

Seine frigide Majestät stellte mir nun seine Tochter

Schneeblume vor, ein hübsches kleines Mädchen von etwa sechzehn Kristallwintern, mit Wangen rund wie Äpfel und so tief gewölbt wie die Furchen eines Kreuzbrötchens. Ihre Augen funkelten, als sie Bulger und mich betrachtete, und als sie sich an ihren frigiden Papa wandte, bat sie um Erlaubnis, die Spitze meines Daumens berühren zu dürfen, und als sie das tat, stieß sie einen kleinen Schrei aus und begann auf ihren winzigen Finger zu pusten, als hätte ich ihn mit Blasen versehen.

König Gelidus stellte mich auch einigen seiner Hoflieblinge vor, alles Männer mit dem kältesten Blut im ganzen Land. Ihre Namen waren Jellikin, Phrostyphiz, Icikul und Glacierbhoy. Sie waren alle furchtbar langsame Denker, wenn man sie zu irgendeinem Thema befragte.

Es dauerte nicht lange, bis ich das herausfand. In der Tat baten sie mich, weniger warmherzig zu sein und keine Fragen zu stellen, da sie immer fanden, dass tiefes Nachdenken ihre Temperatur ansteigen ließ.

Dies war, um ehrlich zu sein, sehr ärgerlich für mich; denn ihr wisst, liebe Freunde, was für ein Unruhestifter mein Geist ist, niemals schlafend, immer in einem Flattern wie der Kompass eines Seemanns, der in diese und jene Richtung zeigt, auf der Suche nach dem Polarstern der Weisheit.

Nachdem ich seiner frigiden Majestät, König Gelidus, mein Anliegen vorgetragen hatte, befahl er einem seiner treuen Diener, mich in die dreifach ummauerte Eiskammer eines gewissen Koltykwerp namens Bullibrain zu führen, was wörtlich „kochendes Gehirn" bedeutet, ein Mann, der mit einem heißen Kopf und folglich mit einem sehr aktiven Gehirn geboren worden war. Fünfzig Jahre lang hatte König Gelidus sein Bestes getan, um dieses Subjekt zu kühlen, aber ohne Erfolg. Da ich gerade vor Ungeduld platzte, um eine ganze Reihe von Fragen über die Koltykwerps zu stellen, können Sie sich vorstellen, wie erfreut ich war, die Bekanntschaft von Bullibrain oder Lord Hitzkopf, wie er bei den Koltykwerps genannt wurde, zu machen; aber, liebe Freunde, Sie müssen mich entschuldigen, wenn ich dies zum Ende eines Kapitels mache und hier eine kurze Pause einlege.

Kapitel XXIII

Lord Hitzkopf wieder, und diesmal eine ausführlichere Schilderung von ihm. – Seine wundersamen Erzählungen über die Koltykwerps: Woher sie kamen, wer sie waren und wie sie es schafften, in dieser Welt des ewigen Frosts zu leben. – Die vielen Fragen, die ich ihm stellte, und seine vollständigen Antworten.

Lord Bullibrain durfte nie einen Fuß in den Eispalast setzen. König Gelidus, gestützt auf die Meinung seiner Günstlinge, schwelgte noch immer in dem Glauben, dass er ihn am Ende doch noch würde kühlen können. Gewiss, er hatte viele Jahre an der Aufgabe gearbeitet, so dass es nun zu einer Art Hobby von ihm geworden war, und fast täglich stattete seine frigide Majestät seinem hitzköpfigen Untertan einen Besuch ab und testete seine Temperatur, indem er eine kleine Eiskugel gegen seine Schläfen drückte. Für König Gelidus war ein Mann mit einer so hohen Temperatur eine ständige Bedrohung für den Frieden und die Ruhe seines Königreichs. Was wäre, wenn Lord Hitzkopf in einem Traum eines Nachts hinauswanderte und mit dem Rücken gegen eine der Wände des Eispalastes einschlief? Könnte er nicht so viel davon wegschmelzen, dass das ganze prächtige Gebilde in Schutt und Matsch zerfiele? Es war schrecklich, daran zu denken, wenn er daran dachte, und er dachte oft daran.

Aber Bullibrain hatte keine Angst vor mir und auch nicht vor Bulger; in der Tat war Bulger hocherfreut, von einer

warmen Hand gestreichelt zu werden, und er und Bullibrain und ich wurden bald die allerbesten Freunde; aber
seine frigide Majestät war so erschrocken, als er von dieser
Freundschaft hörte, dass er von einem ziemlichen Wärme-
krampf ergriffen wurde, denn, so dachte er, die vereinte
Hitze dreier heißer Köpfe könnte dem Wohlergehen seines
Volkes schrecklichen Schaden zufügen. So erließ er die käl-
teste Art eines Dekrets, das auf eine Eistafel geritzt war,
dass Bullibrain und ich an keinem Tag mehr als eine halbe
Stunde zusammen verbringen sollten; dass wir niemals
Handfläche an Hand berühren, im selben Zimmer schlafen,
aus derselben Schüssel essen oder auf demselben Diwan
sitzen sollten.

Diese Vorschriften waren lästig, aber ich befolgte sie aufs
Genaueste; und als König Gelidus sah, wie sehr ich darauf
achtete, seinem Dekret striktesten Gehorsam zu leisten,
empfand er eine echte Zuneigung zu mir und schickte mehrere prächtige Felle in das Eishaus, das Bulger und mir zu-
gewiesen worden war, denn es wäre natürlich nicht sicher
für uns gewesen, im Palast selbst zu wohnen, aber seine
frigide Majestät stellte die schmeichelhafte Perspektive in
Aussicht, dass in dem Augenblick, in dem Bulger und ich
richtig gekühlt würden, uns Wohnungen im Palast zugewie-
sen würden, und dass ich sogar an der königlichen Tafel essen dürfe.

Wer sind die Koltykwerps? Woher kommt dieses seltsame
Volk? Wie haben sie jemals den Weg in diese Welt des ewigen Frosts gefunden? Und vor allem, woher bekommen sie
ihre Nahrung und Kleidung? Dies waren einige der Fragen,
auf deren Beantwortung ich so ungeduldig brannte, dass
sich meine Temperatur um ein ganzes Grad erhöhte und
ich gezwungen war, mit nur einem einzigen Pelz zwischen
mir und meinem Diwan aus kristallinem Eis zu schlafen.

Für einen Mann, der in einem so kalten Land wie dem Land
der Koltykwerps geboren und aufgewachsen war, hatte Bullibrain einen extrem schnellen und aktiven Verstand. We-

gen seines schnellen Herzschlags und der daraus resultie-
renden hohen Körpertemperatur war er nicht in der Lage,
auf Eisplatten zu schreiben, wie es andere gelehrte Koltykwerps getan hatten, denn es wäre nicht angenehm für
ihn gewesen, ein Gedicht, das er gerade beendet hatte,
buchstäblich in seinen Händen schmelzen zu sehen, ohne
auch nur einen Tintenfleck zurückzulassen, so dass er mit
der Erlaubnis von König Gelidus gezwungen war, auf dünnen Alabastertafeln zu schreiben.

Bevor er anfing, mir von den Vorfahren der Koltykwerps zu
erzählen, zeigte er mir eine Karte des Landes in der Oberwelt, das sie einst bewohnt hatten, und zeichnete mir den
Kurs nach, den sie beim Verlassen dieses Landes eingeschlagen hatten, und beschrieb die schönen Ufer, an denen
sie auf der Suche nach einer neuen Heimat gelandet waren. Ich sah auf einen Blick, dass es Grönland war, das Bullibrain so unbewusst beschrieb; Und da ich wusste, dass
Grönland in vergangenen Zeiten ein Land mit blauem Himmel, warmen Winden, grünen Wiesen und fruchtbaren Tä-
lern gewesen war, bevor die Eisberge aus dem Norden her-
abkamen und alles Leben vernichteten, lauschte ich mit
atemlosem Interesse seinen wundervollen Erzählungen
über die schönen Seen, die am Fuße der mit Weinreben be-
wachsenen Berge lagen und die Bullibrain nun in schönen,
von seinen Vorfahren geerbten Visionen betrachtete. Und
ich wusste auch, dass es der Arktische Ozean gewesen sein
musste, den die Schiffe der Koltykwerps überquert hatten,
die damals an den sonnigen Küsten Nordrusslands gelandet waren.

Aber auch die Eisberge konnten segeln, und sie folgten den
fliehenden Koltykwerps wie mächtige Ungeheuer und
stürzten sich mit furchtbarem Getöse und Gepolter auf die
friedlichen Ufer, die sie bald in eine Wildnis aus Eisbergen,
Gletschern und Schollen verwandelten.

Nur eine Handvoll Koltykwerps überlebte; und diese, die
sich in ihrer stummen Verzweiflung in die Klüfte und Höh-

len des Nordurals flüchteten, konnten von ihren Verstecken aus einen der seltsamsten Schauspiele betrachten, die jemals menschliche Augen erblickt hatten. So schnell war der Vormarsch dieser gewaltigen Eismassen, die gegen die Berghänge krachten und in ihrer Wut die Felsen zerrissen, dass die Luft ihre Wärme aufgab und die Sonne machtlos war, sie wieder zurückzugeben. Die wilden Tiere des Waldes und die Tiere des Feldes, die auf ihrer Flucht überholt wurden, gingen im Laufen zugrunde und standen starr und steif da, mit aufgeworfenen Köpfen und verknoteten Muskeln. Zu Tausenden und Zehntausenden wurden die zerquetschten Kristalle der verfolgenden Fluten wie Moos und Blätter in einem Gebirgsbach aufgefangen und in jede Höhle und Kaverne auf dem Weg gepackt, um breitere und höhere Portale in diese unterirdischen Kammern zu reißen, damit sie ihr Werk umso besser tun konnten!

„Und das, o Bullibrain, sind also eure Fleischgruben", rief ich, „aus denen ihr eure tägliche Nahrung bezieht?"

„So ist es, kleiner Baron", erwiderte der hitzköpfige Koltykwerp, „und nicht nur unsere Nahrung, sondern auch die Felle, die uns in dieser kalten, unterirdischen Welt so vortrefflich zur Kleidung dienen, und auch das Öl, das in unseren schönen Alabasterlampen brennt, neben hundert anderen Dingen, wie Knochen für Schenkel und Griffe, Horn für Nadeln und Knöpfe und Essgeschirr, Wolle zum Weben unserer Unterkleider und prächtige Felle von Bären und Robben und Walrossen, die, auf unsere Bänke und Diwane aus Kristalleis gelegt, sie in Betten und Liegen verwandeln, um die uns sogar ein Bewohner deiner Welt beneiden könnte. "

„Aber, oh Bullibrain", rief ich, „habt ihr diese Vorräte nicht fast aufgebraucht? Wird euch nicht bald der Hungertod ins Gesicht starren in diesen tiefen und eisigen Höhlen der Unterwelt, die zwar vom Sonnenlicht besucht, aber nicht von ihm erwärmt werden?"

„Nein, kleiner Baron", antwortete Bullibrain mit einem Lächeln, das fast so warm war wie das meinige, „lass dich von diesem Gedanken nicht beunruhigen, denn wir haben den Deckel dieses Eisbehälters der Natur noch kaum angehoben. Wir sind keineswegs große Esser", fuhr Lord Heißkopf fort, „denn es ist zwar wahr, dass wir keine trägen Leute sind, denn der Palast seiner eisigen Majestät und unsere Behausungen bedürfen ständiger Reparaturen, und neue Beile und Äxte müssen in den Feuersteinbrüchen herausgehauen und neue Lampen geschnitzt und neue Gewänder gewebt werden, aber es ist auch wahr, dass wir das Leben ziemlich leicht nehmen. Wir haben keine Feinde zu erschlagen, keine Streitigkeiten zu schlichten, kein Gold zu erkämpfen, kein Land, aus dem wir unsere Mitmenschen vertreiben und einzäunen müssen; wir können auch nicht krank sein, wenn wir es wollten, denn in dieser reinen, kalten, klaren Luft würde die Krankheit vergeblich versuchen, ihre Giftkeime auszusäen; daher brauchen wir keine Ärzte, wir haben auch keine Anwälte und keine Kaufleute, die uns verkaufen, was uns schon gehört. Seine frigide Majestät ist ein ausgezeichneter König. Ich habe nie von einem besseren gelesen. Ich bezweifle, dass es in der Oberwelt einen wie ihn gibt. Immer kühl im Kopf, kein Gedanke an Eroberung, keine Träume von Macht, keine Sehnsucht nach leerem Prunk und Spektakel kommen ihm in den Sinn. Seit dem Tag, an dem sein Vater starb und wir die große Koltykwerp-Krone aus Kristalleis auf seine kühle Stirn setzten, ist seine Temperatur nie mehr als ein halbes Grad gestiegen, und das war nur für eine kurze Stunde oder so, und wurde durch einen verrückten Vorschlag eines seiner Ratsherren verursacht, der behauptete, er habe eine explosive Verbindung entdeckt, so etwas wie das Schießpulver deiner Welt, denke ich, mit der er das herrliche Fenster aus Bergkristall in der Bergkuppel unserer Unterwelt zerbrechen und die warme Sonne hereinlassen könnte."

„Hat seine frigide Majestät Gelidus diesen kühnen Koltykwerp zu Tode gebracht?" fragte ich.

„Oh je, nein", antwortete Bullibrain; „er befahl nur, ihn so viele Stunden am Tag zu kühlen, bis alle seine fieberhaften Projekte zu Tode gekühlt waren; Denn zweifellos, kleiner Baron, weiß ein Mann mit deiner tiefen Gelehrsamkeit ganz genau, dass alle Krankheiten, unter denen deine Welt leidet, die Ausgeburten fiebriger Gehirne sind, von Gemütern, die durch die hohe Temperatur des Blutes, das durch die Zuflüsse zur Kuppel des Geistes galoppiert, ruhelos und visionär gemacht werden und wilde Träume und Visionen aufwirbeln, so wie deine Sonne den giftigen Dampf aus dem stagnierenden Teich hebt."

Je mehr ich Bullibrain zuhörte, desto mehr mochte ich ihn. Tatsache ist, dass ich es vorzog, in seiner engen Zelle mit ihren schlichten Wänden aus Eis, die von einer einzigen Alabasterlampe beleuchtet wurden, zu sitzen und mich mit ihm zu unterhalten, als im prächtigen Thronsaal seiner frigiden Majestät König Gelidus herumzulungern; Aber Bulger hatte entdeckt, dass die Felle des Diwans von Prinzessin Schneeblume viel dicker, weicher und wärmer waren als das einzige, das Lord Heißkopf zugestanden wurde, und deshalb zog er es vor, seine Zeit mit ihr zu verbringen; aber aus Angst, er könnte Unheil anrichten, wagte ich es nicht, ihn zu lange mit der Prinzessin allein zu lassen.

Kapitel XXIV

Einige wenige Dinge über die liebe
kleine Prinzessin Schneeblume –
Wie sie und ich schnell Freunde
wurden und wie sie Bulger und mich
eines Tages in ihre Lieblingsgrotte
führte, um den kleinen Mann mit dem
gefrorenen Lächeln zu sehen – Etwas
über ihn – Was dabei herauskam, als
ich ihn sah – Ziemlich ausführlich
beschrieben.

Zur Zeit von Bulgers und meiner Ankunft im Land der Koltykwerps war die Prinzessin Schneeblume etwa fünfzehn
Jahre alt, und ich muss sagen, dass ich selten das Glück gehabt hatte, die Bekanntschaft eines so gutmütigen, liebens-
werten kleinen Wesens zu machen. Sie huschte durch den
Eispalast wie ein Sonnenstrahl, und sie hatte nichts von einem verwöhnten Kind an sich, obwohl sie manchmal ein
bisschen schelmisch war.

Ihre Stimme war so voller Musik wie die einer Lerche, und
es dauerte nicht lange, bis sie und ich die besten Freunde
der Welt geworden waren.

Nun müsst ihr wissen, liebe Freunde, dass nach dem Gesetz der Koltykwerps eine Prinzessin ihren Ehemann völlig
frei wählen kann, und seine frigide Majestät war sehr darauf bedacht, dass Schneeblume sich ihren so schnell wie
möglich aussuchte. Außerdem gab ihr das Gesetz des Landes die vollkommene Freiheit, einen Ehemann von hohem

oder niedrigem Rang zu wählen, vorausgesetzt, er war jung genug. Die Art und Weise, in der eine Koltykwerp-Prinzessin ihre Vorliebe kundtun musste, bestand darin, dem jungen Mann, für den sie sich entschied, einen Kuss auf die Wange zu drücken. Das adelte ihn sofort, und er wurde zum Thronfolger des Eisthrons und hatte das Recht, auf dessen Stufen zu sitzen, bis er zum König gekrönt werden würde.

Nun war seine eisige Majestät hocherfreut, diese Freundschaft zwischen Schneeblume und mir entstehen zu sehen, denn er hoffte, meinen Einfluss zu nutzen, um sie dazu zu bringen, den notwendigen Kuss auf die Wange eines Jünglings zu setzen, bevor ich meine Abreise aus dem kalten Königreich der Koltykwerps antrat. Ich gab ihm das Wort eines Edelmannes, dass ich mein Bestes tun würde, um seine Wünsche zu erfüllen.

Mit Schneeblume als Führer machten Bulger und ich oft Spaziergänge durch die herrlichen Eisgrotten des Königreichs ihres Vaters und wählten Tage aus, an denen das Sonnenlicht der Außenwelt am stärksten durch die mächtige Linse in der Seite des Berges strömte. Dann nahmen diese Grotten eine Pracht an, die meine arme Feder nicht zu beschreiben vermag. Ihre kristallenen Labyrinthe glitzerten, als wären ihre Wände mit massiven, wunderbar geschliffenen und polierten Juwelen besetzt, und als wären ihre Decken mit Edelsteinen besetzt, die so unvergleichlich sind, dass alles Gold der oberen Welt bei weitem nicht ausreichen würde, um sie zu bezahlen. Hier, dort und überall hatte die Geschicklichkeit der Koltykwerps anmutige Treppenläufe, breite Podeste mit majestätischen Säulen und gewundene Korridore mit langen Reihen von Statuen, einzeln und in Gruppen, gemeißelt; und immer wieder kam der Besucher auf eine Terrasse, wo er, auf einem pelzbedeckten Diwan sitzend, auf die verwirrende Schönheit von König Gelidus' eisigen Herrschaftsgebieten blicken konnte, Bogen an Bogen und Kuppel an Kuppel, während über und

THE LITTLE MAN WITH THE FROZEN SMILE.

Figure 24: Der kleine Mann mit dem gefrorenen Lächeln

über, durch die gigantische Linse in ihrer Granitfassung, eine Meile über unseren Köpfen, eine Flut von herrlichem Sonnenlicht strömte und diese Welt in der Welt mit einem Glanz erhellte, der so großartig und vollständig war, dass es schien, als sei es eine Sonne von weitaus größerer Pracht als die, die die obere Welt erwärmte und sie in so viele prächtige Farben am Morgen und am Abend tauchte. Kaum ein Tag verging jetzt, an dem die Prinzessin der Koltykwerps nicht entweder Bulger oder mich mit irgendeinem Geschenk überraschte.

Um die Wahrheit zu sagen, liebe Freunde, obwohl mein russischer Mantel pelzbesetzt war, begann ich nach einer Woche Aufenthalt im eisigen Reich von König Gelidus das Bedürfnis nach wärmeren Kleidungsstücken zu verspüren, und ich glaube, Schneeblume muss mein Zähneklappern gehört haben, denn eines Morgens, als ich den Eispalast betrat, war ich hocherfreut, einen kompletten Pelzanzug überreicht zu bekommen, der genau dem ähnelte, den König Gelidus selbst trug.

Auch Bulger wurde von der liebevollen kleinen Prinzessin nicht vergessen, denn sie hatte ihm mit ihren eigenen Händen eine Decke aus der weichsten Wolle gestrickt, die sie ihm so eng um den Leib schnallte und so fest um den Hals band, dass er sich von nun an in der kühlen Luft des Hauses der Koltykwerps pudelwohl fühlte.

Eines Tages sagte die Prinzessin Schneeblume zu mir.

„Oh, komm, kleiner Baron, komm zu meiner Lieblingsgrotte, jetzt, wo die Sonnenstrahlen hell darin sind; dort sollst du ein Wunder erleben."

„Ein Wunder, Prinzessin Schneeblume?"

„Ja, kleiner Baron, ein Wunder", wiederholte sie: „den Kleinen Mann mit dem gefrorenen Lächeln."

„Kleiner Mann mit dem gefrorenen Lächeln?" Ich wiederholte.

„Komm und sieh, komm und sieh, kleiner Baron!", rief

Schneeblume und eilte voraus.

In wenigen Augenblicken hatten wir die Grotte erreicht und sprangen hinein, wobei die Prinzessin den Weg anführte.

Plötzlich blieb sie vor einem herrlichen Block aus kristallklarem Eis stehen, klar wie geschliffenes Glas, und rief aus

„Da, seht! Da ist der Kleine Mann mit dem gefrorenen Lächeln!"

Selbst jetzt, wenn ich an diesen Moment denke, fühle ich etwas von dem Kribbeln, halb Angst, halb Freude, als meine Augen auf das kleine Wesen fielen, das in diesem herrlichen Eisblock eingeschlossen war, selbst ein Teil davon, selbst sein Herz, sein Inhalt, sein Geheimnis. Dort, in seiner Mitte, in lockerer Haltung, mit weit aufgerissenen Augen und mit dem, was man ein Lächeln auf seinem Gesicht nennen könnte - das ist ein Schimmer von Freundlichkeit und Zuneigung in seinen seltsamen Augen mit den überhängenden Brauen - saß ein kleines Tier der Rasse der Schimpansen. Er hatte vielleicht geschlafen, als die eisige Flut ihn traf, und von schönen Bäumen geträumt, die sich unter purpurnen Früchten beugten, von einem wolkenlosen Himmel oben und einem Korallenstrand unten, und der Tod war so schnell zu ihm gekommen, dass er ein Bruder dieses Eisblocks geworden war, während der glückliche Traum noch in seinen Gedanken war. Es war wunderbar, es war mehr als wunderbar! Wie gebannt von dem seltsamen Schauspiel stand ich da, ich weiß nicht, wie lange, und schaute in seine Augen. Endlich weckte mich die Stimme von Schneeblume:

„Ha! ha!", lachte sie; „schau, kleiner Baron, Bulger versucht, seinen armen toten Bruder zu küssen."

In Wahrheit hatte Bulger seine Nase fest gegen den Eisblock gepresst, um das seltsame Tier zu riechen, das in dieser Kristallzelle eingesperrt war - so nah und doch so weit außerhalb der Reichweite seines scharfen Geruchs.

„Nun, kleiner Baron", rief Schneeblume, „habe ich nicht wahr gesprochen? Habe ich dir nicht den Kleinen Mann mit dem gefrorenen Lächeln gezeigt?"

„Ja, das hast du, schöne Prinzessin", war meine Antwort, „und ich kann dir nicht sagen, wie dankbar ich dir dafür bin."

Als sie mich dann am Ärmel zupfte, flehte ich: „Nein, liebe Schneeblume, noch nicht, noch nicht, lass mich noch ein bisschen warten. Der Kleine Mann mit dem gefrorenen Lächeln scheint mich zu bitten, nicht zu gehen. Ich kann mir fast vorstellen, dass ich ihn flüstern höre: 'O kleiner Baron, brich die kristallene Zelle meines Gefängnisses auf und nimm mich mit zurück in die Welt des Sonnenscheins, zurück in das Land des Orangenbaums, wo die sanften, warmen Winde mich in der Wiege der schwankenden Äste in den Schlaf wiegten, während der weise und wachsame Patriarch unserer Herde über uns alle wachte.'"

Schneeblumes große, runde, graue Augen füllten sich bei diesen Worten mit Tränen.

„Wäre er doch noch am Leben, kleiner Baron", murmelte sie, „und ich könnte ihm etwas von meinem Glück schenken, um ihn für all die langen Jahre zu entschädigen, die er in seinem eisigen Gefängnis verbracht hat."

In wenigen Augenblicken nahm mich Schneeblume bei der Hand und führte mich von dem großen Eisblock mit seinem stummen Gefangenen weg. Mein Herz war sehr schwer, und sowohl Schneeblume als auch Bulger taten ihr Möglichstes, um mich abzulenken, aber alles vergeblich.

Ich ließ die Prinzessin an der Pforte des Palastes zurück und ging in meine Wohnung, die vom sanften Schein der Alabasterlampen erhellt wurde, und dort fand ich einen schönen neuen Pelz auf meinem Diwan ausgebreitet, ein neues Geschenk von König Gelidus. Aber ich konnte mich nicht daran erfreuen. Meine Gedanken waren ganz bei dem Kleinen Mann mit dem gefrorenen Lächeln, der in der eisigen Umarmung dieser Kristallform gefangen war, die ihn in ihrer kalten Ironie so frei und ungebunden erscheinen ließ und ihn doch in einem so schraubstockartigen Griff hielt. Nach einer Weile entließ ich meine Diener und legte mich mit meinem lieben Bulger an meine Brust geschmiegt zur Nacht nieder. Aber ich konnte nicht schlafen. Die ganze Nacht hindurch verfolgten mich diese seltsamen Augen mit ihrem unheimlichen Glitzern, die mich stark, aber stumm anflehten, wieder zu kommen, mein Herz zu erweichen wie ein Kind des Sonnenscheins, das ich war, sein kristallenes Verlies zu zertrümmern und ihn freizulassen, ihn aus dem eisigen Reich der Koltykwerps hinauszutragen in die warme Luft der Oberwelt. Wovon träumte ich? War er nicht tot? Hatte sein Geist seinen Körper nicht schon vor Tausenden von Jahren verlassen? Warum sollte ich mich von solch wilden Gedanken quälen lassen? Was sollte mir das bringen? Nichts, überhaupt nichts. Ich war ein vernünftiges Geschöpf, ich durfte solchen dummen Ideen keinen Raum in meinem Gehirn geben.

Der Kleine Mann mit dem gefrorenen Lächeln war durch ein fast spielerisches Schicksal in ein schönes Grab gelegt worden. Ich darf es nicht stören. Zweifellos war er zu Lebzeiten das Haustier eines adligen Anwesens gewesen, das der Herr der mächtigen Argosy[12] aus sonnigen Gefilden ins

---

12 Die Argonautensage ist ein Themenkomplex der griechischen Mythologie und handelt von der Fahrt des Iason und seiner Begleiter nach Kolchis im Kaukasus, der Suche nach dem Goldenen Vlies und dessen Raub. Die Reisegefährten werden nach ihrem sagenhaft schnellen Schiff, der Argo, die Argonauten genannt. Bereits Homer nimmt Bezug auf den Argonautenmythos: In der Odyssee erzählt Kirke dem Odysseus, dass die Argo mit Heras Hilfe erfolgreich durch die Plankten – zwei im Meer treibende überhängende „Irrfelsen", gegen die eine starke Strömung brandet – gesegelt sei. Die Verwendung des Epithetons πᾶσι μέλουσα („allbekannt", „viel besungen") für die Argo zeigt, dass der Mythos bereits bei Abfassung der Odyssee weit verbreitet war. Umfassendere und geschlossene

Nordland gebracht hatte. Lasst ihn in Frieden ruhen. Ich darf es nicht wagen, die Schönheit seines kristallenen Grabes zu stören, das so herrlich durchsichtig ist!

*Figure 25: Argonauten an Bord der Argo, Wiedergabe Heck
in Form einer Triere.
Quelle: Ritzzeichnung auf der Wandung der Ficoroni-Cista,
um 400 v. Chr., Rom, Villa Giulia, Umzeichnung*

Es tat mir sogar leid, dass Schneeblume mich in ihre schöne Grotte geführt hatte, und ich beschloss, nicht mehr dorthin zu gehen.

Was sind wir doch für arme schwache Geschöpfe, so fruchtbar in guten Vorsätzen und doch so unfruchtbar in den Ergebnissen, die ganze Äcker mit schönen Versprechungen bepflanzen, aber wenn die zarten Triebe den Boden durchstoßen, der Ernte den Rücken kehren, als gehöre sie uns nicht!

Behandlungen des Stoffes werden Argonautika genannt. Die älteste in sich geschlossene Darstellung des Stoffes sind die vier Bücher der Argonautika des Apollonios von Rhodos aus dem 3. Jahrhundert v. Chr.

Kapitel XXV

Eine schlaflose Nacht für Bulger und
mich und was darauf folgte. –
Unterredung mit König Gelidus. –
Meine Bitte und seine Antwort. –
Was alles geschah, als ich erfuhr, dass
der König und seine Räte beschlossen
hatten, meiner Bitte nicht stattzugeben.
– Ungewöhnlicher Tumult unter den
Koltykwerps, und wie seine eisige
Majestät ihn stillte, und einige andere
Dinge.

Nicht nur, dass ich nicht schlafen konnte, ich hatte auch
den armen, lieben Bulger durch mein Hin- und Herwälzen
wachgehalten, so dass wir am Morgen beide ziemlich mit-
genommen aussahen. Ich fühlte mich, als hätte ich einen
Schwächeanfall hinter mir, und er zweifellos auch. Jedenfalls hatte ich keinen Appetit auf die schwere Fleischkost
der Koltykwerps, und da ich mein Frühstück verweigerte,
tat Bulger es auch.

Ich hatte Schneeblume versprochen, früh in den Palast zu
kommen, denn sie hatte eine Reihe von Fragen, die sie mir
über die Oberwelt stellen wollte.

„Guten Morgen, kleiner Baron", rief sie in ihrem süßesten
Ton, als ich den Thronsaal betrat. „Hast du letzte Nacht gut
geschlafen auf dem neuen Pelz, den Papa dir geschickt
hat?" Ich wollte gerade etwas erwidern, als Schneeblumes

Hand die meine berührte, denn wir hatten beide die Handschuhe ausgezogen, um uns die Hand zu geben, und sie stieß einen durchdringenden Schrei aus, zog sich zurück und blies ihren Atem auf ihre rechte Handfläche, während sie immer wieder ausrief

„Feuerbrand! Feuerbrand!"

In einem Augenblick kamen König Gelidus und eine Gruppe seiner Ratsherren heran, zogen ihre Handschuhe über und einer nach dem anderen legte seine Hand in meine.

„Glühende Kohlen!", rief seine frigide Majestät.

„Flammenzunge!" brüllte Phrostyphis.

„Kochendes Wasser!" stöhnte Glacierbhoy.

„Rotglühend!", zischte Icikul.

„Du musst den Palast sofort verlassen", flehte König Gelidus halb. „Es wäre schlichtweg Wahnsinn, wenn ich zuließe, dass ein solcher Brandstifter innerhalb der Mauern der königlichen Residenz verbleibt. Die große Hitze deines Körpers würde mit Sicherheit ein Loch in die Mauern schmelzen, noch bevor die Sonne untergeht."

Die königlichen Ratsherren zogen erneut ihre Handschuhe aus und legten die Hände auf den armen Bulger, als ein zweiter Alarm, noch wilder als der erste, ausgelöst wurde und wir eilig in unsere Unterkunft zurückgeführt wurden.

Zweifellos, liebe Freunde, werden Sie etwas verwirrt sein, wenn Sie diese Worte lesen, aber die Erklärung ist einfach: Infolge der Sorge und des Schlafmangels waren Bulger und ich in einem höchst fiebrigen Zustand aufgewacht, und den Koltykwerps schien es wirklich, als stünden wir fast in Flammen, aber unser Fieber verließ uns gegen Abend; als er das hörte, schickte König Gelidus nach uns und tat alles, was in seiner Macht stand, um uns mit Gesang und Tanz zu unterhalten, in beidem war Schneeblume sehr geschickt. Da ich sah, dass seine frigide Majestät in einer so rosigen Stimmung war, wenn ich so von einer Person sprechen darf, deren Gesicht fast so weiß war wie die Alabasterlampen über seinem Kopf, beschloss ich, ihn um Erlaubnis zu bitten, die eisige Zelle des Kleinen Mannes mit dem gefrorenen Lächeln zu spalten und, wenn möglich, anhand des Halsbandes, das anscheinend aus Gold- und Silbermünzen bestand und um seinen Hals geschlungen war, festzustellen, wem er gehörte und wo seine Heimat war.

Kaum hatte ich mein Anliegen vorgetragen, bemerkte ich, dass das weiße Gesicht des königlichen Gelidus von seinem Lächeln abließ und einen furchtbar eisigen Ausdruck annahm.

Mir war, als könnte ich durch die Spitze seiner Nase wie durch einen Eiszapfen schauen, und mir war auch, dass seine Ohren im Licht der Alabasterlampen wie Platten aus Kristalleis glänzten und dass seine Stimme, während er sprach, mir ins Gesicht wehte wie die ersten Flocken eines kommenden Schneesturms.

Schnell bereute ich mein unüberlegtes Handeln. Aber es war zu spät, und ich war entschlossen, dazu zu stehen.

„Kleiner Baron", sprach der königliche Gelidus in eisigem Ton, „nie schlug ein Herz in einer königlichen Brust, das reiner und kälter war als das meine, freier von der Wärme des Egoismus, mit keinem einzigen heißen Winkel, in dem sich Zorn oder Wut einnisten oder Schwäche oder Torheit ihre Verstecke anlegen konnten. Seit Tausenden von Jahren bewohnt mein Volk dieses eisige Reich und atmet diese reine, kalte Luft, und noch nie hat jemand danach verlangt, eine Axt aus Feuerstein in die Wände dieses kristallenen Gefängnisses zu schlagen. Wie auch immer, kleiner Baron, es mag eine warme Ecke in meinem Herzen geben, in der kalte und klare Weisheit nicht zu Hause sein mag. Darum komm morgen zu mir, um meine Antwort zu hören, und bis dahin berate ich mich mit den kühlsten Hirnen und kältesten Herzen um mich. Wenn sie nichts Böses in deiner Bitte sehen, darfst du die kristallenen Tore öffnen, die das menschenähnliche Wesen so viele Jahrhunderte in seiner stillen

Zelle eingeschlossen haben, und ihn herausholen, um die mystischen Worte zu studieren, die auf seinem Kragen eingraviert sind; aber unter der strengen Bedingung, daß beim Aufbrechen seines Kristallhauses meine Steinbrecher ihre Keile so ansetzen, daß sie den Block in zwei gleiche Teile brechen, daß, wenn du gelesen hast, was darin sein mag, die beiden Teile wieder auf den kleinen Mann geschlossen werden, Kante an Kante, wie eine vollkommene Form, so genau, daß für das Auge kein Zeichen von Linie oder Fuge sichtbar ist. Versprichst du, kleiner Baron, daß dies so sein soll, wie es nach unserm königlichen Willen zu sein scheint?"

Ich versprach feierlichst, dass die Kristallzelle des Kleinen Mannes mit dem gefrorenen Lächeln genau so geöffnet und geschlossen werden sollte, wie es seine eisige Majestät angeordnet hatte.

Es würde mir schwer fallen, Ihnen zu sagen, liebe Freunde, wie glücklich ich mich in dieser Nacht auf meinem eisigen Diwan zur Ruhe begab, und wie ich, während die winzige Flamme meiner Alabasterlampe ihren sanften Schein auf die Wände aus Eis warf, dort lag und in meinem Geist das seltsame und geheimnisvolle Vergnügen durchspielte, das mir bald zuteil werden sollte, wenn die Steinbrecher von König Gelidus ihre Keile aus Feuerstein in diesen herrlichen Eisblock setzen und ihn spalten sollten.

Selbst Don Fum, der Meister der Meister, hätte sich nie träumen lassen, eine Botschaft von den Menschen zu erhalten, die in der Kindheit der Welt lebten, und in der Vorfreude genoss ich schon den herrlichen Triumph, der mir zuteil werden würde, wenn ich vor gelehrten Gesellschaften über die geheimnisvollen Schriftzüge auf dem seltsamen Halsband, das den Hals des Kleinen Mannes mit dem gefrorenen Lächeln umschließt, referieren würde.

Stellen Sie sich meine Bestürzung vor, liebe Freunde, als ich am nächsten Tag die Nachricht von König Gelidus erhielt, dass seine Räte mit einer Stimme gegen die Öffnung des kristallenen Gefängnisses in der Grotte von Schneeboule entschieden hatten!

Ich war wie von einer plötzlichen und furchtbaren Krankheit befallen. Ich hatte bis zu diesem Augenblick nie gespürt, wie scharf der Zahn der Enttäuschung sein konnte. Zuerst fröstelte ich so sehr, dass ich mich mit den Koltykwerps verbrüderte, und dann brannte ich mit einem so heftigen Fieber, dass sich ein wildes Gerücht in Gelidus' eisigem Reich verbreitete, ich würde die Wände und das Dach in Brand stecken. Mit wildem Geschrei und von namenlosem Schrecken gezeichneten Gesichtern stürmten die Untertanen seiner eisigen Majestät die breite Treppe hinauf, die zum Eispalast führte, und flehten den König an, sich zu zeigen.

In kalter und eisiger Erhabenheit schritt Gelidus auf die Plattform hinaus und hörte sich die Bittgesuche seines Volkes an.

„Wir werden brennen", riefen sie; „unsere schönen Häuser werden uns um die Ohren fallen. Diese kristallenen Stufen werden wegschmelzen, und all diese schönen Säulen und Bögen und Statuen und Sockel werden sich in Wasser verwandeln und sich in die unteren Höhlen der Erde entleeren. Das große Fenster unseres Himmels wird mit furchtbarem Krachen auf unsere Häupter fallen und diesem schönen Reich der kristallenen Pracht für immer ein Ende setzen. O Gelidus, eile, eile, bevor es zu spät ist, laß dem kleinen Baron seinen Willen, bevor bittere Enttäuschung seinen Körper und seine Glieder in Flammenzungen verwandelt, um diesen herrlichen Palast in einer einzigen Nacht zu verzehren und seine tausend Alabasterlampen zu Boden zu schleudern, ein Haufen von Scherben, kein Fragment, das seinem Bruder Fragment gleicht, sondern alles eine elende Masse wertlosen Matsches!"

König Gelidus und seine frostigen Ratsherren sahen, dass es zwecklos wäre, mit dem Volk vernünftig reden zu wollen, und deshalb wandte er sich ihnen zu, winkte kühl mit seiner kalten rechten Hand und sprach mit einem eisigen Lächeln frostig wie folgt

„Geht, Koltykwerps, in eure Häuser und seid glücklich. Was denkt Ihr, habe ich ein erhitztes Hirn, dampft mein Herz vor Dummheit, dass Ihr mir zutraut, dem kleinsten Koltykwerp, der in meinem schönen Reich seinen Eiskreisel dreht, Schaden zu wünschen? Geht nach Hause, sage ich; der kleine Baron kühlt sich schon ab, denn er hat meine volle Zustimmung, das kristallene Gefängnis des Kleinen Mannes mit dem gefrorenen Lächeln zu zerteilen. Es gibt nichts zu befürchten, meine Kinder. Denn ich gebe euch mein königliches Wort, dass der kleine Baron morgen früh nicht mehr die geringste Gefahr für den Frieden und das Wohlergehen unseres eisigen Königreichs darstellt. Eine kalte gute Nacht euch allen."

In einer kurzen halben Stunde waren die panischen Koltykwerps alle wieder in ihren Häusern, und als ein Bote von König Gelidus kam, um meine Temperatur zu messen, fand er eine so große Verbesserung, dass er sein kühles Herz öffnete und mir ein schönes Geschenk aus seinem Schatzhaus schickte, nämlich: Einen kleinen Eisblock, klarer als jeder Edelstein, den ich je gesehen hatte, in dessen Herz eine prächtige rote Rose in vollster Blüte lag, jedes samtene Blütenblatt eifrig geöffnet. Als ich mein Tagebuch zu Rate zog, stellte ich fest, dass es auf den Tag genau sechs Monate her war, dass ich Schloss Trump und die geliebten Menschen verlassen hatte, die von seinen abgenutzten Ziegeln beschützt wurden, und so kalt wie die Hülle dieses dreimal so schönen Kindes der Oberwelt war, drückte ich sie an meine Brust und vergoss Tränen.

Und so kam es, liebe Freunde, dass König Gelidus und seine frostigen Ratsherren dazu gebracht wurden, ihre Zustimmung zu geben, dass ich das eisige Gefängnis, in dem der Kleine Mann mit dem gefrorenen Lächeln lag, aufbrechen durfte.

Kapitel XXVI

Wie die Steinbrucharbeiter des Königs
Gelidus das kristallene Gefängnis des
kleinen Mannes mit dem gefrorenen
Lächeln spalteten –
Meine bittere Enttäuschung und wie
ich sie ertrug – Wunderbare Ereignisse
in der folgenden Nacht –
Bulger erweist sich wieder als ein Tier
von außerordentlicher Findigkeit.

Bulger und ich hatten wenig Appetit auf das leckere Frühstück mit gedünstetem Kalbsbries, das uns die Koltykwerps
am nächsten Morgen vorsetzten, denn ich wusste, und er
ahnte es halb, dass etwas Wichtiges geschehen würde,
nämlich nichts Geringeres als die Spaltung der kristallenen
Zelle, die den kleinen Schimpansen so viele Jahrhunderte
lang gefangen gehalten hatte.

An der Seite der fröhlichen Prinzessin Schneeblume, die
sich freute, dass seine eisige Majestät, ihr Vater, endlich
meinen Wünschen nachgegeben hatte, machten Bulger und
ich uns auf den Weg zu der schönen Eisgrotte; hinter uns
gingen Phrostyphiz und Glacierbhoy mit dem Auftrag des
Königs, die Spaltung des Eisblocks zu überwachen; und
nach ihnen kamen vier Steinbrucharbeiter von König Gelidus, von denen zwei Feuersteinäxte mit Schalen aus poliertem Knochen trugen und zwei die Feuersteinkeile, die bei
der Arbeit verwendet werden sollten.

Bald betraten wir die Grotte von Schneeblume, und die

Aufgabe wurde sofort in Angriff genommen.

Es schien mir fast, als könnte ich den Kleinen Mann mit dem gefrorenen Lächeln mit den Augenlidern blinzeln sehen, als die Steinbrucharbeiter ihre Keile ansetzten und begannen, die Bruchlinie zu markieren; aber natürlich, liebe Freunde, wisst ihr, was für eine Phantasie ich habe, besonders wenn ich mich über etwas aufrege. Ihr müsst also das, was ich sage, manchmal mit einem gewissen Vorbehalt nehmen, obwohl ihr meine Aussagen in der Regel mit kindlichem Vertrauen annehmen dürft.

Die Koltykwerpianer setzten ihre Äxte und Keile so geschickt ein, dass in wenigen Augenblicken zu meiner großen Freude der riesige Eisblock in zwei perfekte Hälften zerfiel, in deren einer das kleine menschenähnliche Wesen wie ein Abguss auf der Seite lag.

Ich beeilte mich, ihn herauszuheben und ihn in einen weichen Pelz zu wickeln, den ich zu diesem Zweck mitgebracht hatte, und wandte mich dann um, um meine Schritte in meine Kammer zurückzuverfolgen, wo ich sofort mit dem Studium der Inschriften beginnen wollte, die sich auf seinem seltsamen Halsband befinden sollten.

„Denken Sie daran, kleiner Baron", sagte Glacierbhoy, „auf ausdrücklichen Befehl seiner eisigen Majestät muss der Kleine Mann mit dem gefrorenen Lächeln morgen früh um diese Stunde in seine Kristallzelle zurückgebracht werden."

Ich verbeugte mich zustimmend, begleitete Prinzessin Schneeblume bis zum Fuß der großen Treppe, die zum Eispalast führte, wandte mich ab und war bald in der Privatsphäre meines eigenen Appartements.

Jetzt kam für mich eine der bittersten Enttäuschungen meines Lebens; aber ich fügte mich mit einer gewissen Würde, denn es war die gerechte Strafe, die mir für meine törichte Eitelkeit auferlegt wurde, die danach strebte, eine ältere Aufzeichnung der menschlichen Rasse auszugraben, als es bisher von irgendeinem der großen Forscher und Philosophen getan worden war, nicht einmal mit Ausnahme des Meisters der Meister, Don Strephalofidgeguaneriusfum!

Wisst also, liebe Freunde, dass das seltsame Halsband, das aus Gold- und Silbermünzen oder -scheiben bestand, die geschickt miteinander verbunden waren, und das den Hals des Tieres umgab, kein einziges Wort oder einen Buchstaben irgendeiner Sprache enthielt, da die Unterseiten völlig leer waren und die Oberseiten lediglich grob eingeritzte Umrisse eines Objekts aufwiesen, das möglicherweise für die Sonne gedacht war.

Ich wickelte das Tier in den weichen Pelz ein, legte es in eine Ecke meines Diwans und begab mich in den Palast seiner frigiden Majestät, wo ich König Gelidus freimütig meine große Enttäuschung darüber mitteilte, dass ich nicht ein paar Worte oder auch nur ein einziges Wort einer Sprache gefunden hatte, die den weisesten Köpfen der Oberwelt unbekannt war.

Schneeblume war von meiner Traurigkeit so gerührt, dass sie, wenn ich ihr nicht geschickt aus dem Weg gegangen wäre, wahrhaftig ihre Arme um meinen Hals geworfen und mir den Kuss auf die Wange gedrückt hätte, der mich zum König der Koltykwerps gemacht hätte; aber ich hatte keine Sehnsucht, den Rest meines Lebens in den eisigen Domänen seiner frigiden Majestät zu verbringen, auch wenn meine Stirn mit der kalten Krone der Koltykwerps gekrönt sein würde. Wäre ich ein alter Mann gewesen, mit langsamem und schwachem Puls, wäre es ganz anders gewesen; aber mein Herz war zu warm und mein Blut zu heiß, um eine solche Stellung mit Annehmlichkeit für mich selbst oder Zufriedenheit für die Menschen dieser eisigen Unterwelt auszufüllen. So hielt ich die kleine Prinzessin genug beschäftigt, das kann ich Ihnen versichern, erst mit Liedern, dann mit Tanz und dann mit Geschichtenerzählen.

In dieser Nacht ordnete König Gelidus ein prächtiges Fest zu meinen Ehren an. Fünfhundert weitere Alabasterlampen wurden angezündet, und die königlichen Diwane wurden mit den reichsten Fellen des Palastes ausgelegt, und nachdem der Tanz und der Gesang beendet waren, wurden gefrorene Leckerbissen aus der königlichen Küche auf Alabasterplatten herumgereicht, und Bulger und ich aßen, bis uns die Zähne weh taten.

Es war schon spät, als wir unser eigenes Gemach erreichten, und meine Gedanken waren so voll von den schönen Anblicken, die wir im Thronsaal bestaunt hatten, dass ich den armen kleinen Mann mit dem gefrorenen Lächeln ganz vergessen hatte, den ich zugedeckt und auf meinem Diwan verstaut hatte; aber Bulger war nicht so kaltherzig gewesen.

Zwanzigmal während des Abends hatte er mir einen schlauen Ruck am Ärmel gegeben, so als wolle er sagen: -

„Komm, kleiner Herr, lass uns schnell zurückgehen; erinnerst du dich nicht, dass wir meinen armen, kleinen, erfrorenen Bruder ganz allein in dieser eisigen Kammer zurückgelassen haben?" Ich war sehr müde und schlief fast sofort ein, und doch hatte ich eine undeutliche Erinnerung daran, dass Bulger nicht an seinem Platz an meiner Brust war. Ich erinnerte mich, dass ich etwas für ihn empfand, aber das ist alles. Es kam mir nie in den Sinn, dass er gegangen war und sich neben den armen kleinen Fremden gelegt hatte, den ich so gefühllos von seiner letzten Ruhestätte gehoben hatte, und doch muss es so gewesen sein, denn gegen Mitternacht, so schien es mir, wurde ich durch ein sanftes Zupfen an meinem Ärmel geweckt.

Es war mein treuer Bulger, aber halb wach und halb schlafend, wie ich war, dachte ich nur, dass er nur nach einer Liebkosung verlangte, wie es oft seine Gewohnheit war, wenn er an zu Hause dachte, also streckte ich die Hand aus und streichelte seinen Kopf einige Male und schlief wieder ein.

Aber das Ziehen begann von neuem, und diesmal war es

kräftiger, und dazu kam ein ungeduldiges Winseln, das bedeutete...

„Komm, komm, kleiner Herr, wecke dich; meinst du, ich würde deine Ruhe unterbrechen, wenn es nicht gute Gründe dafür gäbe?" Ich brauchte keine dritte Ermahnung, sondern landete mit einem Satz auf den Füßen und griff nach einer der winzigen Fackeln, die die Koltykwerps als Feuerzeuge benutzen, um die Flammen von der einzigen Lampe, die an der Wand brannte, zu den drei anderen zu bringen, die hier und da hingen.

Die eisigen Wände meiner Kammer waren nun von Licht erhellt. Da saß Bulger auf dem pelzbespannten Diwan, neben dem Platz, wo der Kleine Mann mit dem gefrorenen Lächeln unter dem Pelz versteckt lag. Sein Schwanz wedelte nervös, und seine großen, glänzenden Augen waren zuerst auf mich und dann auf die Decke seines toten Bruders gerichtet, mit einem Ausdruck, den ich nie zuvor in ihnen gesehen zu haben glaubte, und dann legte er mit einer plötzlichen Bewegung den Pelz beiseite und zeigte mir, was denkt ihr, liebe Freunde, was, frage ich in einem Ton halb flüsternd, halb keuchend, denn jetzt, Jahre später, fühle ich immer noch den wunderbaren Schauer, den ich damals empfand? Nun, es war lebendig! Diese affenartige Kreatur war nach seinem jahrtausendelangen Schlaf in der engen, kristallenen Zelle zum Leben erwacht! Bulger hatte sich neben seinen gefrorenen Bruder gelegt und ihn wieder zum Leben erwärmt!

Oh, es war wundersam wundervoll, dieses Paar kleiner, perlenartig leuchtender Augen zu sehen, die zu mir aufblickten und mir zublinzelten; und dann diese tiefe, stöhnende Stimme zu hören, die so menschenähnlich war, als würde sie wimmern, mit einem Schütteln und einem Schaudern,-

„Oh, wie kalt ist es! wie sehr kalt ist es! Wo ist die Sonne? Wo ist der weiche, warme Wind, und wo ist der wolkenlose Himmel, so blau, ach so schön blau, der früher über mei-

210

BULGER SHOWS THE BARON SOMETHING WONDERFUL.

Figure 26: Bulger zeigt dem Baron etwas Wundervolles

nem Kopf hing?"

Ich forderte Bulger auf, sich wieder neben ihn zu legen und sich so eng wie möglich an ihn zu kuscheln, und beeilte mich, sie beide mit den weichsten Fellen zuzudecken, die ich finden konnte.

In wenigen Augenblicken ertönte unter dem Stapel ein leiser, zufriedener Schrei: „Kujah! Kujah! Kujah!", gefolgt von einem seltsamen Zusatz, der wie „Fuff! Fuff! Fuff!", also fügte ich sie alle zusammen und nannte den seltsamen Neuankömmling im eisigen Reich von König Gelidus - Fuffkujah!

Hast du in dieser Nacht noch geschlafen? Kein Auge zugetan. Es überkam mich dieselbe Freude, die ich vor langer Zeit am Weihnachtsmorgen empfand, wenn Kris Kringle mir irgendeinen wunderbaren Mechanismus brachte, der von einer geheimen Feder bewegt wurde - denn ich hatte es immer verschmäht, gewöhnliches Spielzeug anzunehmen wie gewöhnliche Kinder; und oh, wie sehr sehnte ich mich nach dem Morgen, an dem es für mich an der Zeit sein würde, den Kleinen Mann zusammenzupacken - nicht mehr ihn mit dem gefrorenen Lächeln, sondern Fuffkujah, den lebenden Jungen aus der Ferne, mit seinem neugierigen kleinen Gesicht, das so lustig aussah - und ihn zum Palast zu tragen.

Wie erfreut wird Schneeblume sein! dachte ich, und auch König Gelidus, wie er sich von seiner kalten Majestät erheben wird, wenn er die Possen von Fuffkujah sieht, und wie erfreut werden alle würdigen Koltykwerpianer sein, sogar Phrostyphiz und Gletscherjunge, wenn ich ihnen erzähle, dass der Kleine Mann mit dem gefrorenen Lächeln wieder zum Leben erwacht ist!

Wie viele Koltykwerps, Männer, Frauen und Kinder, werden die langen Treppen zum Eispalast hinaufstürmen und König Gelidus anflehen und bitten, ihnen nur einen kleinen Blick auf Fuffkujah zu gewähren, den kleinen Mann, den der berühmte Reisende, Baron Sebastian von Troomp, aus seiner eisigen Zelle befreit hat!

Kapitel XXVII

Aufregung um Fuffkujah. – Ich bringe
ihn an den Hof von König Gelidus. –
Seine sofortige Zuneigung zu
Prinzessin Schneeblume. –
Ich werde beschuldigt, die schwarze
Kunst auszuüben. – Meine Verteidigung
und meine Belohnung. –
Die Angst der Koltykwerps, dass
Fuffkujah verhungert… –
Dieses Unglück ist abgewendet, aber
ein anderes steht bevor: Wie bewahre
ich ihn vor dem Erfrieren… –
Ich löse das Problem, aber ziehe mir
ein seltsames Unglück zu.

Es ist alles genau so gekommen, wie ich es mir vorgestellt hatte! In dem Moment, als bekannt wurde, dass der Kleine Mann mit dem gefrorenen Lächeln tatsächlich zum Leben erwacht war, herrschte die wildeste Aufregung in allen Teilen des eisigen Reiches seiner frigiden Majestät. Ich war erstaunt über die Veränderung in den Handlungen der Koltykwerps. Sie bewegten sich schneller, sie sprachen schneller, sie machten mehr Gesten, als ich sie jemals zuvor hatte tun sehen. In einigen Fällen, Sie werden es kaum glauben, liebe Freunde, bemerkte ich tatsächlich ein schwaches Glühen in den kalten Wangen einiger von ihnen.

Ich hatte gehofft, Fuffkujah warm einpacken und in den Eispalast entwischen zu können, bevor die Menschen von seiner Erweckung erfuhren, aber vergeblich. Als ich an der Tür erschien, drängte und schob sich eine große Menge Koltykwerps vor mein Quartier.

Die meisten von ihnen waren gutmütig und riefen

„Zeig ihn uns, kleiner Baron, zeig uns den kleinen Mann mit dem gefrorenen Lächeln, den du zum Leben erweckt hast. Lass uns sein Gesicht sehen!"

„Nein, nein, Koltykwerps!" rief ich aus, „das darf nicht sein! Seine frigide Majestät muß als erster Fuffkujahs Gesicht sehen. Platz, Platz für den edlen Gast des königlichen Gelidus! Im Namen seiner eisigen Majestät, macht Platz und laßt mich durch!"

Die Koltykwerps zeigten keine Neigung, zu gehorchen. Sie hatten sich so aufgeregt, dass sie erst, als sie Bulger mit blitzenden Augen und entblößten Zähnen auf sie zukommen sahen, zu dem Schluss kamen, dass mein tapferer Gefährte nicht in der Stimmung war, mit ihnen zu spaßen.

Vereitelt in ihrem wilden Wunsch, einen Blick auf Fuffkujah zu erhaschen, begannen die Koltykwerps nun, mich zu beschimpfen, als ich auf meinem Weg zum Eispalast an ihnen vorbeikam.

„Oho, Meistermagier! Ha, ha, Prinz der Schwarzen Kunst! Buh, buh, kleiner Zauberer! Pass auf, schlauer Geisterbeschwörer, dass du keinen deiner Zaubertricks an uns anwendest!" Ich war froh, als der Axtträger meine Notlage sah und nach vorne eilte, um mich aus der Menge der aufgebrachten Menschen zu befreien.

König Gelidus traf mich am Portal seines Eispalastes, und an seinen Fersen kam Prinzessin Schneeblume, die es kaum erwarten konnte, einen Blick auf das seltsame Lebewesen zu werfen, das ich gerade so weit auspackte, dass sie seine Nase sehen konnte.

In dem Moment, in dem Fuffkujah das süße Gesicht der

koltykwerpischen Prinzessin erblickte, streckte er seinen kleinen Arm aus, wie ein Kind nach seiner Mutter. Dieses plötzliche Zeichen der Zuneigung bereitete Schneeblume die größte Freude, und sie zog schnell einen ihrer Handschuhe aus und streichelte den Kopf des Tieres, aber bei der Berührung dieser für ihn eisigen kleinen Finger stieß es einen leisen Schrei aus und zog sich unter den warmen Pelz zurück, in den es kuschelig eingehüllt war.

Arme Schneeblume! seufzte sie, als sie ihn das tun sah, aber das hinderte sie nicht daran, jede Minute oder so zu kommen und ein Ende des Fells gerade so weit anzuheben, dass sie einen weiteren Blick auf Fuffkujah werfen konnte, der sich zwar beim Anblick der Prinzessin immer näher an mich kuschelte, aber immer eine seiner schwarzen Pfoten unter dem Fell hervorstreckte, damit Schneeblume ihn schütteln konnte. Während ich auf dem Diwan in der Nähe des Throns saß, beobachtete ich, dass Phrostyphiz und Glacierbhoy eine geflüsterte Konferenz mit seiner eisigen Majestät abhielten. Sofort erriet ich das Thema ihrer Unterhaltung.

Ich erhob mich und machte ein Zeichen, dass ich den König ansprechen wollte, und als er mit strenger und eisiger Würde mit dem Kopf nickte, begann ich zu sprechen. Ihr wisst, liebe Freunde, wie beredt ich sein kann, wenn ich in der richtigen Stimmung bin. Nun, da ich fast auf den Stufen von König Gelidus' Thron aus Eis stand, verteidigte ich mich gegen die Anschuldigung, ein Meister der schwarzen Kunst zu sein. Ich werde nicht alles verraten, was ich sagte, aber das war mein Ende:

"Möge es Eurer frigiden Majestät gefallen!

"Hier neben mir steht der einzige Magier in diesem Fall, und die einzige Kunst, der einzige Trick oder Zauber, der von ihm ausgeübt wurde, war jene süße Macht, die wir Liebe nennen. Als er zum ersten Mal seinen vierfüßigen Bruder erblickte, der in der kristallenen Zelle von Schneeblumes Grotte eingesperrt war, drückte er seine Nase immer wieder gegen die eisige Wand, in dem vergeblichen Versuch, seinen Verwandten zu erkennen, und wandte sich mit einem Ausruf des Kummers ab, um zu erfahren, dass sein scharfer Geruch nicht zu ihm durchdringen konnte. Ich kann Ihnen nicht sagen, wie groß seine Freude war, als ich Fuffkujah steif und starr auf meinen Diwan legte, denn ich wusste damals nicht, welcher Plan in Bulgers Kopf heranreifte. Aber später war alles klar genug. Der liebevolle Hund verlässt die Brust seines Herrn und trägt sein wahres und zartes Herz hinüber zu dem Ort, wo Fuffkujah liegt, hebt das Fell auf, krabbelt neben ihn und drückt seine warme Brust fest und hart an das eisverschlossene Herz seines Bruders und erwärmt ihn wieder zum Leben, dann weckt er mich und erzählt mir, was er getan hat.

„Dies, königlicher Gelidus und edelster Koltykwerps, ist die einzige Kunst, die angewandt wurde, um Fuffkujah wieder zum Leben zu erwecken, und sie schwarz zu nennen, hieße, den Sonnenschein zu verleumden, die Lilie zu beschimpfen und den süßen Hauch des Himmels ein gemeines und abscheuliches Ding zu nennen!"

Als ich meine Rede beendet hatte, sah ich, dass Schneeblume geweint hatte, und dass einige ihrer Tränen, die in ihrem Lauf über ihre Wangen gestoppt wurden, dort hingen und wie winzige Diamanten im sanften Licht der Alabasterlampen funkelten, wo die kalte Luft von Gelidus' Palast sie in Eis verwandelt hatte.

Und als seine frigide Majestät sagte, dass meine Worte sein Herz berührt hätten, und mich um ein Geschenk aus seiner Hand bitten ließ, sagte ich

„O kalter König dieses schönen, eisigen Reiches, lass die Tränen, die jetzt wie winzige Juwelen an Schneeblumes Wangen hängen, in ein Alabasterkästchen bürsten und mir geben. Ich begehre keine andere Belohnung!"

„Selbst wenn ich dich nicht lieben würde, kleiner Baron", rief König Gelidus mit einem eisigen Lächeln, „würde ich mich überreden lassen; aber lieben macht leicht glauben. Geh, Phrostyphis, und befiehl einer der Frauen der Prinzessin, die winzigen Juwelen, die an Schneeblumes Wange hängen, in einen Alabasterbecher zu bürsten und sie dem kleinen Baron zu schenken."

Kaum war dies geschehen, streckte Fuffkujah seinen Kopf unter dem Pelz hervor, blickte mich flehend an, streckte die Zunge heraus und öffnete und schloss den Mund mit einem leisen, schmatzenden Geräusch. Blitzschnell dämmerte mir, dass diese Zeichen bedeuteten, dass Fuffkujah hungrig war!

Und dann, als ich mich plötzlich daran erinnerte, dass die Koltykwerps ein streng fleischessendes Volk waren, dass es in ihrem kühlen Reich nur Fleisch gab, das fast wie Marmor selbst aus den großen Kühlschränken der Natur gebrochen wurde, entwich ein Keuchen meinen Lippen, und ich flüsterte

„Oh, er muss sterben! Er muss sterben!" Meine Worte waren den scharfen Ohren der Prinzessin Schneeblume nicht entgangen.

„Sprich, kleiner Baron", rief sie, „warum, warum muss der kleine Fuffkujah sterben? Was meinst du mit diesem Spruch?" Und als König Gelidus und Schneeblume mich meine Befürchtung aussprechen hörten, dass er lieber sterben würde, als Fleisch zu fressen, wurden sie beide sehr betrübt.

„Armer kleiner Fuffkujah!" stöhnte die Prinzessin, „kann es sein, dass er so bald in seine Kristallzelle in meiner Grotte zurückgebracht werden muss?"

„Lasst den Meister meiner Fleischsteinbrüche zum Thron kommen", rief König Gelidus plötzlich mit eisiger Würde.

Dieser wichtige Funktionär erschien bald darauf.

Der König wandte sich an mich und forderte mich auf, ihm den Fall zu erklären. Dies tat ich in wenigen Worten, worauf der Meister der Fleischbrüche zur großen Freude aller

Anwesenden wie folgt sprach:-

„Kleiner Baron, wenn das das einzige Problem ist, dann machen Sie sich keine Sorgen mehr, denn ich werde sofort einen meiner Männer mit einem Vorrat an köstlichen Nüssen zu Ihnen schicken."

„Köstliche Nüsse?" wiederholte ich in einem Ton der Ver-

THE BARON'S FLIGHT TO THE ICE PALACE.

Figure 27: Die Flucht des Barons in den Eispalas

wunderung.

„Aber ja, kleiner Baron, ich habe einen guten Vorrat zur Hand. Es vergeht kaum ein Tag, an dem meine Männer nicht auf ein schönes Exemplar aus der Familie der Naschkatzen stoßen, meistens Eichhörnchen, in deren Backentaschen wir immer eine bis ein halbes Dutzend leckere Nüsse verstaut finden. Es ist immer meine Gewohnheit gewesen, diese beiseite zu legen, und so muss ich dir mitteilen, dass, wenn Fuffkujah hundert Jahre alt werden sollte, ich oder mein Nachfolger garantieren könnte, ihn mit Nahrung zu versorgen."

Diese Worte nahmen mir eine schreckliche Last vom Herzen, denn nun würde Fuffkujah wenigstens nicht mehr verhungern.

Ein paar Tage lang ging alles gut. Die Koltykwerps überzeugten sich selbst davon, dass ich im kalten Königreich seiner frigiden Majestät nicht die schwarze Kunst praktizierte, und jeder einzelne von ihnen gewann das seltsame kleine Wesen mit dem drolligen Gesichtchen und der drolligen Art sehr lieb.

Aber es schien, als ob wir kaum aus einem Problem heraus waren, als wir in ein anderes hineingestürzt wurden, denn nun begann Fuffkujah gegen den Diener zu protestieren, der von König Gelidus ausgewählt worden war, sich um ihn zu kümmern.

Der Mann war etwa zehn Grad zu kaltblütig für ihn, und bald war es nur noch nötig, dass der Koltykwerp sich Fuff, wie wir ihn kurz nannten, näherte, um ihn in Schüttelkrämpfe zu versetzen und ihn zu erbärmlichen Schreien der Unzufriedenheit zu veranlassen, die erst aufhörten, als ich erschien und ihn durch meine Liebkosungen tröstete.

Ich machte mich nun an die Arbeit, einen Weg zu finden, Fuffs Leben angenehmer zu gestalten, denn jeder schien mich für sein Wohlergehen verantwortlich zu machen. Zehnmal am Tag kamen Boten von König Gelidus oder von

Prinzessin Schneeblume, um sich zu erkundigen, wie es ihm gehe, ob wir ihn warm genug hielten, ob er alles zu essen habe, was er wollte, ob er genug Felle auf seinem Bett habe. Es war auch nicht ungewöhnlich, dass an einem einzigen Tag mehr als ein Dutzend Koltykwerpianer-Mütter mit Ratschlägen für einen ganzen Monat zu mir kamen, und um ihm einen wärmeren Raum zum Schlafen zu verschaffen, ließ ich ihm einen Diwan in einer kleineren Kammer, die sich zu meiner hin öffnete, aufstellen, an dessen Wänden ich ein halbes Dutzend der größten Lampen anbringen ließ.

Die Folge war, dass die Wände zu schmelzen begannen, und als er davon hörte, verbreitete sich Bestürzung in der eisigen Domäne seiner frigiden Majestät, denn für das Gemüt eines Koltykwerps war Hitze, die stark genug war, Eis zu schmelzen, etwas Schreckliches. Es war wie bei uns die Angst vor einem Erdbeben oder die Furcht vor einer Flut oder einer Feuersbrunst. Es war etwas, das ihre Herzen mit solchem Schrecken erfüllte, dass sie in ihren Träumen sahen, wie die soliden Wände des Eispalastes zerschmolzen und mit einem Krachen einstürzten. Sie konnten es nicht ertragen, und so erließ König Gelidus den Erlass, dass Fuffkujah sterben müsse, wenn es keinen anderen Weg gäbe, ihn am Leben zu erhalten.

Als sie das hörte, überkam die arme Schneeblume ein schrecklicher Schmerz, denn sie hatte den kleinen Fuff sehr lieb gewonnen, und der Gedanke, ihn zu verlieren, versetzte ihr einen Stich in die Brust.

„Niemals, niemals", rief sie, „werde ich einen Fuß in meine Grotte setzen können, wenn Fuffkujah wieder in sein kristallenes Gefängnis gesteckt wird, mit seinem gefrorenen Lächeln auf dem Gesicht, wie es früher einmal war." Und indem sie ihren königlichen Vater aufsuchte, warf sie sich vor ihm auf die Knie und sprach wie folgt.

„O Herz aus Eis! O frigide Majestät, lass dein Kind nicht vor Kummer sterben. Es gibt einen einfachen Ausweg aus all unserem Ärger mit dem lieben kleinen Fuffkujah."

„Sprich, geliebte Schneeblume", antwortete König Gelidus, „lass mich hören, was es ist."

„Nun, kaltes Herz", sagte die Prinzessin, „der kleine Baron hat viel Wärme in seinem Körper gespeichert, er hat genug für sich selbst und Fuffkujah dazu. Deshalb, frigider Vater, befiehl, dass eine tiefe, warme Kapuze an den Mantel des kleinen Barons gemacht wird, und dass Fuffkujah darin untergebracht wird und vom kleinen Baron herumgetragen wird, wohin er auch geht. Er wird sich bald an die schlanke Last gewöhnen und sie nicht mehr bemerken."

„Es soll sein, wie du willst", antwortete der König der Koltykwerps und rief seinen treuen Berater Glacierbhoy, der ihn anwies, mich sofort in den Thronsaal zu rufen. Als ich diesen schrecklichen Befehl von den eisigen Lippen des Königs Gelidus hörte, sank mein Herz in mir, und doch wagte ich nicht, mich zu widersetzen, ich wagte nicht zu murren, denn ich war es, der das kristallene Gefängnis des Kleinen Mannes mit dem gefrorenen Lächeln zerbrochen hatte; ich, der es Bulger ermöglicht hatte, ihn wieder zum Leben zu erwecken. Oh, armer, eitler, schwacher, törichter Junge, der ich gewesen war, was sollte jetzt aus mir werden?

Kapitel XXVIII

Wie aus einer kleinen Last eine große
werden kann – Die Geschichte eines
Mannes mit einem Affen in seiner
Kapuze – Mein schreckliches Leiden –
Die schreckliche Panik, die die
Koltykwerps ergriff –
Mein Besuch im verlassenen Eispalast
und was mit Fuffkujah geschah –
Das Ende seiner kurzen, aber
seltsamen Karriere – Ein gefrorener
Kuss auf einer Hornklinge –
Oder wie Schneeblume sich einen
Ehemann wählte.

Ach, kleine Prinzessin, wie leicht war es für dich zu sagen,
dass ich mich bald an die leichte Last gewöhnen und sie
nicht mehr beachten würde? Wie sehr neigen wir dazu, die
Lasten, die wir zu unserem eigenen Nutzen auf die Schultern anderer legen, leicht zu nennen? Gewiss, Fuffkujah
war nicht so lang wie ein Pferd und nicht so breit wie ein
Ochse, und als die Kapuze gemäß dem Erlass des Königs
fertiggestellt und das kleine Tier darin verstaut war, dicht
an meinem Rücken, so dass es einen guten Teil der Wärme
meines Körpers abbekam, schien es mir, dass Schneeblume
Recht hatte, dass ich mich bald an die Last gewöhnen und
sie nicht mehr bemerken würde. Und so schien es auch am
zweiten und dritten Tag, aber nicht am vierten; denn an

diesem Tag schien die kleine Last etwas an Gewicht zugenommen zu haben, und obwohl ich schnell vortäuschte,
dass es nicht so war, als Prinzessin Schneeblume mich aus-
fragte, indem sie sagte:-

„Da, kleiner Baron, habe ich dir nicht gesagt, dass du bald
vergessen würdest, dass Fuffkujah an deinen Schultern geschlafen hat?", aber in meinem Herzen fühlte ich, dass er
wirklich ein bisschen schwerer geworden war.

Am fünften Tag wurden Bulger und ich zu einem Fest im
Eispalast eingeladen, und als ich mich von meinem Diwan
erhob, um mich dorthin zu begeben, schien mir mein Herz
seltsam schwer zu sein, und Bulger auch, denn er machte
mehrere Versuche, mir ein Lächeln oder einen heiteren Ton
zu entlocken, aber vergeblich.

Plötzlich merkte ich, daß ein Gewicht gegen meinen Rücken drückte, nein, kein schweres Gewicht, aber doch ein
Gewicht, und dann flüsterte ich mir zu: „Wenn ich zu einer
Feier gehe, dann werfe ich ihn ab!" und dann erwachte ich
aus meiner tiefen Abstraktion und murmelte ...

„Wie seltsam, daß ich vergessen habe, daß Fuffkujah in
meiner Kapuze steckt!" Und so ging ich mit Fuffkujah zwischen den Schultern zum Fest, und die Koltykwerps lachten über den kleinen Baron und sein Kind, wie sie ihn
nannten, und kamen näher und hoben die Klappe und spähten auf das neugierige Geschöpf in der Kapuze, und als
Fuffkujah ihren eisigen Atem spürte, vergrub er seine Nase
im Fell und seufzte und wimmerte. Dann, als die Prinzessin
Schneeblume kam und sich neben mich setzte und mich für
meine Bereitschaft lobte, ihre Wünsche zu erfüllen, und
mir so lieb für meine Güte zu ihr dankte, vergaß ich für einen Augenblick die kleine Last, die mir auferlegt worden
war, und ich aß die gefrorenen Leckerbissen aus der königlichen Küche und lachte und scherzte mit den Herren
Phrostyphiz und Glacierbhoy, so wie es meine Gewohnheit
war, bevor Gelidus angeordnet hatte, dass Fuffkujah sein
Bett auf meinen Schultern machen sollte.

Aber als das Fest zu Ende war und ich aus dem breiten Portal des Eispalastes trat und zu der mächtigen Linse im Berghang hinaufblickte, durch die das Mondlicht der Außenwelt in gedämpfter, aber herrlicher Pracht strömte, fühlte ich plötzlich, wie sich meine Beine unter mir bogen, ich taumelte von rechts nach links, ich war an Schatten gefesselt, ich war, so schien es mir, im Begriff, unter einer schrecklichen Last erdrückt zu werden. Ich beschleunigte meinen Schritt, ich brach in einen Lauf aus, ich warf meine Arme in die Luft, als ob ich die Last, die mich erdrückte, abwerfen wollte. Und so kam ich schnaufend, japsend und keuchend zu meiner Unterkunft.

„Was bin ich doch für ein Narr", war mein erstes Wort, als ich wieder zu Atem gekommen war, „es ist nur der kleine Fuffkujah auf meinem Rücken, verstaut in meiner Pelzhaube. Ich muß außer mir sein, wenn ich mir vorstelle, daß dort ein großes Ungeheuer sitzt und mich allmählich niederdrückt, das Leben aus mir herausquetscht, mich zu Boden streckt und ich nicht in der Lage bin, seiner schrecklichen Umarmung zu entkommen oder mich unter seinen schrecklichen Gliedern, die sich um meinen Hals und Körper schlingen, herauszuwinden!"

Die ganze Nacht hindurch klammerte sich dieses Ungeheuer an mich und drängte mich zu schnellerem Schritt, auf und ab, hinüber und herum, ich wußte nicht, wohin, auf stiefellosen Streifzügen, die nur endeten, um von neuem zu beginnen, auf der Suche nach dem Nichts, das nirgends verborgen war, tausend Luken durchsuchend und alle verschlossen findend, nach Hause zurückkehrend, nur um wieder weiterzugehen, hinauf und fort und hinaus auf unendliche Landstraßen, die in einem Punkt weit voraus verschwinden, mit dieser schmerzhaften Last auf meinen Schultern, die immer schwerer und schwerer wurde, bis es schien, als müßte ich mit ihr in die Tiefe stürzen. Aber nein, sie wußte genau, daß sie mich nicht in den Tod reiten durfte, und als ich bereit war, mich hinzugeben, warf es ei-

DEATH OF FUFFCOOJAH.

Figure 28: Der Tod von Fuffkujah

nen Teil seiner Last ab, um mir Mut zu machen, wieder von vorne zu beginnen. Als der Morgen kam, galoppierte mein Puls und meine Wangen brannten. Ich spürte, wie das Blut gegen meine Schläfen pochte, und es war nur natürlich, dass mein Gesicht von der Fieberröte gezeichnet war. Halb benommen schritt ich weiter auf die große Treppe zu, die zum Eispalast hinaufführte, als ich plötzlich von einem furchtbaren Schrei aufgeschreckt wurde. Ich hielt inne und schaute auf, als ein weiterer und noch einer an meine Ohren drang.

Die verängstigten Koltykwerps flohen vor mir in alle Richtungen und schrien dabei.

„Flieht, flieht, Brüder, der kleine Baron brennt, der kleine Baron brennt, flieht, Brüder, flieht!"

In wenigen Augenblicken hatte der Schrecken jedes Lebewesen im eisigen Reich des Königs Gelidus ergriffen. Sie flohen in wahnsinniger Eile vor mir, flüchteten in die entfernten Höhlen und Gänge, erfüllten die Luft mit ihrem wilden Geschrei, und niemand war mutig genug, stehen zu bleiben und einen zweiten Blick zu werfen. Mein entflammtes Antlitz erfüllte sie mit so furchtbarem Schrecken, dass sie nur mitreißen und schreien konnten

„Flieht, Brüder, flieht; der kleine Baron brennt, der kleine Baron brennt!"

Mit Bulger auf den Fersen wandte ich mich um und sprang die Treppe hinauf, um König Gelidus aufzusuchen und ihm die Sache zu erklären.

Aber auch er war geflohen, und mit ihm jeder Wächter und Diener, jeder Höfling und Ratsherr. Der Palast war still wie der Tod. Ich eilte durch die stillen Gänge und rief...

" Schneeblume! Prinzessin Schneeblume! Du hast doch sicher keine Angst vor mir? Kehr um, ich tue dir nichts, ich brenne nicht! Kehre um, oh, kehre um!"

Damit erreichte ich den Thronsaal; kein lebendes Wesen war zu sehen; das weite Gemach war still wie der Tod. Ich taumelte zu einem Diwan, legte meinen armen, schmerzenden Kopf auf ein Kissen und fiel in einen tiefen, erholsamen Schlaf.

Als ich erwachte, rieb ich mir die Augen und sah mich um, und im ersten Augenblick dachte ich, ich sei immer noch allein in der großen runden Kammer mit ihren Wänden aus Eis; aber nein, dort auf dem Diwan saß Schneeblume, und sie lächelte und sagte in spöttischem Unmut,-

„Du bist kein sehr wachsames Kindermädchen, kleiner Baron, denn im Schlaf hast du Fuffkujah so fest an ein Kissen gepresst, dass er aus deiner Kapuze herauskroch und sich in meine Arme schmiegte."

„In deine Arme, Schneeblume?" rief ich atemlos, denn ich befürchtete das Schlimmste, und sprang auf und zog den weichen Pelz beiseite, den sie um Fuffkujah gewickelt hatte, und da lag er, tot! Armes kleines Tierchen, es war so glücklich gewesen, in die Arme derjenigen zu kriechen, die es so sehr liebte, und hatte sich in der Suche nach mehr Wärme immer näher an sie gekuschelt; aber nur, um immer näher an ein Herz zu kommen, das ihn nicht wärmen konnte; und so hatte sich die heimtückische Kälte des Todes, die süße und angenehme Schläfrigkeit mit sich bringt, über ihn gestohlen und er war gestorben.

Und Schneeblumes Tränen, die gefroren, als sie fielen, regneten nun wie ein sanfter Hagel winziger Edelsteine auf das kleine tote Tier, nicht mehr Fuffkujah, sondern wieder der Kleine Mann mit dem gefrorenen Lächeln. Bald erholten sich die Koltykwerps von ihrer besinnungslosen Angst, und erst einzeln, dann in Gruppen kehrten sie in ihre Häuser zurück, auch König Gelidus und sein Hofstaat kehrten zurück, in den schönen Palast, den sie in ihrer wilden Angst verlassen hatten, als der Schrei laut geworden war, dass der kleine Baron brenne.

Alle waren traurig, als sie hörten, dass Fuffkujah zum zweiten Mal gestorben war, und viele gefrorene Tränen fielen von den kalten Wangen der Koltykwerps, als sie den kleinen Mann mit dem gefrorenen Lächeln betrachteten, wie er auf dem weißen Fell neben der Prinzessin Schneeblume lag.

An jenem Tag trugen wir ihn zurück in die Eisgrotte, und nachdem wir ihn in die von seinem Körper geformte Vertiefung im Kristallblock gelegt hatten, wurde sie von den Steinbrucharbeitern des Königs so geschickt wieder geschlossen, dass kein Auge scharf genug war, um zu bemerken, wo die Spalte gewesen war.

Und dasselbe unheimliche Glitzern war in seinen Augen, und als die Koltykwerps dies sahen, fühlten ihre eisigen Herzen einen kalten Schauer der Befriedigung, denn nicht nur war der Kleine Mann mit dem gefrorenen Lächeln wieder zurück in seiner Kristallzelle, sondern alle Ängste und schrecklichen Phantasien, die sein Wiedererwachen hervorgerufen hatte, waren vorbei und für immer verschwunden, und Frieden und Ruhe und süße Zufriedenheit herrschten im ganzen eisigen Reich seiner frigiden Majestät Gelidus, König der Koltykwerps!

Jetzt gab es nichts mehr, was sein kaltes Herz vor Freude zerspringen ließ, als zu sehen, wie sein geliebtes Kind Schneeblume sich einen Ehemann aussuchte. Und er musste nicht lange warten, denn als sie eines Tages den Palast betrat, sah sie einen Jungen am Fuße der Treppe liegen, den der Schlaf übermannte. In der einen Hand hielt er eine Alabasterlampe und in der anderen einen neuen Docht, den er gerade hineinstecken wollte, denn der Jüngling war ein Lampentrimmer im Eispalast des Königs Gelidus; und als die Prinzessin Schneeblume ihn schlaftrunken daliegen sah, bückte sie sich und küsste ihn auf die Wange und ging weiter, ohne einen weiteren Gedanken an die Sache zu verschwenden, so oder so.

Und der Kuss gefror auf der Wange des Lampentrimmers, wo Schneeblume ihn gedrückt hatte.

Bald darauf kam König Gelidus mit weißem Barthauch in den Flur gestapft, sah den Jüngling liegen und den gefrorenen Kuss auf seiner Wange und befahl Glacierbhoy, die feinen Frostkristalle mit einer Klinge aus poliertem Horn vom Gesicht des Jünglings zu kratzen.

„Was hast du da, mein Vater?", fragte die Prinzessin, als sie sah, wie er die Hornklinge so vorsichtig mit sich führte.

„Einen Kuss, den jemand auf die Wange eines meiner Lampenputzer drückte, der jetzt vom Schlaf überwältigt auf der Treppe liegt", antwortete König Gelidus in klingendem, eisigem Ton.

„Nun, mein Vater", rief Prinzessin Schneeblume, „jetzt, wo du davon sprichst, glaube ich wirklich, dass der Kuss von mir ist, denn ich erinnere mich, dass ich jemanden geküsst habe, als ich den Palast betrat, ich war tief in Gedanken versunken, aber zweifellos gefiel mir der Jüngling, als er dort lag, schlafend mit der Lampe in der einen und dem Docht in der anderen Hand."

Und dieser Lampentrimmer trimmte keine Lampen mehr im Eispalast seiner frigiden Majestät Gelidus, König der Koltykwerps.

Zweifellos war er ein guter Ehemann für Schneeblume, und ich bin sicher, dass sie ihm eine gute Ehefrau war. Ich wäre gerne zum Hochzeitsmahl geblieben, aber das kam nicht in Frage. Ich war schon zu lange geblieben.

Kapitel XXIX

Etwas über die vielen Pforten zum
eisigen Reich des Königs Gelidus und
die schwierige Aufgabe, die richtige zu
wählen - wie Bulger sie löste - unser
Abschied von den kaltblütigen
Koltykwerps - Schneeblumes Kummer
über unseren Weggang.

Wie Bullibrain einmal bemerkte, wenn es viele Türen gibt,
ist es ein weiser Mann, der weiß, welche die richtige ist,
um sie zu öffnen; Und so war es auch, als ich versuchte,
das eisige Reich seiner frigiden Majestät Gelidus, des Königs der Koltykwerps, zu verlassen, denn es gab ein ganzes
Dutzend von Säulengängen, in denen ich, nachdem ich sie
erkundet hatte, nach einer halben Meile oder so an ein ho-
hes Tor aus massivem Eis stieß, das seltsam geschnitzt war
und zum Ende des Säulengangs passte wie ein Korken zu
einer Flasche.

Zweifellos fragen Sie sich, warum ich nicht dem Fluss folgend aus dem Königreich Koltykwerpian herauskam: aus
dem sehr guten Grund, dass er nicht weiter als bis zum
Herrschaftsgebiet von König Gelidus reichte und in einen
riesigen Stausee mündete, der offenbar einen unterirdischen Abfluss hatte, denn seine dicke Eisdecke blieb immer
auf der gleichen Höhe.

Die Steinbrucharbeiter des Königs wurden angewiesen, eine Öffnung durch diejenige Tür zu hauen, die ich als diejenige bezeichnen sollte, durch die ich zu gehen wünschte,
aber ich wurde von Phrostyphiz darüber informiert, dass

nach dem Gesetz des Landes nur eine Tür während eines Jahres geöffnet werden könne, so dass, wenn ich meinen Weg versperrt fände und wieder umkehren würde, dies eine Verzögerung von zwölf Monaten bedeuten würde. Bullibrain war mit all seiner Weisheit machtlos, mir zu helfen, obwohl ich halb geneigt war zu glauben, dass er es hätte tun können, wenn man ihm erlaubt hätte, die geheimen Aufzeichnungen des Königreichs zu untersuchen, die auf riesigen Eistafeln eingemeißelt und in den Gewölben des Palastes aufbewahrt wurden.

Tatsache ist, dass König Gelidus so sehr darauf bedacht war, dass ich bei der Hochzeit der Prinzessin Schneeblume assistierte, dass er mir jedes nur erdenkliche Hindernis in den Weg legte, ohne seine Hand offen zu zeigen. Und Schneeblume selbst gab mir durch das Tanzen ihrer klaren grauen Augen zu verstehen, dass auch sie hoffte, dass ich einen Fehler machen würde, als ich auf die Tür zeigte, die ich geöffnet haben wollte.

Bulger sah, dass ich in Schwierigkeiten steckte, konnte aber nicht klar erkennen, worin diese Schwierigkeiten bestanden. Er behielt jedoch seine Augen auf mich gerichtet, beobachtete jede meiner Bewegungen und hoffte zweifellos, das Rätsel zu lösen.

Während ich eines Tages gedankenverloren über das sehr ernste Problem saß, das ich zu lösen hatte, kam mir eine Idee: Ich hatte bemerkt, dass die Arbeiter in den Fleischgruben oft Sondierungsstangen benutzten, lange Stücke aus poliertem Knochen, die in Feuersteinspitzen endeten. Ein Steinbrucharbeiter in Koltykwerp konnte durch geschicktes Drehen dieser Stangen ein Loch von sechs Fuß Tiefe oder mehr in die feste Eisschicht bohren, wenn er die Position eines Kadavers im Fleischbruch feststellen wollte, und es kam mir in den Sinn, dass Bulgers scharfer Geruchssinn beim Durchstoßen der Eisportale, die ihre verschiedenen Gänge, von denen ich gesprochen habe, verschlossen, vielleicht jenen Luftstrom erkennen könnte, der

232

KOLTYKWERPIAN QUARRYMEN HEWING A PASSAGE THROUGH THE WALL OF ICE.

Figure 29: Koltykwerpianische Steinbrucharbeiter hauen Eiswand-Durch-gang

den Geruch von Erde und Gestein in sich trägt; mit anderen Worten, mir das Portal aussuchen, das sich auf jenem Korridor öffnete, der von der eisigen Domäne des Königs Gelidus wegführte und nicht nur in irgendeine entlegene Kammer seines Reiches.

Seine frigide Majestät konnte gegen solche Experimente nichts einwenden, denn das Gesetz verbot nur das Hauen von Öffnungen, die groß genug waren, dass der Hauer hindurchgehen konnte.

König Gelidus und ein halbes Dutzend seiner Höflinge, die streng und frigide aussahen und sich in eiskaltem Ton unterhielten, waren anwesend, um das Experiment zu sehen. Mich dünkte, ihre eisigen Lippen klapperten vor Befriedigung zusammen, als auf meine Aufforderung hin ein Portal nach dem anderen durchstoßen wurde, aber Bulger wandte sich, nachdem er an dem Loch geschnüffelt hatte, mit einem verwirrten Blick in den Augen ab, als ob er nicht halb verstand, warum ich ihm befahl, seine warme Nase in solch kalte Orte zu stecken.

Und so stapften wir von Gang zu Gang, bis die Steinbrucharbeiter Anzeichen von Ermüdung zu zeigen begannen und der Sondierstab sich immer langsamer in ihren Händen drehte.

Phrostyphiz blinzelte mit seinen kalten grauen Augen, als wollte er sagen: „Kleiner Baron, du musst noch ein Jahr bei uns bleiben!" Aber ich wandte mich nur an die Steinbrucharbeiter und befahl ihnen, noch ein weiteres Portal aus Eis zu durchstoßen, bevor wir die Aufgabe für den Tag aufgaben. Sie machten sich an die Arbeit, das elfte Tor zu durchstoßen, mit dem Tempo von Packeseln an einem Berghang. Aber schließlich bohrte sich der Sondierungsstab einen Weg hindurch, und auf eine Handbewegung von mir hin wichen die Steinbrucharbeiter zurück. Im Nu hatte Bulger seine Nase am Loch und nahm drei oder vier schnelle, hektische Schnüffelzüge, die mit einem langen, tiefgezogenen endeten, und dann brach er in eine Reihe scharfer, ruckartiger, freudiger Belltöne aus und begann wie wild am Boden des Portals zu kratzen.

„Eure frigide Majestät", sagte ich mit einer geduckten und stattlichen Verbeugung meines Körpers, wie sie nur die Angehörigen dieser Art machen können, „durch dieses Portal werde ich bei der Ankunft der morgigen Sonne die eisige Herrschaft Eurer Majestät verlassen!" Und als Phrostyphiz und Glacierbhoy diese Worte von mir so erhaben ausgesprochen hörten, glänzten ihre Augen kalt wie Stahl, und sie folgten dem König schweigend zurück in den Eispalast. Schneeblume begegnete ihnen in der großen Halle, und als sie in ihre Gesichter geschaut hatte, begann sie zu weinen, denn sie liebte mich und sie liebte auch Bulger, und ihr kaltes kleines Herz konnte den Gedanken an unseren Weggang nicht ertragen.

König Gelidus erholte sich jedoch bald wieder und ordnete ein Festmahl mit Gesang und Tanz zu Ehren von Bulger an, der während der Feierlichkeiten auf dem höchsten Diwan mit dem weichsten Fell unter ihm saß; und es waren so viele gefrorene Leckerbissen, die ihm die Koltykwerps im Laufe des Festmahls präsentierten, dass ich Angst bekam, er könnte seinen Magen überladen und nicht in der Lage sein, den frühen Aufbruch zu unserer Reise zu bewältigen, den ich dem koltykwerpischen Herrscher angekündigt hatte. Aber sein gutes Gespür bewahrte ihn davor, eine solche Dummheit zu begehen; tatsächlich war ich sehr amüsiert zu sehen, dass er zwar jeden Leckerbissen, der ihm gereicht wurde, annahm und feierlich kaute, aber als er seine Chance sah, ließ er ihn listig aus dem Maul fallen und schüttelte ihn mit seiner Pfote beiseite. So verbrachten wir unsere letzte Nacht am eisigen Hof seiner frigiden Majestät, und am Morgen versammelten sich die Koltykwerps in großen Scharen auf den verschiedenen Terrassen, um Abschied zu nehmen. Ich drückte der Prinzessin Schneeblume einen Kuss auf die Wange, und als dieser sich in Eiskristalle verwandelt hatte, bürstete ihn einer ihrer Männer in eine Alabasterdose. Prinz Frostbeule, der ehemalige Lampentrimmer, war mit dem Rest der koltykwerpischen Adligen anwesend, aber es schmeichelte mir, dass Schneeblume mich mehr liebte als sie ihn. Wie auch immer, ich wünschte ihm Freude und ergriff seine kalte Handfläche mit solcher Wärme, dass er eine ganze Minute lang nicht aufhörte, sie zu pusten. Als wir das hohe Portal erreichten, sahen wir, dass die Steinbrucharbeiter bereits einen Durchgang gehauen hatten, und in der Nähe sah ich einen Haufen massiver Eisblöcke, kristallklar.

Diese sollten, wenn Bulger und ich durch die Öffnung gehen sollten, dazu dienen, sie wieder zuzumauern; und als ich diesen Haufen von Blöcken sah und mich an die solide Arbeit der Koltykwerpianer Steinbrucharbeiter erinnerte, schoss mir der Gedanke durch den Kopf: Angenommen, Bulger hat nicht weise gewählt, was würde es nützen, umzukehren, denn meine eigenen schwachen Hände wären machtlos gegen eine Wand, die aus solchen Blöcken gebaut ist, und wenn ich noch so laut klopfe, wie könnte der Klang jemals diesen langen und gewundenen Korridor durchqueren und das Ohr eines Koltykwerp erreichen? „Nein", sagte ich zu mir selbst, „wenn Bulger nicht weise gewählt hat, wird es ein Abschied von der oberen und unteren Welt sein." Und dann schritt ich, in der einen Hand eine Alabasterlampe, in der anderen die Schnur haltend, die ich an Bulgers Kragen gebunden hatte, durch den engen, von den Steinbrucharbeitern gehauenen Gang und kehrte der kalten Herrschaft von Gelidus, dem König der Koltykwerps, für immer den Rücken. Einmal hielt ich inne und schaute zurück. Ich konnte nichts sehen, aber ich konnte das scharfe Klicken der Feuersteinäxte hören, als die Steinbrucharbeiter die Tür schlossen, die mich von so vielen kalten, aber liebenden Herzen ausschloss. Und dann holte ich tief Luft und machte mich wieder auf den Weg.

Und das war das letzte, was ich von den Koltykwerps sah, außer im Tagtraum oder in der Alptraumvision.

Kapitel XXX

Alles über den schrecklichsten, aber großartigsten Ritt, den ich je in meinem Leben unternommen habe – neunzig Meilen auf dem Rücken einer fliegenden Eismasse, und wie Bulger und ich endlich an den Ufern eines wunderbaren Flusses gelandet sind – wie der Tag in dieser Unterwelt anbrach.

Hätte meine Hand in diesem Moment nicht eine Leine ergriffen, die an den Hals meines weisen und scharfäugigen Bulgers gebunden war, ich glaube wirklich, ich wäre stehen geblieben, hätte mich umgedreht, meine Schritte zurückverfolgt und die Bewohner dieses kristallenen Reiches angefleht, mich noch einmal in das kalte Reich einzulassen, in dem Gelidus seinen eisigen Hof hielt; denn ein plötzlicher Anfall von Depression überkam mich, als die kalte Luft gegen meine Wangen schlug und ich die tiefe Dunkelheit sah, die durch die winzige Flamme meiner Alabasterlampe wahrnehmbar wurde.

So kalt es auch sein mochte, ich hätte Sonnenschein im eisigen Land der Koltykwerps, aber wie konnte ich jetzt wissen, welches Schicksal mich erwartete?

Zum Glück hatte ich den Hauptmann der Fleischgruben gebeten, mir einen seiner Sondierungsstäbe mit der Feuersteinspitze zu überlassen, denn ich fürchtete, beim Abstieg über einen eisigen Abhang zu stürzen und mir ein Glied zu verletzen oder gar zu brechen.

Ich war entschlossen, auf dieser eisigen Passage, die in undurchdringliche Finsternis gehüllt war und sich so sehr von dem breiten und polierten Pflaster des Marmorwegs unterschied, vorsichtig voranzugehen, und so hängte ich mir die Lampe um den Hals und benutzte den Sondierungsstab als Wanderstock, wofür er sich ausgezeichnet eignete. Plötzlich hielt Bulger an, stieß einen leisen Warnton aus und drehte sich um. Ich wusste sofort, dass Gefahr drohte, und ließ mich auf Hände und Knie fallen, kroch vorsichtig weiter, um die gefährliche Stelle in unserer Route zu untersuchen, die der wachsame Bulger angezeigt hatte.

Es war nur zu wahr: Wir standen offenbar am Rande einer steilen Brüstung, wie hoch, konnte ich nicht feststellen, aber ich konnte mit dem Sondierungsstab keinen Grund erreichen.

Was war zu tun? Umkehren?

Noch war es nicht zu spät, die Koltykwerpianer konnten ihre Aufgabe nicht in so kurzer Zeit erledigt haben, sie würden mein Klopfen hören, sie würden ihre Eiswand einreißen, und Gelidus und Schneeblume würden uns mit kalter, aber ehrlicher Genugtuung wieder in ihrem Eispalast willkommen heißen.

Während ich so in Gedanken versunken dasaß, begann ich halb unbewußt, den Sondierungsstab herumzuwirbeln, bis ich ihn in halber Länge im Eisboden versenkt hatte, und dann streckte ich den Arm aus, umfaßte Bulger und zog ihn an mich heran, wie es meine Gewohnheit war, wenn ich mich auf eine tiefe Meditation vorbereitete.

Kaum hatte ich das getan, als das Eis unter mir eines jener scharfen, klaren, knackenden Geräusche von sich gab, die so anders sind als die Geräusche, die beim Brechen irgendeiner anderen Substanz entstehen; und daraufhin fühlte ich, wie die Kristallmasse, auf der Bulger und ich saßen, einen Augenblick lang zitterte und vibrierte, und dann, mit einem plötzlichen Kippen nach unten, von der Masse hinter ihr abbrach und sich zu bewegen begann!

Instinktiv veranlasste mich ein Gefühl der schrecklichen Gefahr, mich an den Peilstab zu klammern, den ich wie einen Bohrer in das Eis versenkt hatte. Zum Glück befand er sich zwischen meinen Beinen, und blitzschnell schlang ich sie um ihn und nahm eine türkische Sitzhaltung ein, während mein linker Arm fest um Bulgers Körper geschlungen war.

Ich weiß nicht, wie es geschah, es geschah in einem Augenblick; aber ich saß nun sozusagen fest im Sattel auf dem Rücken des kristallenen Ungetüms, als es mit einem Knarren und Krachen die kristallenen Verbindungen zerbrach, die es an die Eiswand banden, und kopfüber den glasigen Abhang hinunterstürzte.

In meinem Schrecken hatte ich meine Lampe fallen lassen, und nun hüllte mich die tiefe Finsternis dieser Unterwelt ein. Aber nein, so war es nicht, denn als der flüchtende Eisblock knirschend und krachend seinen Weg fortsetzte, gaben die beiden kalten Kristallflächen einen seltsamen Schimmer von phosphoreszierendem Licht ab, der die fliegende Masse wie ein monströses Lebewesen erscheinen ließ, aus dessen tausend Augen Flammenzungen hervorschossen, während es wie wild dahinraste, mal an Geschwindigkeit gewann, wenn es auf eine steilere Strecke stieß, mal mit einem Hindernis kollidierte und gegen die felsigen Seiten des Ganges prallte und einen Schauer von Kristallen funkelnd und glitzernd in die schwarze Atmosphäre schickte!

Gleich darauf gelangt der fliehende Block auf einen sanften Abhang und gleitet mit dem leisen Geräusch zermalmender Kristalle sanft dahin, als sei er auf Kufen aus poliertem Stahl gelagert, und dann gleitet er mit einem plötzlichen Sprung auf einen steileren Abhang und springt förmlich in die Luft, während er über die glatte Fahrbahn zischt und einen Feuerschweif hinter sich lässt. Und nun trifft er auf ein Wegstück, das hier und da mit Eisklumpen und -blöcken übersät ist.

Mit wütendem Knurren stürzt er sich auf die kleineren und zermalmt sie zu Pulver, das er wie einen eisigen Schaumregen auf Bulger und mich, die wir auf seinem Rücken sitzen, schleudert. Aber einige der Blöcke widerstehen seinem furchtbaren Angriff, und unser mächtiges Ross wird mit Krachen und Quietschen von einer Seite zur anderen geschleudert, während es seine Kristallecken heftig gegen die vorspringenden Felsen treibt und Spuren seines weißen Fleisches auf diesen schwarzen Spitzen aus Hartgestein hinterlässt.

Es scheint eine Stunde her zu sein, seit das kristallene Ungeheuer ausgebrochen ist, und doch gleitet es immer weiter abwärts in seinem wilden Flug, stoßend, polternd, sich drehend, taumelnd, Bulger und mich auf die unterste Ebene der Welt innerhalb einer Welt tragend.

Wird er seinen wilden Flug nie beenden?

Gibt es keine Möglichkeit für mich, ihn zu zügeln?

Muss er fliegen, bis er seinen Körper so dünn geschliffen hat, dass das nächste Hindernis ihn in zehntausend Stücke zerschmettert und Bulger und mich in den Tod schleudert?

Während mir diese Gedanken durch den Kopf gehen, macht die fliegende Masse einen letzten wahnsinnigen Sprung, der sie auf einer fast ebenen Strecke landen lässt, und an dem anderen Geräusch, das der gleitende Block von sich gibt, erkenne ich, dass wir die Regionen des Eises hinter uns gelassen haben und unser Kristallschlitten sanft über eine Strecke aus poliertem Marmor gleitet.

Aber Kilometer um Kilometer gleitet er immer noch dahin, sanft, leise, lautlos, und dann wage ich zu hoffen, dass unser Leben gerettet ist.

Aber so furchtbar war die Anstrengung, so furchterregend die Angst, so erschöpfend die Anstrengung, die nötig war, um meinen Platz auf dem Eisblock zu halten und meinen

THE WONDERFUL RIDE ON THE BLOCK OF ICE.

Figure 30: Der wunderbare Ritt auf dem Eisblock

geliebten Bulger daran zu hindern, mir aus den Armen zu gleiten, dass ich rückwärts in eine schwere Ohnmacht fiel, als die gleitende Masse endlich zum Stillstand kam. Ich glaube, ich muss eine gute halbe Stunde oder so dagelegen haben; denn als ich wieder zu mir kam, verriet mir Bulgers rasende Freude, dass er furchtbar über mich aufgebracht war, und in dem Moment, in dem ich die Augen öffnete, begann er, meine Hände und mein Gesicht in höchst liebenswürdiger Weise mit Liebkosungen zu überhäufen. Liebes, dankbares Herz, er fühlte, dass er sein Leben dieses Mal seinem kleinen Herrn verdankte, und er wollte, dass ich verstand, wie dankbar er war.

In dem Moment, in dem sich Bulgers Nerven von dem Schock erholt hatten, den meine anhaltende Ohnmacht verursacht hatte, griff ich nach meiner Repetieruhr und berührte ihre Feder.

Es zeigte anderthalb Stunden an, seit wir durch das eisige Portal von König Gelidus' Reich getreten waren. Zieht man eine halbe Stunde für die Zeit, in der ich bewusstlos war, ab, so zeigte sie an, dass unser wahnsinniger Abstieg auf dem Rücken des Kristallmonsters eine ganze Stunde gedauert hatte, und wenn man die Durchschnittsgeschwindigkeit der fliehenden Eismasse auf anderthalb Meilen pro Minute schätzt, waren wir jetzt etwa neunzig Meilen von dem kalten Königreich entfernt, in dem Gelidus auf seinem eisigen Thron saß und Prinzessin Schneeblume zu seinen Füßen und Frostbeule neben ihr.

Nur mit Mühe konnte ich mich aufrichten, so steif waren meine Gelenke und verkrampft meine Muskeln nach dem furchtbaren Ritt, bei dem ich jeden Augenblick damit rechnete, gegen vorspringende Felsen zu prallen oder zwischen dem fliehenden Ungeheuer aus Eis und den gigantischen Eiszapfen, die von der Decke hingen wie die glänzenden Zähne einer riesigen Kreatur dieser Unterwelt, zerfetzt zu werden.

Aber konnte es sein, liebe Freunde, dass Bulger und ich

nur einem schnellen und barmherzigen Ende entgangen waren, um einem zehnmal schrecklicheren Tod ins Auge zu sehen, der langsam und allmählich eintreten sollte, wobei uns sogar die arme Wohltat verwehrt wurde, uns gegenseitig zu sehen, denn undurchdringliche Dunkelheit war um uns ausgebreitet und eine so tiefe Stille, dass meine Ohren in ihrer Sehnsucht nach einem Geräusch schmerzten, das sie durchbrechen könnte. Und doch lag etwas im Klang meiner eigenen Stimme, das mich erschreckte, wenn ich sie benutzte: es schien, als ob die schreckliche Stille darüber erzürnt wäre, von ihr gestört zu werden, und sie in meine Zähne zurückschlug.

Wo sind wir hier? Das war die Frage, die ich mir stellte, und dann bemühte ich mich in meinem Geist, jedes Wort in Erinnerung zu rufen, das ich auf den modrigen Seiten von Don Fums Manuskript über die Welt innerhalb einer Welt gelesen hatte; aber ich konnte mich an nichts erinnern, das mich erleuchtet hätte, nicht ein Wort, das mir Hoffnung oder Aufmunterung gegeben hätte, und ich war im Begriff, in völliger Verzweiflung aufzuschreien, als ich zufällig meine Augen hob und in die Ferne blickte, wo ich etwas sah, das mir wie ein Lampion erschien, der auf dem Boden tanzte.

Es war ein seltsamer und phantastischer Anblick in dieser Gegend der tiefschwarzen Dunkelheit, und einen Moment lang stand ich da und beobachtete es mit angehaltenem Atem und weit aufgerissenen Augen; aber nein, es konnte kein Irrlicht sein, denn jetzt hatte sich der schwache und unsichere Schimmer zu einem milden, aber stetigen Glühen ausgeweitet, das sich in der Ferne ausbreitete wie eine lange Reihe von sterbenden Lagerfeuern, die man durch einen einhüllenden Nebel sieht.

Aber in einem Augenblick hatte dieser weite, umlaufende Lichtring so an Helligkeit zugenommen, dass es um alles in der Welt wie ein Tagesanbruch im Land der Sonne aussah, und hier und da, wo sein milder Glanz die Dunkelheit dieser unterirdischen Region überwand, erblickte ich Mauern und Bögen und Säulen aus schneeweißem Marmor. Und dann, als ich mir Don Fums geheimnisvollen Hinweis auf den „Sonnenaufgang in der Unterwelt" ins Gedächtnis rief, schwenkte ich meinen Hut und stieß einen lauten Freudenschrei aus, während Bulger durch sein Bellen das Echo dieser geräumigen Kavernen weckte. Ich sage Euch, liebe Freunde, erst wenn Ihr in einer solchen Notlage gewesen seid, könnt Ihr wissen, wie sich eine solche Rettung anfühlt.

Und jetzt sind Sie zweifelsohne ein wenig besorgt, was für ein Sonnenaufgang in dieser Unterwelt, Meilen unter der unseren, stattfinden könnte.

Nun, wenn Sie so viele Meilen gereist sind wie ich und so viele Wunder gesehen haben wie ich, werden Sie bereit sein, zuzugeben, dass Wunder so alltäglich sind wie das Alltägliche selbst. Wisse also, dass diese riesige Region der Welt innerhalb einer Welt von einem breiten und ruhigen Strom umgeben war, dessen Wasser von einer großen Anzahl gigantischer Strahlentiere[13] wimmelte, wie Polypen, Seeigel, portugiesische Galeeren[14], Seeanemonen und dergleichen; dass diese durchsichtigen Geschöpfe, die die Kraft hatten, Licht auszustrahlen, nachdem sie zwölf Stun-

---

13 Als Radiata („Strahlentiere"; von lat. radius „Strahl") werden die radiärsymmetrisch aufgebauten Gewebetiere bezeichnet, wobei der Begriff heute vor allem eine historische Bedeutung hat. Die Gruppe umfasst die beiden Stämme der Nesseltiere (Cnidaria) und der Rippenquallen (Ctenophora) (Nach vereinzelter Ansicht auch die Placozoa). Früher betrachtete man die Radiata als natürliche Verwandtschaftsgruppe und stellte sie den bilateralsymmetrischen Tieren (Bilateria) gegenüber.

14 Die Portugiesische Galeere (Physalia physalis), engl. Atlantic Portuguese man o' war, auch Floating Terror, ist eine Art aus der Gattung der Seeblasen (Physalia), die zu den Staatsquallen (Siphonophorae) gezählt wird. Im weiteren Sinne werden manchmal eng verwandte Arten aus derselben Gattung wie Physalia utriculus als Portugiesische Galeere bezeichnet.

den lang geschlafen hatten, allmählich ihre Körper und Tentakel entfalteten und zur Oberfläche dieser ruhigen und klaren Gewässer aufstiegen, wobei sie nach und nach ihre geheimnisvolle Ausstrahlung steigerten, bis sie die Dunkelheit aus den riesigen Höhlen, die sich an den Ufern des Flusses öffneten, vertrieben hatten und diese Unterwelt mit einem sanften Glanz erhellten, der etwas heller war als die Strahlen unseres Vollmondes.

Figure 31: Portugiesische Galeere (Physalia physalis)
Von Image courtesy of Islands in the Sea 2002, NOAA/OER. - U.S. Department of Commerce, National Oceanic and Atmospheric Administration, Gemeinfrei, https://commons.wikimedia.org/w/index.php? curid=185562

Zwölf Stunden lang machten diese seltsamen Laternen des Flusses diese Unterwelt zum Tag, und dann, als sie allmäh-

THE TROPICS OF THE UNDER WORLD.

Figure 32: Die Tropen der Unterwelt

lich zusammenschrumpften und außer Sichtweite sanken, glühten ihre erlöschenden Feuer mit dem ganzen vielfarbigen Glanz unserer schönsten Dämmerung, und die Nacht, schwärzer als stygische Finsternis, kehrte zurück. Aber jetzt war es heller Tag, und als ich Bulger bat, mir zu folgen, ging ich in stiller Verwunderung an den Ufern dieses glühenden Stroms entlang, der wie ein Band aus geheimnisvollem Feuer, so weit mein Auge reichte, um die weißen Marmoröffnungen dieser riesigen unterirdischen Kammern kreiste.

Kapitel XXXI

Darin lesen Sie von den herrlichen
Höhlen aus weißem Marmor, die an den
wunderschönen Fluss grenzen – die
Tropen der Unterwelt – wie wir am
Ufer des Flusses auf einen einsamen
Wanderer stießen – mein Gespräch mit
ihm und meine Freude darüber, dass
ich mich im Land der Rasselhirne oder
glücklichen Vergesser befand – eine
kurze Beschreibung von ihnen.

Mit jeder Biegung des gewundenen Weges, der an den weißen Ufern dieses wunderschönen Stromes vorbeiführte,
verliehen ihm die Schwärme von leuchtenden Tieren eine
neue Schönheit; denn mit dem Fortschreiten des Tages -
wenn ich es so ausdrücken darf - hoben sie ihre leuchtenden Körper immer näher an die Oberfläche, bis der Fluss
nun wie geschmolzenes Silber glänzte; und da die steilen
Felswände am gegenüberliegenden Ufer riesige Glimmer-
platten in sich trugen, war der Effekt, dass diese gigantischen natürlichen Spiegel den glühenden Strom mit verblüffender Treue reflektierten und die Flut des weichen
Lichts in blendendem Schimmer gegen die fantastischen
Portale der weißen Marmorhöhlen auf dieser Seite des
Stroms warfen. Es war ein unvergesslicher Anblick, und
immer wieder hielt ich in stiller Verwunderung inne, um
meine Augen an einer neu entdeckten Schönheit zu weiden. Jetzt bemerkte ich zum ersten Mal, dass jedes weiße

Marmorbecken, jede Bucht und jeder Meeresarm in einem anderen Glanz erstrahlte, je nach der Art der winzigen phosphoreszierenden Tiere, die zufällig das Wasser füllten - eines war ein zartes Rosa, ein anderes ein herrliches Rot, das dritte ein tiefes, sattes Purpur, das vierte ein sanftes Blau, das fünfte ein Goldgelb, und so weiter, wobei der Reiz jedes Farbtons durch das schneeweiße Weiß dieser Marmorbecken noch verstärkt wurde, durch die lange Reihen kurioser Fische mit Schuppen in polierten Gold- und Silbertönen langsam hindurchschwammen, wobei sie ihre prächtigen Flanken aufrichteten, um den vollen Glanz des von den Glimmerspiegeln reflektierten Lichts einzufangen. Und nun erfüllte der kühle Atem von König Gelidus' Reich nicht mehr die Luft. Ich befand mich sozusagen in den Tropen der Unterwelt, und es fehlte nur noch eines, um meine Freude an dieser märchenhaften Gegend zu vervollständigen, und das war jemand, der sie mit mir teilte.

Bulger hatte zwar eine Ahnung von ihrer Schönheit, denn er bezeugte seine Freude darüber, wieder einmal in einem warmen Land zu sein, indem er zu meiner Belustigung einige verrückte Kapriolen vollführte und am Ufer des schillernden Flusses entlang huschte und die stattlichen Fische anbellte, während sie langsam mit ihren vielfarbigen Flossen das Wasser fächelten; aber ich muss zugeben, dass ich mich nach der Prinzessin Schneeblume sehnte, damit sie mir Gesellschaft leistete. Aber es war ein voreiliger Wunsch; denn die warme Luft hätte sie in Angstkrämpfe versetzt, und sie hätte es vorgezogen, lieber im kühlen Fluss den Tod zu finden, als zu versuchen, eine so heiße Atmosphäre zu atmen. Inzwischen war ich mehrere Meilen an den weißen Ufern des gleißenden Stroms entlang vorgedrungen, und da ich mich etwas ermüdet fühlte, wollte ich mich gerade auf den vorspringenden Rand einer natürlichen Felsenbank setzen, die fast von Menschenhand an das Flussufer gesetzt worden zu sein schien, damit menschliche Gestalten sich darauf ausruhen und das wunderbare

Spiel der Farben und Schattierungen in diesem weitläufigen Meeresarm beobachten konnten, als ich zu meinem Erstaunen sah, dass dort bereits eine menschliche Kreatur saß.

Seine Augen waren auf das Wasser gerichtet, und mir schien, dass sein Gesicht, das sanft und ruhig war, einen müden Ausdruck trug. Sicherlich war er in so tiefe Meditation versunken, dass er meine Annäherung entweder gar nicht wahrnahm oder so tat, als ob er sie nicht bemerkte. Bulger war geneigt, nach vorne zu stürmen und seine Aufmerksamkeit durch eine Folge von ohrenbetäubendem Bellen zu erregen, aber ich schüttelte den Kopf. Dieser Wanderer am glühenden Strom des Tages trug ein ziemlich anmutiges, mantelartiges Gewand, gewebt aus einer Substanz, die im Licht schimmerte, und so schloss ich, dass es Mineralwolle sein musste. Sein Kopf war kahl, ebenso wie seine Beine bis zu den Knien, an den Füßen trug er weiße Metallsandalen, die mit etwas zusammengebunden waren, das wie Lederriemen aussah. Alles in allem hatte er ein freundliches, wenn auch etwas eigenartiges Aussehen, und seine Haltung wirkte auf mich wie die einer Person, die entweder in tiefe Gedanken versunken ist oder möglicherweise auf ein gespannt erwartetes Signal wartet. Jedenfalls beschloss ich, da ich gewohnt war, auf meinen Reisen in alle vier Himmelsrichtungen allen möglichen Leuten zu begegnen, die Meditation des Herrn zu unterbrechen und ihm einen guten Morgen zu wünschen.

„Wen habe ich das Vergnügen, in diesem schönen Teil der Welt innerhalb einer Welt zu treffen?"

Der Mann schaute mich etwas benommen an und antwortete.

„Ich weiß es wirklich nicht, das kann ich Ihnen gerne sagen."

„Aber, Sir, Ihr Name!" beharrte ich.

„Ich habe ihn vor Jahren vergessen", war seine bemerkenswerte Antwort.

„Aber gewiss, Sir", rief ich etwas herausfordernd, „du bist nicht der einzige Bewohner dieser schönen Unterwelt, - du hast Verwandte, Frau, Familie?"

„Ja, lieber Fremder", antwortete er in langsamen und gemessenen Tönen, „es gibt Leute weiter am Ufer entlang, und es sind gute, liebe Seelen, obwohl ich ihre Namen vergessen habe, und ich habe auch eine sehr schwache Erinnerung daran, dass zwei dieser Leute Söhne von mir sind. Halt! nein, ihre Namen sind mir auch entfallen, ich habe sie an dem Tag vergessen, an dem mir mein eigener Name entglitten ist!" und während er diese Worte aussprach, warf er seinen Kopf mit einem plötzlichen Ruck zurück, und ich hörte ein seltsames Klicken in seinem Inneren, als ob etwas von seinem Platz gerutscht wäre, und in diesem Augenblick schoss mir ein geheimnisvoller Ausdruck in den Sinn, den dieser Meister der Meister, Don Fum, benutzt.

Rasselhirne! Ja, das war es; und jetzt fühlte ich mich sicher, dass ich in der Gegenwart eines der merkwürdigen Leute stand, die die Welt innerhalb einer Welt bewohnen und denen Don Fum den seltsamen Namen „Rasselhirne" oder „Glückliche Vergesser" gegeben hatte.

Ich war so erfreut, dass ich mich kaum zurückhalten konnte, auf diesen sanftmütigen und milden Menschen zuzugehen, dessen Kopf gerade das scharfe Klicken von sich gegeben hatte, und ihn bei der Hand zu ergreifen. Aber ich fürchtete, ihn durch eine so freundliche Begrüßung zu erschrecken, und so begnügte ich mich mit dem Ausruf

„Herr, vor Ihnen steht kein anderer als der berühmte Reisende, Baron Sebastian von Troomp!", aber zu meinem großen Erstaunen und noch größeren Verdruß wandte er nur einen Augenblick lang seine seltsamen Augen mit dem fernen Blick auf mich und betrachtete dann wieder das schön gefärbte Gewässer, als ob ich meinen Mund nicht geöffnet hätte. Es war die außergewöhnlichste Behandlung, die ich seit meinem Abstieg in die Unterwelt erlebt hatte, und ich war kurz davor, mich darüber zu ärgern, wie es sich für einen wahren Ritter und besonders für einen von Troomp gehört, als mir Don Fums kurze Beschreibung der Rasselhirne oder Glücklichen Vergesser durch den Kopf schoss.

Er sagte: „Durch die Ausübung ihres starken Willens sind sie seit Ewigkeiten damit beschäftigt, ihre Gehirne von dem für sie jetzt nutzlosen Wissensvorrat zu entladen, den ihre Vorfahren angesammelt haben, und die natürliche Folge war, dass die Gehirne dieser seltsamen Leute, die sich die Glücklichen Vergesser nennen, von aller Arbeit und Anstrengung des Denkens befreit, eher geschrumpft als gewachsen sind, so dass bei vielen der Glücklichen Vergesser ihre Gehirne wie der verschrumpelte Kern einer Nuss aus dem letzten Jahr aussehen und ein scharfes Klicken von sich geben, wenn sie ihren Kopf plötzlich mit einem Ruck bewegen, wie es oft ihre Gewohnheit ist, denn sie sind sehr stolz darauf, dem Zuhörer zu beweisen, dass sie den Namen "Rasselhirn" verdienen.

„Ich brauche dich auch nicht daran zu erinnern, o Leser", schloss Don Fum in seinem berühmten Werk über die „Welt innerhalb einer Welt", „dass der Chef unter den glücklichen Vergessern derjenige ist, dessen Kopf das lauteste und schärfste Klicken von sich gibt; denn er ist es, der am meisten vergessen hat."

Sie können sich nur eine schwache Vorstellung davon machen, liebe Freunde, wie erfreut ich über die Aussicht bin, einige Zeit unter diesen seltsamen Menschen zu verbringen - Menschen, die mit absolutem Schrecken auf das Wissen blicken, als die eine Sache, die man loswerden muss, bevor das Glück in das menschliche Herz eintreten kann.

Keine Freude kann der des glücklichen Vergessers gleichkommen, wenn er beim Ergreifen der Hand eines Freundes feststellt, dass er dessen Namen vergessen hat; und kein Tag ist in diesem Lande gut verbracht, an dessen Ende der Bewohner nicht ausrufen kann „Heute ist es mir gelungen, etwas zu vergessen, was ich gestern noch wusste!"

Schließlich erhob sich der glückliche Vergesser von seinem Sitz und ging ruhig davon, ohne mir auch nur guten Tag zu wünschen; aber ich war entschlossen, mich nicht so leicht abwimmeln zu lassen, und rief ihm mit lauter Stimme nach, worauf Bulger, meinem Beispiel folgend, einen Lärm auf seinen Fersen machte, worauf er sich umdrehte und bemerkte

„Verzeihung, ich hatte dich zum Glück ganz vergessen, und deinen Namen auch, den habe ich vergessen; lass mich sehen, bist du ein Strahlenfisch?" (Eines der Tiere im Wasser.) Ich war mehr als halb geneigt, meine Beherrschung über diese Beleidigung zu verlieren, die mich, ein Wirbeltier, mit einem bloßen Quallenfisch gleichsetzte; aber unter allen Umständen hielt ich es für das Beste, mich zu beherrschen, denn ich konnte mir gut vorstellen, dass ich bei der Größe meines Kopfes und dem völligen Fehlen jeglichen Klicks in seinem Inneren nicht dazu bestimmt war, ein sehr willkommener Besucher bei den Glücklichen Vergessern zu sein; Ich schluckte meine verletzten Gefühle hinunter, verbeugte mich tief und bat diesen neugierigen Herrn, so freundlich zu sein, mich zu seinen Leuten zu führen, bei denen ich ein paar Tage bleiben wollte.

Kapitel XXXII

Wie wir in das Land der Glücklichen
Vergesser gelangten. – Etwas mehr
über diese seltsamen Leute. –
Ihre Furcht vor Bulger und mir. –
Ein Aufenthalt von nur einem Tag war
uns vergönnt. – Beschreibung der
angenehmen Häuser der Glücklichen
Vergesser. – Die Drehtür, durch die
Bulger und ich kurzerhand aus der
Domäne der Rasselhirne entlassen
werden. – Alles über die
außergewöhnlichen Dinge, die Bulger
und mir danach widerfahren sind. –
Einmal mehr in der freien Luft der
Oberwelt, und dann auf dem Heimweg.

Der Glückliche Vergesser setzte seinen Weg ruhig auf dem gewundenen Pfad fort, der den glühenden Fluss umgab, scheinbar und zweifellos wirklich unbewusst der Tatsache, dass Bulger und ich ihm dicht auf den Fersen waren. Nach etwa einer halben Stunde dieser schweigenden Wanderung blieb er plötzlich stehen und schien mit seiner ruhigen, dem Licht zugewandten Miene so weit in Gedanken versunken zu sein, dass ich einige Augenblicke lang zögerte, ihn anzusprechen. Da es aber keine Anzeichen dafür gab, dass er zu sich kommen wollte, wagte ich es, ihn nach der Ursache der Verzögerung zu fragen.

„Ich freue mich zu sagen", bemerkte er, ohne den Kopf zu drehen, „dass ich vergessen habe, welche dieser beiden Straßen zu den Häusern unserer Leute führt."

Ich weiß nicht, was wir getan hätten, wenn nicht Bulger die Schwierigkeit für uns gelöst hätte, indem er sich für einen der Wege entschied und uns mit einem aufmunternden Bellen aufforderte, ihm zu folgen.

Als ich dem Glücklichen Vergesser versicherte, dass er keine Angst vor der Weisheit der Wahl zu haben brauchte, erschrak er fast über diese Information; denn ihr müsst wissen, liebe Freunde, dass der Glückliche Vergesser mehr Angst vor Wissen hat als wir vor Unwissenheit. Für ihn ist es die Mutter aller Unzufriedenheit, die Quelle allen Unglücks, die Ursache aller furchtbaren Übel, die über die Welt und die Menschen in ihr gekommen sind.

„Die Welt", sagte einer der Glücklichen Vergessenden traurig zu mir, "war einst vollkommen glücklich, und der Mensch hatte keinen Namen für seinen Bruder, und doch liebte er ihn, so wie die Turteltaube ihre Gefährtin liebt, obwohl er keine Namen hat, um sie zu nennen. Aber, ach, eines Tages kam dieses Glück zu einem Ende, denn eine seltsame Krankheit brach unter den Menschen aus. Sie wurden von einem wilden Verlangen ergriffen, Namen für Dinge zu erfinden; sogar viele Namen für dieselbe Sache und verschiedene Arten, dieselbe Sache zu tun. Diese seltsame Leidenschaft wuchs ihnen so sehr ans Herz, dass sie ihr Leben damit verbrachten, es sich auf jede erdenkliche Weise schwerer zu machen. Sie bauten verschiedene Straßen zum selben Ort, sie machten verschiedene Kleider für verschiedene Tage und verschiedene Gerichte für verschiedene Feste. Jedem Kind gaben sie zwei, drei und sogar vier verschiedene Namen, und für verschiedene Füße wurden verschiedene Schuhe angefertigt, und eine Familie gab sich nicht mehr mit einem Trinkkürbis zufrieden. Hielten sie hier an?

„Nein, jetzt lernten sie, wie man zu verschiedenen Freunden verschiedene Gesichter macht, ein Stirnrunzeln mit einem Lächeln verdeckt und fröhliche Lieder singt, wenn das Herz traurig ist. In ein paar Jahrhunderten konnte ein Bruder nicht mehr das Gesicht eines Bruders lesen, und die eine Hälfte der Welt fragte sich, woran die andere Hälfte dachte; so entstanden Missverständnisse, Streit, Fehden, Kriege. Der Mensch begnügte sich nicht mehr damit, mit seinen Mitmenschen in den geräumigen Höhlen zu wohnen, die die gütige Natur für ihn ausgehöhlt hatte, und durchbohrte die Berge mit gewundenen Gängen, neben denen seine schmalen Straßen zu bloßen Pfaden schrumpften."

Im Land der glücklichen Vergessenen kommt niemals Sorge, um den Schlaf zu stören, noch ängstlicher Gedanke, um die schreckliche Totenmaske des Morgens zu tragen!

Glücklich der Tag, an dem dieses Kind der Natur ausrufen könnte: „Seit dem Morgen habe ich etwas vergessen! Ich habe mein Gemüt entladen! Es ist ein Gedanke leichter, als es war!"

Er war der glücklichste unter den glücklichen Vergessern, der ehrlich sagen konnte: "Ich weiß nicht, wie du heißt, noch wann du geboren bist, noch wo du wohnst, noch wer deine Verwandten sind; ich weiß nur, dass du mein Bruder bist, und dass du mich nicht leiden sehen wirst, wenn ich vergesse zu essen, oder verdursten, wenn ich vergesse zu trinken, und dass du mich meine Augen schließen lassen wirst, wenn ich vergesse, dass ich mich zum Schlafen hingelegt habe.

Bulgers und meine Ankunft im Land der glücklichen Vergesslichen erfüllte die Herzen dieser neugierigen Leute mit heimlicher Furcht. Beim Anblick meines großen Kopfes begannen sie alle zu zittern wie Kinder im Dunkeln, die von dem Schrecken eines Kobolds heimgesucht werden, und sie weigerten sich einmütig, mir zu gestatten, auch nur eine kurze halbe Stunde unter ihnen zu verweilen; aber allmählich legte sich dieser unvermittelte Schrecken ein wenig, und nach einem Rat, den einige der jüngeren Männer hielten, deren Hirn ihre Köpfe noch ganz ausfüllte, wurde beschlossen, dass ich noch einen Tag in ihrem Lande verweilen dürfe, dass dann aber die Drehtür geöffnet und Bulger und ich aus ihrem Gebiet hinausgestoßen werden sollten.

Nach dem, was Don Fum über die Glücklichen Vergesser geschrieben hatte, wusste ich nur zu gut, dass es für mich nutzlos sein würde, zu versuchen, dieses Dekret rückgängig zu machen; also schwieg ich, außer dass ich ihnen für diesen großen Gefallen, der mir erwiesen wurde, dankte.

Das Tageslicht, wenn ich es so nennen darf, begann nun zu schwinden, oder besser gesagt, die Tausende von lichtspendenden Kreaturen, die im Fluss wimmelten, begannen nun, ihre langen Tentakel einzuziehen, ihre blumenartigen Körper zu schließen und langsam auf den Grund des Flusses zu sinken. Ich war sehr gespannt, ob die Glücklichen Vergesser irgendeinen Versuch machen würden, ihre höhlenartigen Behausungen zu beleuchten, oder ob sie sich einfach ins Bett verkriechen und die langen Stunden der pechschwarzen Dunkelheit ausschlafen würden. Zu meiner Überraschung hörte ich nun von allen Seiten das Klacken von Feuersteinen, und in einem Augenblick oder so wurden tausend oder mehr große Kerzen aus Mineralwachs mit Asbestdochten angezündet, und die großen Kammern aus weißem Marmor waren bald von diesen weichen und gleichmäßigen Flammen erleuchtet.

Die Glücklichen Vergesser waren reine Pflanzenfresser, die sich von den verschiedenen Pilzpflanzen ernährten, die in diesen Höhlen in großer Fülle wuchsen, zusammen mit einem sehr nahrhaften und angenehm schmeckenden Gelee, das aus einem erstarrten Gummi pflanzlichen Ursprungs hergestellt wurde und in den Spalten bestimmter Felsen reichlich vorhanden war. Es gab noch eine weitere Nahrungsquelle, nämlich die Nester bestimmter Krebse, die sie an der Felswand, knapp über der Oberfläche des Flusses, bauten. Diese ergaben in kochendem Wasser aufgelöst eine ausgezeichnete Brühe, die der Suppe aus essbaren Vogelnestern sehr ähnlich war.

Die Kleidung, die die Glücklichen Vergesser trugen, war ganz aus Mineralwolle gewebt, die in diesen Höhlen eine lange und starke Faser von erstaunlicher Weichheit ergab. Die Rasselhirne waren auch recht gute Metallverarbeiter, begnügten sich aber damit, nur solche Gegenstände herzustellen, die für den täglichen Gebrauch tatsächlich notwendig waren. Ihre Betten waren mit getrocknetem Seetang und Flechten ausgestopft, und Bulger und ich verbrachten eine sehr angenehme Nacht.

Da es mir verboten war, laut zu sprechen, eine Frage zu stellen oder mich außerhalb des Hauses zu bewegen, es sei denn in Begleitung eines der Stadträte, war ich nicht traurig, als der Moment kam, in dem die Drehtür geöffnet wurde. Man hatte die Glücklichen Vergesser glauben lassen, Bulger und ich seien tausendmal gefährlicher als schuppige Ungeheuer oder schwarzgeflügelte Vampire, und so hielten sie sich von uns fern, die Kinder versteckten sich hinter ihren Müttern, und die Mütter spähten durch Ritzen und Spalten nach uns.

Die Größe meines Kopfes flößte ihnen ein namenloses Grauen ein, und selbst das halbe Dutzend der jüngeren und mutigeren wich instinktiv zur Seite, um mich passieren zu lassen.

Zum ersten Mal in meinem Leben war ich ein Objekt des Grauens für meine Mitgeschöpfe, aber ich hatte keine hartherzigen Gedanken gegen sie! Für die ängstlichen Kinder der Natur, die sie waren, war ich ein ebenso schreckliches Objekt, wie es der fackelbewaffnete Dämon der Zerstörung für uns wäre, wenn er in einer unserer schönen Städte der Oberwelt losgelassen würde.

Und nun war die Wache der Glücklichen Vergesser vor etwas stehen geblieben, das mir wie ein riesiges Fass aus

THROUGH THE REVOLVING DOOR.

Figure 33: Durch die Drehtür

massivem Marmor erschien und zur Hälfte in der weißen Wand der Höhle stand, zu der sie mich geführt hatten. Aber auf den zweiten Blick sah ich, dass es eine Reihe von quadratischen Löchern um seine Ausbuchtung herum hatte, wie die in der Oberseite eines Kapstans[15].

Figure 34: Ein Kapstan bzw. eine Ankerwinde auf einem Segelschiff. Die Stangen werden in die quadratischen Löcher gesteckt und von Matrosen bedient. Der obere Teil bedient die Ankerwinde unten im Vorschiff. Von en:User:Leonard G. - Originally copied on the English Wikipedia by en:User:Leonard_G.., CC SA 1.0, https://commons.wikimedia.org/w/index.php?curid=508127

Die Glücklichen Vergesser verschwanden nun für einen Moment, und als sie wieder zu mir stießen, trug jeder von

---

15 Ein Kapstan oder Spill ist eine rotierende Maschine mit vertikaler Achse, die für den Einsatz auf Segelschiffen entwickelt wurde, um die Zugkraft der Seeleute beim Ziehen von Tauen, Kabeln und Trossen zu vervielfachen. Das Prinzip ist ähnlich dem der Ankerwinde, die eine horizontale Achse hat.

ihnen eine Metallstange in der Hand, deren Ende er in eines dieser Löcher steckte, und dann begann sich auf ein Signal des Anführers der riesige Halbkreis aus Marmor geräuschlos zu drehen, genau wie ein Kapstan. Als der Hebel eines jeden Mannes an die Wand kam, schob er ihn wieder nach vorne. Plötzlich sah ich zu meinem Erstaunen, dass das große Marmorfass hohl war, wie ein Wachhäuschen; und Sie können sich meine Gefühle vorstellen, liebe Freunde, als ich höflich gebeten wurde, hineinzutreten.

Habe ich mich geweigert, zu gehorchen?

Nicht ich. Es wäre sinnlos gewesen, denn war nicht der ganze Stamm der Rasselhirne da, um Hand an mich zu legen und mich hineinzustoßen?

Ich nahm also meinen Hut ab und verbeugte mich tief vor der kleinen Gruppe der Glücklichen Vergesser und trat in das hohle Fass, und Bulger tat dasselbe, aber nicht mit so viel Anmut wie sein Herr, denn er warf einen wütenden Blick auf die ungastlichen Bewohner dieser Kammern aus weißem Marmor, knurrte und fletschte seine Zähne, um seine Verachtung für sie zu zeigen.

Jetzt begann sich das große Marmorfass in die andere Richtung zu drehen, und in einem Augenblick war es wieder an seinem Platz.

Ich hörte mehrere scharfe Klickgeräusche, als ob eine Reihe von riesigen Federverschlüssen eingerastet wäre, und dann war alles still wie im Grab, und ich hätte fast gesagt, auch dunkel; aber nein, das konnte ich nicht sagen, denn ich schaute hinaus in einen niedrigen Tunnel, der an der Nische vorbeiführte, in der Bulger und ich standen, und zu meinem mehr als großen Erstaunen war er schwach beleuchtet.

Ich trat in sie hinein; sie war so rund wie ein Kanonenrohr und gerade hoch genug, dass ich aufrecht stehen konnte; und nun entdeckte ich, woher das Licht kam. In den Rissen und Spalten seiner Wände wuchsen riesige Massen jener zarten, lichtspendenden Pilzwurzeln, deren Schein so stark war, dass ich keine Schwierigkeiten hatte, die Schrift auf meinen Tafeln zu lesen; tatsächlich stand ich mehrere Minuten lang da und machte Einträge im Licht dieser Bündel glühender Wurzelchen.

Dann schoss mir der Gedanke durch den Kopf, -

„In welche Richtung soll ich mich wenden, nach rechts oder nach links?"

Bulger begriff die Ursache meines Schwankens und beeilte sich, mir zu Hilfe zu kommen. Nachdem er die Luft erst in die eine und dann in die andere Richtung geschnuppert hatte, wählte er den rechten Weg, und ich folgte ihm, ohne einen Gedanken daran zu verschwenden, seine Weisheit in Frage zu stellen. Seltsamerweise war er nicht weiter als ein paar hundert Ruten[16] vorgedrungen, bevor ich bemerkte, dass eine starke Luftströmung durch den Tunnel in die Richtung wehte, die Bulger eingeschlagen hatte.

---

16 Die Rute ist sowohl eine alte Längenmaßeinheit als auch ein traditionelles Messgerät der Längenmessung. Im deutschsprachigen Raum wurde die Rute üblicherweise mit dem Zeichen ° abgekürzt. Verschiedene Länder und Berufszweige benutzten als Rute fast 20 unterschiedliche Längenmaße zwischen 3 und 9 Meter, überwiegend aber von 3,6 bis 5 Meter oder 1½ bis 3 Klafter. Sie waren (mit zwei Ausnahmen) ganzzahlige Vielfache der allgemein verbreiteten Einheit Fuß (ca. 30 cm).

Figure 35: Halbe preußische Rute am Historischen Rathaus in Münster (da die preußische Rute ein Zwölf-Fuß-Maß – also ca 3,60m – darstellte, entsprach die halbe Rute de facto einem Klafter) Von Dietmar Rabich, CC BY-SA 4.0, https://commons.wikimedia.org/w/index.php?curid=58243515

Jeden Moment nahm sie an Heftigkeit zu, hob uns förmlich von den Füßen und trug uns durch diese enge Röhre, die von der Natur mit ihren eigenen Händen geschaffen worden war und auch von ihren eigenen Lampen beleuchtet wurde. Die Bewegung der Luft durch dieses riesige Rohr verursachte Ausbrüche mächtiger Töne, als ob sie von einer gigantischen Orgel, die von riesigen Händen gespielt wurde, hervorgebracht wurden. Es war seltsam, aber dennoch fühlte ich keinen Schrecken, als ich dieser überirdischen Musik lauschte, obwohl die Tiefe der Töne schmerzhaft an meinem Trommelfell zerrte.

Durch das schwache Licht der leuchtenden Knollen konnte ich Bulger direkt vor mir sehen, und ich war zufrieden. Kein Schauer der Angst lief mir über den Rücken oder raubte meinen Gliedern die volle Kraft, dem immer stärker werdenden Winddruck zu widerstehen. Aber als er stärker und stärker wurde, halb aus eigenem Antrieb und halb weil Bulger das Beispiel gab, brach ich in ein Laufen aus. Sobald unser Tempo schneller wurde, war es mir unmöglich, wieder langsamer zu werden. Weiter, weiter, in einem verrückten Rennen, meine Füße berührten kaum den Boden des Tunnels, raste ich dahin, während das große Rohr, durch das ich auf den Flügeln des Sturms getragen wurde, sein tiefes und majestätisches Tosen von sich gab.

HURLED OUT IN THE SUNSHINE.

Figure 36: Hinausgeschleudert in den Sonnenschein

CAUGHT UP IN THE ARMS OF THE TORRENT.

Figure 37: Gefangen in den Armen des Sturzbachs

Es lag etwas seltsam und geheimnisvoll Aufregendes in diesem Rennen, und alles, was mich davon abhielt, es in vollen Zügen zu genießen, war der Gedanke, dass eine plötzliche

Zunahme der Heftigkeit des Sturms mich heftig auf mein Gesicht werfen und mir möglicherweise einen Arm brechen oder mich auf irgendeine ernste Weise verletzen könnte.

Mit einem Mal hörte das tiefe, orgelartige Dröhnen auf, und an seine Stelle trat das beängstigende Geräusch von rauschendem Wasser. Bevor ich Zeit zum Nachdenken hatte, war es über mich gekommen und schlug mich wie ein gewaltiger Schlag einer riesigen Faust, die einen Boxhandschuh trug. Im nächsten Augenblick wurde ich wie ein Korken von einem reißenden Gebirgsbach aufgefangen, von einer Seite zur anderen geschaukelt, gewunden, gedreht, hinuntergesaugt und wieder hochgeworfen, hin und her gewirbelt, hin und her geworfen, gerollt wie ein Rad, meine Arme und Beine die Speichen!

Wunderbarerweise verlor ich nicht das Bewußtsein, als diese furchtbare Strömung mich wie einen Holzstock durch eine Rinne schoß, von der ich nicht wußte, wohin, nur daß die Geschwindigkeit und Lautstärke immer weiter zunahm, bis endlich der stürmische Strom den Tunnel füllte und mir das Licht, den Atem, das Leben, alles raubte, auch meinen treuen und geliebten Bulger!

Wie lange es dauerte - dieser furchterregende Ritt in den Armen dieser wahnsinnigen Wasser, die wie auf Leben und Tod durch dieses enge Loch rauschten - weiß ich nicht; Ich weiß nur, daß plötzlich ein mächtiges Zischen und Rauschen des Wassers an meine Ohren drang, wie durch die Düse eines gigantischen Schlauches, und daß ich hinausgeschossen wurde in den herrlichen Sonnenschein, hinaus in die große, freie, offene Luft der oberen Welt, und dem lieben, blauen Himmel mit seinen Tupfern entgegenfliegen mußte, Und dann, mit einem anmutig geschwungenen Flug durch die weiche und milde Luft der Erntezeit, fielen wir beide sanft in einen stillen kleinen See, der am Fuße eines Hügels lag, der gelb von reifem Getreide war. In einem Augenblick oder so waren wir an Land geschwommen. Bulger wollte anhalten und das Wasser aus seinem dicken Fell schütteln, aber darauf konnte ich nicht warten. Nass wie er war, drückte ich ihn an mein Herz, während er mich mit Zärtlichkeiten überhäufte. Aber es wurde kein Wort gesagt, kein Laut von uns gegeben. Wir waren beide zu glücklich, um zu sprechen, und wenn ihr jemals in diesem Zustand gewesen seid, liebe Freunde, dann wisst ihr, wie es sich anfühlt.

Ich kann es Ihnen nicht beschreiben.

In diesem Moment kamen einige Männer und Jungen in der Tracht der russischen Bauern über die Felder gerannt, um zu sehen, was ich vorhatte, denn ich hatte meine schwere Kleidung ausgezogen und breitete sie zum Trocknen in der Sonne aus.

Beim Anblick dieser rotbäckigen Kinder der Oberwelt war ich so von Freude überwältigt, dass ich eine Minute lang keine Silbe über die Lippen brachte, aber unter großer Anstrengung rief ich aus

„Väter! Brüder! Wo bin ich? Sprecht! liebe Seelen!"

„Im nordöstlichen Sibirien, kleine Seele", antwortete der

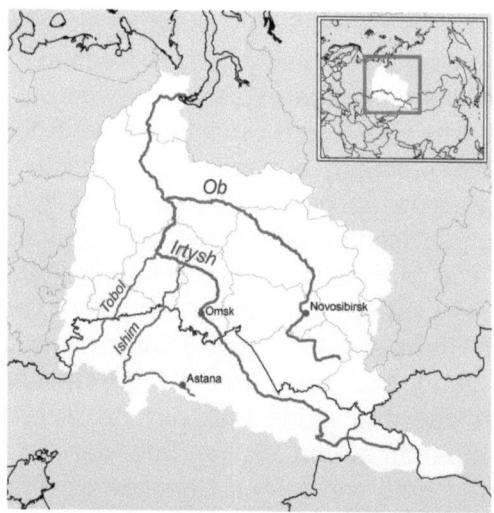

Figure 38: Verlauf des Ob innerhalb seines Einzugsgebiets
Von Karl Musser - Eigenes Werk, CC BY-SA 2.5,
https://commons.wikimedia.org/w/index.php?curid=695513

Älteste der Gruppe, „nicht weit von den Ufern des Ob; aber woher kommst du? Beim heiligen Nikolaus, ich glaube, du wurdest aus dem sprudelnden Brunnen ausgespuckt! Was tust du hier allein?"

Ich schenkte der Frage keine Beachtung. Ich dachte an etwas anderes, das mir wichtiger war, nämlich an meine großartige Leistung, an die wunderbare unterirdische Reise, die ich soeben vollbracht hatte, die fünfhundert Meilen lang war und vollständig unter dem Uralgebirge verlief! Nach einem kurzen Aufenthalt im nächstgelegenen Dorf engagierte ich den besten Führer, der zu haben war, und überquerte den Ural über den Pass auf dem direktesten Weg, betrat wieder Russland und beeilte mich, den ersten Eisenbahnzug der Regierung auf seinem Weg nach St. Petersburg zu erreichen.

Nachdem ich einen Eilkurier mit Briefen an meine geliebten Eltern geschickt hatte, um sie über meine Gesundheit und meinen Verbleib zu informieren, verbrachte ich einige Wochen sehr angenehm in der russischen Hauptstadt und machte mich dann mit einfachen Etappen auf den Weg nach Hause.

Der ältere Baron kam mir bis nach Riga entgegen und brachte mir die beste Nachricht von Schloss Trump, dass meine liebe Mutter bei bester Gesundheit sei, und dass sie und jeder Mann, jede Frau und jedes Kind im und um das Schloss herum sehnlichst darauf warteten, mir wieder einen echten deutschen Empfang zu bereiten. Und hier, liebe Freunde, **mit herzlichen Grüßen**[17], verabschieden Bulger und ich uns von Euch.

* * *

---

17 Im englischen Originaltext wurden diese drei Worte auf Deutsch wiedergegeben. Denn Trump ist Deutscher Herkunft und der Autor lebte als Diplomat für einige Jahre in Deutschland.

Über den Autor

Ingersoll Lockwood (2. August 1841 - 30. September 1918) war ein amerikanischer Rechtsanwalt und Schriftsteller. Als Schriftsteller ist er heute vor allem für seine Kinderromane BARON TRUMP bekannt. Er schrieb jedoch auch andere Kinderromane; sowie den dystopischen Roman 1900: ODER; DER LETZTE PRÄSIDENT, die deutsche Ausgaben ebenfalls von unserem Verlag (siehe die letzten Seiten); ein Theaterstück und mehrere

Figure 39: Ingersoll Lockwood, mit 30 Jahren.

Sachbücher. Einige seiner Sachbücher schrieb er unter dem Pseudonym Irwin Longman.[18]

Seine Familie

Lockwood wurde in Ossining, New York, als Sohn von Munson Ingersoll und Sarah Lewis (geb. Smith) Lockwood geboren. Munson Lockwood war Anwalt und erlangte als Mann des Militärs und als Bürgeraktivist Berühmtheit. Er war General der New Yorker Staatsmiliz und Kommandant ihrer 7. Brigade. Munson war ein großer Bewunderer des ungarischen Staatsmannes und Freiheitskämpfers Lajos Kossuth und sammelte in New York aktiv Spenden für ihn.

---

18 Dieses Kapitel ist eine Übersetzung des Eintrags in der englischen Wikipedia zum Autor.

Juristischer Werdegang

Wie sein Vater und seine Onkel absolvierte auch Ingersoll Lockwood eine Ausbildung als Rechtsanwalt, obwohl er zunächst als Diplomat tätig war. Im Jahre 1862 wurde er von Abraham Lincoln zum Konsul des **Königreichs Hannover** ernannt. Zu dieser Zeit war er das jüngste Mitglied der US-Konsularabteilung und diente vier Jahre lang in diesem Amt. Nach seiner Rückkehr gründete er mit seinem älteren Bruder Henry eine Anwaltskanzlei in New York City.

Der Schriftsteller

Bis in die 1880er Jahre hatte Lockwood eine parallele Karriere als Dozent und Schriftsteller begonnen. Im Jahr 1884 heiratete er Winifred Wallace Tinker, eine Absolventin des Vassar College und aufstrebende Autorin. Sie wurden 1892 geschieden. Im selben Jahr heiratete sie Edward R. Johnes, von Beruf Rechtsanwalt und von Beruf Schriftsteller. Er wurde in der aktuellen Literatur als Winifreds „freundlicher und sympathischster literarischer Berater" beschrieben.

Lockwood verbrachte seine Ruhestandsjahre in Saratoga Springs, New York, wo er 1912 sein letztes Buch, eine Gedichtsammlung veröffentlichte. Im Vorwort schrieb er:

„Das Ende ist fast gekommen. Ich warte nur noch darauf hin, dass das Signal zum Aufbruch kommt und meine Reise zu den Inseln der Seligen[19] in der fernen Westsee beginnt.

---

19 Die Inseln der Seligen war die Bezeichnung einer Inselgruppe, die in den griechischen und keltischen Mythologien beschrieben waren. Der griechische Dichter Hesiod beschrieb sie als den Ort des Elysions, an den die Götter die Seelen von Helden und Begünstigten nach deren Tode aufnehmen. Man glaubte, diese Inseln lägen im westlichen Ozean nahe dem Fluss Okeanos. Heute werden Madeira, die Azoren, die Kanaren und Kap Verde als mögliche Interpretation angenommen. Diese Inseln waren denjenigen vorbehalten, die sich dafür entschieden

Zuerst war mein Verstand besorgt, denn meine kleine Barke, so standhaft sie auch sein mag, saß zu tief im Wasser.
Sie war überladen mit Einfällen, die nicht aktuell wären,
und Waren, die auf den INSELN DER SELIGEN nicht verkäuflich
wären. Über Bord damit! Jetzt, da ich das Schiff leichter
gemacht habe, fühle ich mich besser."

Fünf Jahre später starb Lockwood in Saratoga Springs im
Alter von 77 Jahren.

---

hatten, dreimal wiedergeboren zu werden, und denen es gelang, als besonders rein genug beurteilt zu werden, um alle
drei Male Zugang zu den Elysischen Feldern zu erhalten. Wikipedia

Verlagsprogramm

Der Letzte Präsident:
Mehr als ein spannender Roman

Eine Donald J. Trump Prophezeiung von vor 120 Jahren - (Baron Trump Reihe 3)

Dieses prophetische Buch wurde am Ende des 19. Jahrhunderts verfasst: Wie kann die Herrschaft der Banken und Rothschilds gebrochen werden? Wie kann die amerikanische Revolution zum erfolgreichen Abschluss gebracht werden?

Ein Werk der politischen Satire, das den Aufstieg des Sozialismus und des Populismus züchtigt und ihren fiktiven Aufstieg hier als katastrophal und chaotisch bezeichnet. Es ist bemerkenswert, dass dieses Werk, zusammen mit anderen von Lockwood, das aktuelle politische Klima der Vereinigten Staaten und des Westens zu prognostizieren scheint – und es scheint, dass der Katholik Lockwood erfolgreich einige prophetische Kräfte anzapfen konnte.

Trotzdem ernstzunehmenden Hintergrund ist daraus ein interessanter politischer Roman geworden, der einige der sozialen Ideologien und Bewegungen seiner Zeit widerspiegelt.

Andreas Groß informiert den deutschsprachigen Leser im Vorwort über die amerikanische Geschichte des ausgehenden 19. Jahrhunderts, insbesondere

über den politischen Kampf zwischen Unabhängig-
keitsstreben und Bankervormacht, damit der Hintergrund des Romans verstanden wird.

Der New Yorker Rechtsanwalt und Autor Ingersoll
Lockwood (* 2. August 1841 – † 30. September 1918)
schrieb eine Reihe kleiner Romane, die erstaunlicher-
weise „Baron Trump" genannt wurde. Daher ist dieser Roman der „Baron Trump Band 3".

Als Taschenbuch 4.95 € ISBN 978-3-947982-19-6

oder eBook 2.99 € https://books2read.com/b/dlptb

https://ingag.de/DLP

Reisen und Abenteuer des kleinen Baron Trump und seines wunderbaren Hundes Bulger

Dies ist die Übersetzung der Original-Ausgabe von 1892, ungewöhnliche Begriffe und geographische Bezeichnungen wurden ausführlich in Fussnoten erläutert, um das Verständnis zu erleichtern.. Vollständige Wiedergabe der Bebilderung der Originalausgabe. Baron Trumps wundervolle Reise in die Hohle Erde blieb ein verkanntes Werk, bis es 2017 wegen vermeintlicher Ähnlichkeiten zwischen seinem Protagonisten und US-Präsident Donald Trump mediale Aufmerksamkeit erhielt.

Der Roman erzählt die Abenteuer des deutschen Jungen Wilhelm Heinrich Sebastian Von Troomp, der sich „Kleiner Baron Trump" nennt, wie er eine seltsame unterirdische Zivilisationen im inneren der Erde entdeckt, die Einwohner kennen und lieben lernt, und mit seinem geliebten Hund Bulgur Abenteuer besteht, bis er wieder zu Hause auf Schloss Trump ankommt. Im Juli 2017 wurden die Bücher von Nutzern eines Internetforums wiederentdeckt, und dann von den Medien, die auf Ähnlichkeiten zwischen dem Protagonisten und US-Präsident Donald Trump hinwiesen, dessen Sohn Barron Trump heißt. Chris Riotta bemerkte in Newsweek, dass die Abenteuer von Baron Trump in Russland beginnen, der ultimative Beweis, dass DJT Russlandgesteuert ist. Wegen all der gefundenen Parallelen gibt es das erneute Interesse an den Werken dieses unverstandenen amerikanischen Fantasy-Buchautors.

https://books2read.com/b/ruatb

7+7 Secrets, die heute jeder wissen sollte

Kennst Du die geistigen Naturgesetze? Interessengruppen versuchen immer noch, sie geheim zu halten. Für spirituell fortgeschrittene Studierende offenbare ich hier 7+7 Secrets: Geheime geistige Gesetze, die Dir das Leben leichter machen werden. 7 von 10 Erfolgsmenschen verwenden offen oder insgeheim geistige Praktiken. In diesem Buch findest Du

keine wieder aufgebrühten Halbwahrheiten, sondern völlig neue Einsichten in die geistigen Naturgesetze. Garantiert. Anwendbar in jeder Beziehung: wo willst Du beginnen, wo drückt Dein Schuh am meisten? ISBN 978-198318402-4 Autor: Andreas Groß.

Als Taschenbuch 9.99 € oder als eBook 4.99 €. Hier ein easy Einstieg in die fortgeschrittene Bewusstseinserweiterung. https://books2read.com/b/77sde

Trump hilft Scientology – Scientology
den Krallen des Deep States entrissen: Nr. 2

Hinter dem gegenwärtigen Renommee von Scientology verbirgt sich eine bislang ungeschriebene Geschichte von staatlicher Vertuschung, CIA-Infiltration und einer geheimen, feindlichen Übernahme.

In diesem Buch werden Sie eine Einsicht entdecken, die seit 50 Jahren von den Medien geheim gehalten wird, die faszinierender ist als die Scientology-Skandale, mit denen sie verschleiert wurde.

Treten Sie ein in eine Welt, in der Außerkörperliches Reisen (Remote Viewing), Telekinese und übersinnliche Wahrnehmung erlernbare Fähigkeiten geworden sind. Eine Technologie, die so mächtig ist, dass sie das Gleichgewicht des Kalten Krieges bedrohte, und die amerikanischen Geheimdienste veranlasste, vor nichts zurückzuschrecken, um sie für sich zu vereinnahmen.

Finden Sie die wahre Story heraus, was mit Scientology passiert ist, damit sie zu der Sekte wurde, die sie heute ist. Was wirklich mit L. Ron Hubbard geschah, passierte 1972, seitdem er nicht mehr in der Öffentlichkeit gesehen werden konnte. Und wie Präsident Trump dazu beiträgt, die Angelegenheit endlich in Ordnung zu bringen.

Ergreifen wir die Gelegenheit, das Ruder herumzureißen?

eBook 0.99 € https://books2read.com/b/sdk2de

Taschenbuch 4.95 € ISBN 978-3-947982-11-0

Englisches Taschenbuch ISBN 978-3-947982-12-7

Dianetik: Die moderne Wissenschaft der geistigen Gesundheit

Das Unterbewusstsein: Jeder verwendet den Begriff, dabei scheinen nicht einmal die Experten wirklich zu wissen, was das ist. Was ist genau in seinen Tiefen verborgen? Einstein wusste, wir nutzen nur 10% unseres geistigen Potentials. Hubbard gab uns diese Selbsthilfe-Methode, mit der wir brachliegende Fähigkeiten erschließen können: die uns innewohnende Lebenskraft, Intelligenz, Intuition, emotionale Ausgeglichenheit oder Selbstbewusstsein.

Dianetik lüftet das Geheimnis um Ängste, Zwänge, Hemmungen, Sorgen, sexuelle Probleme, Stress, Erschöpfung und sogar chronische, psychosomatische Krankheiten. Das Lesen des Buches eröffnet eine völlig neue Perspektive: Es ist einfach, den Verstand zu verstehen. Das Dianetikbuch geht über die Theorie hinaus und beschreibt ein leicht anwendbares Verfahren, seine besten Seiten bei sich und seinen Lieben zu entfalten. Dianetik wurde zu einem Bestseller, der sich jahrelang in den Top Positionen hielt, und bisher über 83 Millionen mal in über 50 Sprachen verkauft wurde.

Die Nr. 1 im Selbsthilfemarkt. Dieses Buch muss man kennen, wenn man mitreden will. In dieser Freigeist-Ausgabe geht es um die Wissenschaftliche Dianetik (exakt so, wie Hubbard es ursprünglich 1950 herausgegeben hat), nicht um ein religiöses Dogma mit revidierten Texten, wie es der

Scientology-Verlag New Era in einer ähnlichen Ausgabe an-bietet. Die entscheidenden Unterschiede werden von einem unabhängigen Dianetiker aufgezeigt, unabhängig und frei von irgendeiner Sekte oder Organisation. Käufer dieser Ausgabe stärken das Engagement, Dianetik frei von Mono-polisierungsversuchen oder Verboten zu halten.

Diese Ausgabe enthält sechs zusätzliche Kapitel mit atem-beraubenden und unverzichtbaren Daten aus der Dianetik-Erstausgabe von 1950, die in der Ausgabe von New Era un-terdrückt werden. Das sind immerhin 11% des Originals, die bisher fehlten!

Ein weiteres Kapitel „Warnung vor Schwarzer Dianetik" des Herausgebers deckt detailliert auf, wie die Scientology Kirche die Dianetik verfälscht und seinen eigenen Mitglie-dern vorenthält.

Im Anhang werden Informationsquellen genannt, wo man z.B. kostenlos an digitalisierte Versionen der Werke von Lafayette Ron Hubbard gelangen kann.

Obwohl diese Ausgabe größer und umfangreicher als ande-re ist, ist sie kostengünstiger: durch den Direktverkauf vom Verlag an den Endkunden.

670 Seiten, Hardcover 6x9" und auch als eBook, in Deutsch und in Englisch. https://books2read.com/b/dmsmh-dehc

ISBN: 978-3-947982-16-5 für 29.97 €, als eBook 8.99 €

Auch als Ergänzungsband: nur die 6 fehlenden Kapitel: 3.99 € https://books2read.com/b/dnadddetb

Verlagswebsite: https://www.andreasmbgross.ch

* * *